확신의 엄마표 영어

짧고 쉬운 영어책과 유튜브로 자라는 우리집 영어

김지혜 지음

확신의
엄마표
영어

루리
책방
RURI-BOOKS

차례

PART 3 영어 몰입 교육, 하지 않습니다
우선순위를 정하세요

확신의 엄마표 영어

경험에 이론을 더해서 내 아이 키우기

초등학생부터 중학생을 상대로 영어를 가르치던 저는 결혼을 하고 나서 정말 많은 사람이 유아 영어에 관심을 갖고 있다는 사실을 알게 되었습니다. 그냥 관심 정도가 아니었습니다. 많은 이들이 이전에는 상상도 할 수 없을 만큼의 노력과 비용을 들이고 있는 분야가 바로 취학 전 시기의 영어 교육이었지요.

부모 세대보다 학력이 훨씬 높아진 30~40대가 자녀 세대의 손에 쥐어 주고 싶은 영어는 어떤 모습일까요? 그리고 전 세계에서 공부 시간이 가장 길다고 하는 한국 학생들은 왜 성인이 되었을 때 스스로 영어를 잘한다고 느끼지 못하는 것일까요?

사실 학생 대부분은 학교 영어 수업만으로는 영어를 잘하게 되기가 어렵습니다. 한 주에 고작 몇 시간 정도 책상에 앉아서 배우는 영어로는 자연스러운 의사소통은 물론 성인 원어민 수준의 영어 문해력을 요구하는 수능 영어까지 만족스러운 결과를 내기가 힘이 듭니다.

영어를 좋아해서 입시 영어에서 높은 점수를 받고 현재 영어 강사로 일을 하고 있는 저도 스무 살 때에는 영어 회화를 제가 원하는 만큼 잘하지는 못했습니다. 영어를 사용하는 나라로 유학을 다녀오는 사람들을 보면서 영어는 굉장히 힘들게 익히고 또 비용을 많이 들여야만 잘하게 되는 줄 알았습니다.

그랬던 제가 20대에 혼자 영어로 된 드라마를 보면서 꽤 괜찮은 영어 회화 실력을 얻게 되었고, 엄마가 된 후에 책과 영상으로 아이에게 영어를 접하게 하는 엄마표 영어를 알게 되었습니다. 드라마와 유튜브를 자막 없이 보면서 영어를 자연스럽게 습득해 본 경험을 가진 제가 엄마표 영어로 자녀를 양육하신 어머님들의 이야기를 보고 들으니 너무나 설렜습니다. 신생아를 키우면서도 인터넷을 통해 엄마표 영어 이야기를 찾아서 읽고, 강의를 들으러 다녔습니다. 그리고 내 아이에게도 영어로 된 소리를 많이 들려주면 된다는 이 방법에 대한 확신을 가지고 아이를 키웠습니다.

결론부터 말하자면 아기 때부터 한글책과 영어책을 함께 많이 보여주었더니 현재 일곱 살인 제 아이는 영어를 무척 좋아합니다. 원어민 또래 아이들이 보는 책과 영상을 편하게 보고 일상에서 하고 싶은 말을 영어로도 잘 할 수 있는 아이가 되었습니다.

미국의 해부학자 스캐몬Scammon이 주장하는 '성장곡선'에 따르면 신체의 모든 신경을 좌우하는 뇌의 60%는 0~3세, 90%는 6세까지 폭

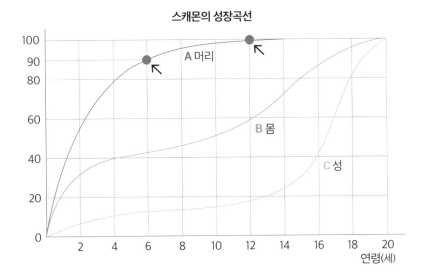

스캐몬의 성장곡선

발적으로 성장한 후 12세가 되면 다 완성된다고 합니다. 생식기관을 포함한 신체가 만 20세까지 변화하고 자라는 것과 대비되지요.

미국의 언어학자인 노암 촘스키Noam Chomsky는 언어습득장치LAD: Language Acquisition Device 이론을 통해 0세에서 13세의 모든 아이가 충분한 언어환경에 노출되면 쉽게 언어를 받아들일 수 있음을 주장했습니다. 모든 사람이 특별한 언어 훈련이나 교육 없이도 새로운 언어체계를 배울 수 있는 장치를 갖고 태어났다는 의미입니다. 촘스키에 따르면 충분한 언어 환경이 주어진다면 모든 사람이 모국어를 배우는 것처럼 외국어를 익힐 수 있다고 합니다. 영재라고 불리우는 특별한 사람 몇몇만 외국어 습득 능력을 가지고 태어나는 것은 아니라는 말이지요.

어린아이는 자신을 둘러싼 모든 환경에서 새롭게 만나게 되는 모든 언어를 알아듣기 위해 본능적으로 애를 씁니다. 집중해서 듣고, 생각하고, 유추하고, 질문하고, 한두 번 들은 새로운 말을 기억했다가 적재적소에 잘 사용합니다. 이러한 능력은 자신의 생존 욕구에 밀접하게 관련되어 있지요. 더 잘 알아듣고 싶어 하는 아이들의 이 본능은 태어난 지 2~3년이 지나면 모국어를 잘 습득할 수 있도록 해 줍니다. 이러한 아이들의 결정적 시기는 두 번째 언어를 배우기에 어른보다 훨씬 좋은 조건이라고 할 수 있지요.

저는 뇌가 폭발적으로 성장하는 유아기에 있는 저의 아이에게 두 가지 언어를 노출하기로 마음먹었습니다. 전문가의 이론에 저의 경험을 더하여 엄마와 아이가 편안하게 영어 콘텐츠를 읽고, 들을 수 있는 환경을 만든 것이지요. 저와 아이가 실천하고 있는 우리집 엄마표 영어를 저는 '**듣기 3종 세트**'라고 부릅니다.

① 아이에게 그림책을 읽어주고 (듣는 독서)
② 아이가 보았던 책과 영상을 효과적으로 다시 듣게 하고 (흘려듣기)
③ 아이가 즐길만한 영상을 보여주는 것 (영상 보면서 듣기)

아이가 처음 영어를 접할 때에는 반드시 재미있는 재료를 소리로 듣는 것부터 시작해야 합니다. 그래서 아이를 이해하고, 관찰하는 양육자가 아이에게 맞는 영어 그림책을 들려주며 영어 환경을 만들어주는 것이고, 그것이 바로 엄마표 영어입니다.

아이와 함께 엄마표 영어를 하고 있는 저는 엄마와 아이의 관계를 바탕으로 자연스럽게 집에서 영어를 들려주고 싶은 분들에게 도움이 되면 좋겠다는 마음으로《확신의 엄마표 영어》책을 쓰게 되었습니다.

우리 대부분은 '내 아이 유아 시기 영어는 어떻게 시작해야 하는지, 이렇게 남들이 하는 방법대로 하면 되는지, 인플루언서가 추천하는 책을 사서 보여주면 되는 것인지, 유튜브를 무조건 영어로만 보여주면 된다는데 그게 진짜인지, 한 살이라도 어렸을 때부터 체계적인 언어교육을 받기 위해 영어 유치원을 꼭 보내야 하는지?' 늘 물음표를 안고 있습니다.

제가 영어를 습득했던 경험을 바탕으로 아이에게 맞는 좋은 영어 재료를 찾아 영어 환경을 만들어주었고 아이가 자연스럽게 영어를 습득하는 모습을 관찰하며 블로그에 기록했습니다. 뿐만 아니라 학생들에게도 조금 더 구체적인 영어 습득방법을 제시하며 영어 원서를 권하는 선생님이 되었습니다.

《확신의 엄마표 영어》는 유아 영어에 대한 질문과 고민을 한 번쯤 가져본 부모님께 저의 경험과 노하우를 전하는 책입니다.

영어 잘하는 엄마가 하지 않는 것들

저는 부지런하고 빠릿빠릿한 성격은 아닙니다. 그저 늘 조금 더 효율적인 것을 좋아하는 사람이지요. 하지 않아도 될 것에 너무 집착하지 않고 꼭 해야 할 것들을 찾아서 했습니다. 이 책을 읽는 독자님들도 그랬으면 좋겠다는 마음을 담아서 아이가 일곱 살이 될 때까지 영어 잘하는 엄마가 하지 않은 것들을 정리해보았습니다.

① 일상생활에서 영어로 대화하지 않습니다.

만 3세 이전에는 다양한 음원을 통해 영어책과 노래를 들려주었고 이후에는 영어 영상을 보기 시작했습니다. 영상 속 캐릭터들이 저보다 훨씬 나은 발음과 속도로 많은 이야기를 해주기 때문에 일상에서 영어 대화를 할 필요가 없었습니다. 저는 아이가 원할 때만 가끔 영어로 짧게 대화합니다.

② 짧고 쉬운 책을 구입하는 데에 비용을 아끼지 않습니다.

아이가 어렸을 때부터 7살인 현재까지도 짧고 쉬운 책을 많이 구입해서 읽고 있습니다. 쉬운 책을 반복해서 보고 또 보고 나니 파닉스를 저절로 이해하게 되었고 스스로 읽게 되었습니다. 아이들이 특별히 지능이 뛰어나서 모국어를 습득하는 것이 아니기에 쉬운 영어 문장에 많이 노출될 수 있도록 환경을 만들어주었습니다.

③ 고가의 전집과 영어 프로그램을 구매하여 부담을 갖지 않습니다.

아이가 어릴수록 온갖 책과 교구의 유혹이 가득합니다. 대단한 연구진들이 만든 프로그램과 영상, 교구들이 더해져서 가격도 '헉' 소리가 절로 납니다.

저는 유아 영어 프로그램을 구매하는 대신 영어책 읽어주는 것을 우선으로 했습니다. 요즘은 마음만 먹으면 영어 원서를 쉽게 구할 수 있습니다. 새것 같은 중고 책도 많고요. 저렴하게 책을 구매해서 아이와 실컷 놀아준다는 생각으로 시작했습니다.

④ 영어 그림책의 난이도와 수준에 크게 얽매이지 않고 자유롭게 읽어줍니다.

영어로 된 책의 난이도를 측정하기 위한 지수인 AR 지수를 참고는 하되 쉬운 순서대로 보여주지 않았습니다. 여러 종류의 책을 많이 읽는 것에 중점을 두고 짧고 쉬운 리더스북을 함께 보여주었는데 아이는 문장이 조금 길거나 어른이 보기에 어려워 보이는 단어가 나와도 문맥에 맞춰 내용을 쉽게 받아들였습니다.

⑤ 파닉스 교재로 학습하지 않았습니다.

파닉스는 소리와 문자를 연결하는 학습입니다. 유아기의 아이들은 소리와 문자를 연결하는 훈련을 할 수 있는 나이가 아닙니다. 파닉스 교육은 미루고 재미있는 영어 그림책과 짧고 쉬운 리더스북으로 영어 소리를 많이 듣고 영어 영상으로 재미있게 즐기게 해주었습니다.

⑥ 태블릿 활용은 하루 30분 이하로 제한했습니다.

눈과 스크린의 거리가 가까울 수밖에 없는 태블릿 대신 TV 화면으로 영어 영상을 시청하도록 했습니다. TV로 유튜브나 넷플릭스를 직접 재생시키거나, 유튜브 영상을 다운받아서 usb에 넣어 TV로 보여주거나, 인터넷과 연결된 IPTV에서 제공되는 영어 영상을 보여주는 등 TV를 활용할 수 있는 방법은 많습니다.

⑦ 아이의 발음, 말하기, 쓰기를 일일이 지적하지 않습니다.

아이가 하는 모든 영어 활동에 평가하는 말을 하지 않습니다. 그저 항상 마음을 다해 칭찬해 줄 뿐입니다. 강사 생활을 통해 초등학생도 완벽한 발음을 구사하며 조리 있게 말하고 매끄럽게 글쓰기가 되지 않는다는 사실을 알기에 유아기의 아이는 더욱 느긋하게 기다릴 수 있었습니다.

⑧ 아이가 하기 싫어하거나 힘들어하는 활동은 하지 않습니다.

아이가 하기 싫어하는 영어 활동을 하면 아이는 영어에 흥미가 떨어질 수밖에 없겠지요. 아이가 스스로 읽으려고 하기 전까지는 읽기 연습을 하지 않았고, 노래를 부르거나 읽으려고 하면 동영상을 촬영해주고 가족과 함께 보며 열심히 칭찬해주었습니다. 손의 힘이 약하고 쓰기에 관심이 없었던 아이이기 때문에 여섯 살 이후 스스로 쓰고 싶어 하기 전까지는 쓰기 활동을 전혀 하지 않았습니다. 일부러 단어를 외우게 한 적도 없습니다.

첫 돌 이후 이웃에게 물려받은 몇 권의 영어 그림책을 읽어주다가 노래가 있는 영어 그림책인 노부영을 알게 되었습니다. 유아기 영어 습득에 좋은 도구라는 판단에 노부영 그림책을 한꺼번에 많이 구입했고 그림 사전, 보드북, 놀이북 등을 함께 준비하여 장난감처럼 가지고 놀게 했습니다. 반복을 좋아하는 시기여서 아이와 제가 통째로 외운 책이 많았습니다. 짧은 문장이 있는 책을 넘기면서 그림 집중 듣기를 해주었습니다.

26개월 코로나로 인해 가정 보육의 시간이 길어졌을 때 전권에 노래가 있고 세이펜이 되는 짧고 쉬운 영어책을 많이 구입했습니다. 아이는 세이펜을 가지고 놀며 영어책을 즐겼습니다. 한글책, 영어 책 구분하지 않고 아이가 원하는 만큼 책을 읽어주었습니다. 책의 바다에 빠진다는 말을 실감할 만큼 하루에 읽어주는 양이 많았습니다. 세이펜이 되는 알파벳 책을 가지고 놀며 알파벳을 알은체했고 "It's a cloud. It's an apple!"과 같이 책에서 본 사물이나 상황을 짧은 문장으로 말하기도 했습니다. 영어 동요는 유튜브 채널 슈퍼심플송을 화면 없이 음원으로만 이용했습니다. 아주 간단한 노래들 위주로, 마주보고 간단한 율동을 곁들여주면 아이가 정말 좋아했습니다. 차로 이동하는 거의 모든 시간에는 영어 동요를 들었고 아이가 잠들기 힘들어할 때는 슈퍼심플송의 자장가(lullaby)를 들려주었습니다.

36개월 이야기가 있는 쉬운 영상을 보여주어도 되겠다는 판단에 하루 1시간 이하의 짧고 쉬운 영상을 노출했습니다. 이 시기에 가장 많이 본 것은 페파피그와 슈퍼심플송, 넘버블록스입니다. 영상을 보여주기 시작하니 영어로도 중얼거리는 옹알이같은 발화가 시작되었고 간혹 문법에 맞지 않아도 문장으로 말을 하기 시작했습니다. 영상과 그림책에 나온 캐릭터들의 장난감들을 사주었더니 캐릭터들이 했던 말의 억양과 발음까지 똑같이 따라서 말을 하곤 했습니다. 엄마가 읽어주는 '듣는 독서'로서의 듣기 양보다 30분 영상보기의 듣기 양이 훨씬 많았고 아이에게 차곡차곡 쌓이고 있었습니다. 영상을 본격적으로 활용하고 나서도 꾸준히 짧고 쉬운 책을 읽어주고, 흘려듣기를 했습니다.

40-41개월 문자에 대한 관심이 엄마 예상보다 일찍 찾아왔고 한글을 읽게 되었습니다. 평소 많은 책을 읽어주면서 아이가 궁금해 하는 글자를 물어보면 알려주는 정도였는데 자주 보이는 가게 이름과 옆자리 친구들 이름을 스스로 읽어냈습니다.

44개월 집에 있는 영어책들은 반복을 많이 해서 외우는 책이 많았습니다. 그러다가 도서관에서 빌린 쉬운 영어책을 내밀었더니 아이는 처음 보는 책을 술술 읽어냈습니다. 그동안 파닉스나 사이트 워드를 위해 교재로 학습한 적이 전혀 없었는데도 짧고 쉬운 책의 다독으로 ORT 1~3 단계를 쉽게 읽게 되었습니다. 쉬운 책으로 한 페이지씩, 한 줄씩, 인물을 나누어서 등 다양한 방법으로 책을 읽었고 아이가 원할 때만 소리 내어 읽기를 했습니다.

5세 하반기 영어로 말하기에 대한 욕구가 폭발했던 시기였습니다. 아이는 집 밖에서 말수가 적은 편이었지만 집에서는 수다쟁이였습니다. 아이의 나이와 정서에 맞는 쉬운 영어 영상을 꾸준 히 보여주었더니 영어로 말하기를 즐겼습니다. 영상 속 주인공들의 대사를 똑같이 따라하는 것은 물론, 생활 속에서 "Mom, How do you make a house out of block?(엄마, 블록으로 집을 어떻게 만들어요?)", "I want to play a little more and then eat.(나는 조금 더 놀고 그다음에 밥 먹고 싶어요.)"와 같이 자신이 하고 싶은 말을 영어로 자유롭게 할 수 있었습니다. 한글, 영어책은 꾸준히 많이 읽어주었습니다. 세이펜을 들으면서 혼자 독서하는 시간도 많았습니다.

6세 상반기 읽기 경험이 쌓여 많은 책을 유창하게 읽게 되었습니다. 한글과 영어책 대부분을 아이 혼자 읽을 수 있지만 엄마가 읽어주는 것도 멈추지 않습니다. 자기가 원할 때 짧은 시간 낭독을
하고, 혼자서 묵독을 하기도 합니다. 이제는 혼자 풀썩 주저앉아 원하는 책을 골라 읽는 뒷모습이 자주 보입니다. 책에 대한 관심사가 넓어지고 제법 긴 이야기도 잘 들을 수 있는 집중력이 길러졌습니다. 여러 가지 분야의 책과 영어 영상을 즐기고 있습니다. 또래 원어민 아이들을 위한 콘텐츠도 어려움 없이 잘 받아들입니다. 손힘이 약해서 이전까지는 한글, 영어, 숫자 모두 쓰기를 따로 시키지 않았는데 6세가 되니 세 가지 모두 열심히 쓰고 싶어합니다. 그동안 들었던 책과 보았던 영상의 흘려듣기를 이어가고 있습니다. 아이는 영어책과 영상 속의 캐릭터 장난감을 가지고 놀며 자유롭게 영어로 이야기합니다.

6세 하반기 하루 종일 영어만 하지 않아도, 원어민 선생님 없이도, 문제집을 풀지 않아도 아이는 좋아하는 영어 콘텐츠들을 즐기며
원어민 또래의 듣기, 읽기, 말하기 수준에 도달한 모습입니다. 이때 얼리챕터북 청독을 시작했습니다.

7세 여러 나라의 6~7세 원어민, 비원어민 친구들과 섞여 그룹 화상영어를 해보았습니다. 아이는 발표도 하고 재미있게 수업을 들
었습니다.
AR 2~3점의 얼리챕터북을 편하게 청독하게 되었습니다. 소리 내어 읽기가 빨라지고 유창해졌습니다. 다독을 위해 온라인 영어도서관을 활용하기 시작했습니다. 7세가 되면서 가장 신경 쓰는 부분은 한글책 독서입니다. 또래 원어민 아이만큼의 듣기와 말하기 실력을 갖추었으니 모국어로 문해력과 사고력을 키워주려고 노력하고 있습니다.

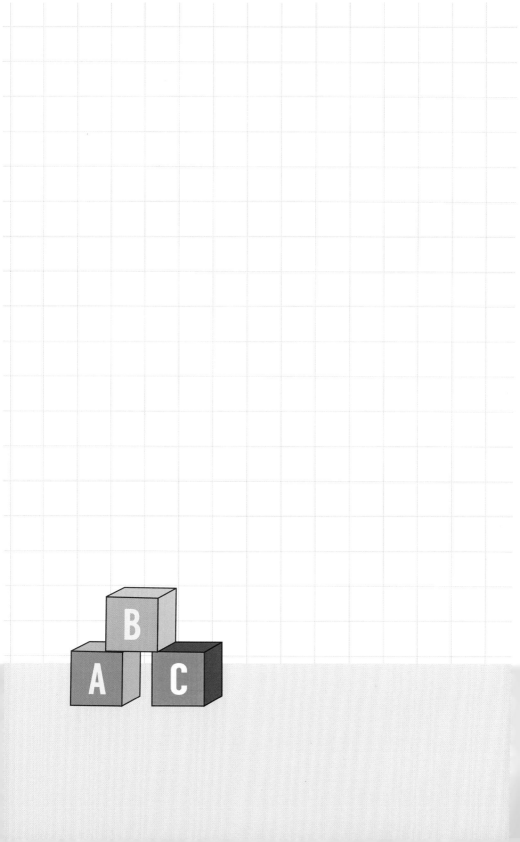

PART 1

엄마표 영어가 뭘까?

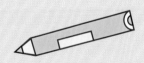

집에서 영어 환경 만들기

엄마가 책임지는 게 아니에요!

'엄마표 영어'에 관심 있는 분들이 많은 만큼 엄마표 영어가 무엇인지 정확히 해석하는 방법도 가지각색입니다. 오랜 시간 학생들에게 영어를 가르쳐오면서 영어 학습에 관심이 많았던 제가 제 아이와 함께 엄마표 영어를 꾸준히 실천해 온 경험을 더해 엄마표 영어를 정의해본다면 다음과 같습니다.

부모와의 애착과 안정감을 전제로

열 살 미만의 아이에게

가장 친밀한 공간인 가정에서 영어 환경을 만들어주어서

모국어처럼 자연스럽게 영어를 습득하게 하는 것

아이와 가장 가까운 사람인 엄마와 함께하는 영어라고 해서 엄마 표 영어라는 말이 사용되고 있긴 하지만, 엄마가 영어 선생님처럼 하나하나 가르쳐야 하거나 아이의 영어 성적을 책임져야 하는 것이 아닙니다. 그저, '아이와 함께 영어 그림책을 읽어볼까?'라는 마음이 들었다면 그것으로 충분합니다. 그러니 너무 무거운 마음으로 엄마표 영어를 바라보지 않아도 됩니다.

아이의 일생 중 부모와 가장 끈끈한 애착 관계를 가지고 있는 유아기에 영어를 노출하는 것은 초등학생 이상의 나이 때에 하는 것보다 훨씬 쉽습니다. 아이의 수준에 맞는 쉬운 한글책과 영어책을 함께 읽어주고, 영어로 된 쉽고 재미있는 영상을 보여주면 됩니다. 책과 영상을 통해서 영어 소리에 충분히 노출해주는 것이지요. 부모의 영어 실력이 아니라 영어로 된 콘텐츠가 아이를 가르치는 것입니다.

아이 나이와 흥미에 맞는 영어책과 영상을 공급해주는 영어 환경을 만들어주면 끝입니다. 유창한 영어로 아이에게 말을 걸어주어야 하는 것도 아니고, 수백만 원의 유아 영어 프로그램과 교구가 꼭 필요한 것도 아니고, 책을 펼쳐 파닉스부터 가르칠 필요도 없습니다.

2020년대의 엄마표 영어는 집에서 아이 귀에 영어가 들리게 해주는 집 영어, 영어 환경을 만들어주는 영어 콘텐츠 육아입니다.

영어 강사 엄마가 엄마표 영어를 시작하게 된 이유

저는 대학 졸업 후 10여 년간 학교와 어학원 등 다양한 곳에서 영어 강사로 일하면서 다양한 학생과 학부모를 만났습니다. 아이들 대부분이 부모 세대보다 훨씬 일찍 영어를 접하기 시작하면서 적지 않은 시간과 비용을 들여 영어 사교육을 받고 있는데도, 영어라는 언어를 즐기거나 영어를 잘하게 되는 아이는 찾아보기 힘들었습니다. 20여 년 전 제가 영어를 배우던 때와 크게 다른 점이 없었지요.

초등학교 선생님들은 3학년 교실에서 가장 실력 차가 큰 과목이 영어라고 입을 모아 이야기합니다. 원어민 선생님과 편안하게 대화할 수 있는 아이부터 알파벳 ABC를 배워야 하는 아이까지 섞여 있기 때문이지요. 초등학교에서 3~4학년은 일주일에 두 시간, 5~6학년은 일주일에 세 시간의 영어 시간이 있습니다. 초등학교 영어의 목표는 의사소통 위주의 교육이라지만 한 언어를 익히기에는 턱없이 부족한 시간입니다. 그러니 "영어는 사교육 없이는 절대 안 되는 것 같아요."라는 말이 나오는 상황이고요.

초등, 중등 교과 과정만을 통해 자연스럽게 높은 수준의 영어를 습득할 수 있는 아이는 없다고 볼 수 있습니다. 입시를 위한 준비로 넘어가면 더 힘듭니다. 일상생활에서 잘 사용하지도 않는 단어가 들어간 긴 문장을 읽어내야 하고, 문법 문제까지 풀어야 하니 영어를 싫어하기 딱 좋은 환경이지요. 무언가 비정상적이기는 한데 무엇이 이상한지도 모른 채 가장 많은 사교육비를 지출하게 되는 과목이 영어입니다.

저는 영어 강사 생활을 하면서 결혼을 했고, 엄마가 되고 나서야 엄마표 영어를 만났습니다. 이미 많은 아이가 엄마표 영어를 통해서 집에서 모국어를 습득하듯이 편하게 영어를 즐기고 있다는 것을 알게 됐지요. 엄마표 영어를 한 아이들이 영어 원서를 편안하게 읽고, 영어로 된 영화를 자막 없이 보고 있다는 사실에 크게 놀랐습니다.

　엄마표 영어를 한 아이들을 보면서, 우리말 환경에 놓인 모든 아이가 서너 살이 되면 우리말을 유창하게 하게 되듯이 가정에서 아이에게 영어 환경을 만들어주면 모국어 습득하는 것과 비슷하게 영어를 습득할 수 있다는 사실을 발견했습니다. 저는 그렇게 자녀들을 키워온 분들의 책을 읽고 자료를 찾아보면서 사례를 수집해보았습니다. 그리고 내 아이에게 부모가 만들어주는 생활환경이 아이의 전부인 시기, 부모가 이끄는 대로 잘 들어주는 시기, 뇌 발달이 최고로 활발하게 일어나는 시기인 영유아기를 놓치면 안 되겠다고 생각했어요.

　내 아이에게는 점수를 위한 영어가 아니라 삶의 도구로서의 영어를 주고 싶다는 생각이 들었습니다. 유아기는 자연스러운 영어를 천천히 듣고, 자기 것으로 받아들이기에 가장 좋은 시간이지요. 우리말을 배울 때도 수많은 상황 속에서 어른들의 말을 '알아듣는 것'부터 출발했듯이 영어도 그렇게 듣는 귀가 트이고 나면 학습으로서의 영어도 훨씬 받아들이기 쉬울 거라고 생각했어요. 그렇다면 아이는 영어 학원 가방을 메고 파닉스 수업을 받으며 발음을 익히고, 낯선 영어 단어를 외우며 힘겹게 학원과 집을 오가는 생활을 하지 않아도 될 것이라는 확신이 들었습니다.

　만약 제가 엄마표 영어가 무엇인지 제대로 알지 못했다면, 영어 선생님 엄마인 저는 집에서 아이에게 영어를 직접 가르치고 싶은 욕망이 생겼을지도 몰라요. 그런데 어떤 책을 읽다가, 엄마가 영어 강사이면 아이의 영어 학습을 망치기 더 쉽다고 하는 글을 보았습니다. 아이의 작은 실수가 더 잘 보여서 지적하고 싶고, '제대로' 영어를 가르치려고 들기 때문이라고 했어요. 엄마의 완벽한 영어에 아이가 주눅이 들기 쉽다고도 했습니다. 지금 와서 생각해보면 그 책을 쓴 저자가 정말 고맙습니다. 제가 했을 수도 있는 실수를 먼저 짚어주셨으니까요.

저는 아이에게 영어를 가르치는 것이 아니라 아이가 자연스럽게 영어를 습득할 수 있도록 천천히 가기로 했습니다. 아이의 머리, 어깨, 무릎, 발을 만져주며 영어로 노래를 불러주었고, 영어 노래를 틀어놓고 아이와 신나게 춤을 추거나, 말하고 움직이기 힘들 때에는 그냥 영어 노래만 틀어놓기도 했었어요. 아이와 함께 볼 수 있는 짧고 쉬운 영어책을 구비해서 아이 주변에 놓아주었고, 아이의 수준과 정서에 맞는 영어 영상을 반복해서 볼 수 있도록 준비해 주었습니다. 문법에 맞지 않는 말을 해도 고쳐주지 않았고 그냥 다 받아주고 들어주었습니다.

우리집에서는 엄마가 영어를 잘하기 때문에 아이를 가르치는 엄마표 영어가 아니라, 아이가 좋아할 수밖에 없는 영어 환경 만들기가 지속되었습니다. 그리고 그 결과, 엄마가 읽어주는 영어 그림책을 잘 들어주던 아이는 36개월이 되자 인형을 가지고 놀면서 영어로 역할 놀이하는 모습을 보여주었고, 다섯 살 초반에는 영어 그림책을 스스로 읽기 시작하였습니다.

나이에 맞는 이중 언어 노출

아이들은 배우는 것을 좋아합니다. 부모의 역할은 아이들 눈높이에 맞추어 세상을 보여주고 안내하는 것입니다. 제가 집에서 영어 환경을 만들어주니, 아이는 모국어를 습득하듯이 영어를 익힐 수 있었습니다.

　많은 부모는 아이가 한글도 다 알기 전에 영어를 배우면 영어 그림책을 아무리 읽어줘도 이해하지 못할 거라고, 영어 영상을 아무리 보여줘도 어른도 알아듣기 어려운 속도의 영어 영상을 알아듣고 이해하지 못할 거라고 생각합니다. 하지만 그것은 영어를 어렵게 배웠거나 영어를 두려워하는 기저 감정을 가진 어른들의 편견일 뿐입니다.

　아이들에게 영어는 그저 색다른 소리이고, 매일 새롭게 인지하는 것 중 하나일 뿐이지요. 아이는 늘 보던 그림책을 펼치고는 "코끼리!" 라고 말했을 때, 엄마 아빠의 눈이 동그래지면서 잘했다고 박수를 치는 경험을 하면서 우리말을 배워왔습니다. 아이에게 영어를 처음 들려줄 때에는 우리말과 똑같이 영어 단어 위주의 책이나 한 페이지에 문장이 한두 줄인 그림책을 읽어주며 시작하면 됩니다. 부담 가질 필요가 없다는 것이지요.

　부모는 소풍이 무엇인지도 모르는 아이에게 사자, 곰, 오리의 그림을 보여주면서 동물들이 소풍을 간 이야기를 들려줍니다. 그러면 아이는 이야기를 들으며 사자라는 단어도 배우고, 사자와 곰이 소풍 가면서 싸 간 도시락도 보고, 곰과 오리가 물장구치는 이야기도 듣게 되지요. 아이에게 영어를 가르칠 때에도 그렇게 영어 단어에서 짧은 문장으로 넘어가면서 조금씩 아이가 영어에 친숙해지도록 할 수 있습니다.

　뇌 장애아들을 치료하면서 아이들의 잠재능력과 뇌에 대해 연구한 미국의 글렌 도만Glenn Doman 박사는《아기의 지능은 무한하다》,《아이에게 읽기를 가르치는 방법》등의 저서를 통해 자신이 내린 결론을 밝혔습니다.

아기는 0세에 가까울수록 놀라운 언어적 능력이 존재한다. 미취학의 유아는 엄청난 양의 지식을 습득할 수 있다. 유아에게 학습은 재미있는 놀이다. 하지만 어른들의 무지로 이 시기가 낭비되고 있다. 아이의 뇌 발달 과정에 비추어볼 때, 학습에 결정적인 시기는 0세부터 6세까지이다. 읽기는 뇌신경의 발달을 촉진시키며 읽기를 일찍 배워서 나쁜 점은 없다.

'엄마표 영어'라는 말을 처음 들었을 때, 어린아이를 자리에 억지로 앉힌 후 손가락으로 영어 단어를 짚어가면서 어서 따라 읽어보라고 종용하는 장면이 떠오르지는 않으셨나요? 아이를 키워본 분이라면 어린아이에게 아이가 원하지 않는 무언가를 억지로 하게 하는 것만큼 힘든 일이 없다는 것을 잘 아실 거예요. 그런데 진짜 엄마표 영어는 아이가 좋아할 만한 영어 재료를 제공하는 것이에요. 이것은 엄마가 선생님이 되는 것이 아니지요.

어린아이에게 간단한 유아용 그림책을 읽어주는 장면을 떠올려 보세요. 아기에게 처음부터 세계 명작동화나 긴 내용의 이야기를 읽어줄 수는 없습니다. 아이가 듣고 이해할 수 있을 정도의 짧고 쉬운 책부터 읽어주는 게 상식이에요. 아이는 어른들이 보기에는 특별한 이야기도 없고, 재미도 없어 보이는 한 줄짜리 책에도 반응하며 집착하기도 하고, 그림책의 어느 한 장면을 뚫어져라 쳐다보기도 합니다. 새로운 말을 배우고, 눈으로 내용을 쫓아가며 이야기를 듣는 것은 인지 학습인 동시에 재미있는 놀이가 됩니다. 책이 재미있다는 것을 경험한 아이는 반복해서 책을 원합니다. 아이가 원하는 책을 읽어주는 것은 부모에게 크게 어려운 일은 아닐 거라고 생각해요.

글렌 도만 박사는 연구 결과를 통해 어린아이들의 뇌는 세상을 받아들일 준비가 충분히 되어 있다고 말합니다. "맘마 먹자.", "저기 빠방이 오네." 같은 식으로 인위적인 아기 언어를 사용하는 것은 어른들이 인위적으로 아이들이 배울 수 있는 영역을 좁히는 것이라고 생각한 저는 아이를 키우면서 처음부터 '함미, 하비'와 같은 아기 말을 사용하지 않고 '할머니, 할아버지'라는 정확한 발음으로만 말해주었더니 두세 살 아이들이 흔히 하는 혀 짧은 발음을 전혀 하지 않았습니다. 아이의 할머니, 할아버지께도 "맘마 먹자."와 같은 아기 말은 사용하지 말아 달라고 부탁드렸고, 결과는 만족스럽고 놀라웠습니다.

신체 발달이나 기질에 따라서 다르긴 하겠지만 아이 대부분은 언어 능력이 부족하거나 혀가 짧아서 아기 말을 쓸 수밖에 없는 것이 아니라, 그저 부모가 열어주는 세상의 크기만큼 보고 배우고 따라 하게 된다고 생각합니다. 그렇기에 세상에 태어나 만나는 새로운 것들을 보고 듣고 배워야 하는 시기에 아기 말만 듣고 사용하다가 점점 커가면서 다시 눈치껏 새로운 원래의 단어를 배우게 할 필요는 없습니다.

아이가 다섯 살이던 어느 날, 아이는 영어 그림책을 보다가 그림 속 풍향계 끝에 달린 N, S, E, W가 무엇인지 물어왔습니다. 설명해도 이해하지 못할 것 같아서 "나중에 언니 되면 알게 돼. 그때 설명해 줄게."라고 말하려다가 문득 어느 책에서 읽은 내용이 떠올랐습니다. "아이가 곧 잊어버릴 것이라고 해도 부모가 성의 있게 대답을 해주는 모습에서 자신이 가치롭다는 것을 배운다."라는 내용이었어요. 그래서 아이에게 N, S, E, W는 방향을 표시하는 약속이라고 말하면서 우리 집 거실에서 보이는 해가 뜨는 쪽이 동쪽, 해가 지는 쪽이 서쪽이라고 알려주었지요. 식탁에 앉아서 저녁을 먹을 때에는 아이의 자리에서 해가 지는 모습이 보이는 것도 함께 관찰했지요. 그 후로 아이는 방향이라는 것이 존재한다는 것을 알게 되었고, 일정하게 해가 뜨고 지는 모습을 스스로 관찰하며 오랫동안 이 주제를 가지고 즐겁게 아는 척을 하며 대화했습니다.

아이에게 일어난 작은 호기심을 해결해주는 부모의 작은 말 습관에서부터 아이의 성장이 시작됩니다. 아기 언어를 사용하지 않고 항상성 있게 대답을 해 주는 부모의 모습에서 아이는 자신의 가치를 느낍니다. 책에서 보고 부모에게 들은 정보들이 모여 아이의 배경지식이 되고, 그것이 바로 세상을 향한 더 큰 호기심의 원천이 되겠지요. 아이가 열심히 제 나이에 맞는 지식을 탐구하고 생각을 뻗어갈 때, 부모는 그 생각의 가지를 꺾어버리면 안됩니다. 제 나이에 맞는 호기심을 가질 수 있도록 북돋워주어야 합니다.

아이가 커가면서 "왜? 왜? 왜?"라며 질문 폭탄을 던지는 시기가 있습니다. 아이의 기질이나 흥미에 따라서 단순히 종알거리고 싶어서 하는 말처럼 들리기도 하고, 의미 없어 보이는 질문을 하기도 하고, 어른이 보기에는 지극히 사소한 것에도 끊임없이 질문을 하기도 하지요. 그런데, "위대한 교육은 부모가 귀찮음을 이길 때 이루어진다."라는 말이 있습니다. 위대한 교육이 학원비에서 나오는 것이 아니라는 점, 저는 참 위로가 되더군요. 아이가 던지는 "왜?"라는 질문에 시선을 맞추고, 친절한 말투로, 쉽게 풀어서 설명해주는 것은 아이 스스로 자신이 존중받았다고 느끼게 해 줍니다. 그리고 그것은 어른의 세상과 아이의 세상을 분리하지 않고 넓고 깊게 생각하는 힘을 길러주지요.

우리나라는 초등학교 3학년에 처음으로 영어 교과서를 만납니다. 그래서 아이가 만나게 되는 새로운 '과목'으로서의 영어를 걱정하는 부모님들을 많이 볼 수 있습니다. 외국어 습득이라는 재미를 알기도 전에 공부를 해야 하는 학습으로의 영어를 만나게 되면서 영어라면 고개부터 내젓는 아이들을 많이 만났습니다. 참 안타까운 상황이지요.

그런데 어린 시기에 영어를 의사소통의 도구이자 정보전달의 도구로서 만난 아이들은 학습이라는 영어를 만나게 되어도 이런 스트레스와 거부감이 덜합니다. 아이가 어릴 때 우리말 동요와 영어 동요를 함께 들려주고, 영어 그림책과 영상을 준비해서 영어 환경을 만들어주는 것은 아이를 공부시키는 것이 아닙니다. 아이의 나이에 맞는 언어 환경을 만들어주는 것이지요.

미국이나 유럽의 여러 국가는 다양한 인종과 문화가 함께 교류하는 사회를 이루고 있고 그래서 아이들은 일찍부터 두 가지 이상의 언어를 배우게 됩니다. 자연스럽게 자신이 속한 가정 밖의 언어와 문화에 노출되면서 모국어 이외의 언어를 배우게 되는 것입니다.

사실 인간의 뇌는 두 가지 이상의 언어를 잘 받아들일 수 있다고 합니다. 어릴 때 배울수록 받아들이는 속도는 더 빠르고요. 아이가 가장 효율적으로 배울 수 있는 유아기에 영어 소리에 자연스럽게 노출해주세요. 아이 나이에 맞는 영어 노출이 바로 엄마표 영어의 시작입니다. 우리 아이에게 우리말이 어렵지 않고, 영어 원어민 아이에게 영어가 어렵지 않은 것처럼 우리 아이들도 영어 소리를 들으며 자라면 영어가 어렵지 않게 다가옵니다.

집에서 자라는 영어의 장점

저희 아이는 올해 일곱 살이 되었어요. 아이를 키웠던 시간을 돌아보니, 아이가 어렸을 때부터 엄마표 영어를 하기를 정말 잘했다고 느껴지는 순간이 많았습니다.

유아기는 엄마와 함께 집 안에서 보내는 시간도 많고, 엄마와 애착관계가 끈끈한 시기입니다. 가장 편하고 친밀한 공간인 집에서 영어 그림책을 읽어주는 '소리'에 노출되고 있다면 그것만으로도 좋은 시작이에요. 어린아이들은 엄마를 무한히 신뢰하며 따라 하고 싶어 합니다. 엄마가 영어에 완벽하지 않아도 아이는 사실 잘 알지 못합니다. 다른 사람 앞이 아니라 내 아이 앞에서만은 발음 걱정하지 않고 자신 있게 읽어줘도 되는 이유입니다.

아이가 막 우리말을 배울 때쯤인 한두 살부터 한글책과 영어 그림책을 함께 읽어주면 우리 나이 네다섯 살쯤 되었을 때에는 원어민 또래들이 보는 그림책과 애니메이션을 영어로 볼 수 있습니다. 영어 공부를 왜 해야 하는지 설명할 필요도 없이 아이들은 그저 영상이 재미있어서 깔깔거리며 보는 것이지요. 그렇게 가랑비에 옷 젖듯이 영어의 어순이 아이에게 자연스럽게 스며들고, 아이의 발음이 좋아지는 것은 당연한 일입니다.

유아기는 원어민에 가까운 발음을 내뱉는 것을 부끄러워하지 않는 나이이기도 합니다. 그렇게 영어책을 읽고 영어 노래를 따라 부르다 보면 한꺼번에 많은 어휘를 익히게 되고 그러다 툭툭 입에서 영어 단어나 노래가 나오기만 해도 칭찬을 받고요. 그렇게 아이의 자존감은 쑥쑥 올라갑니다. 학교 가기 전이야말로 자기 자신에 대한 사랑과 믿음, 그리고 자신감이 채워져야 할 시기입니다.

유아기에 엄마표 영어를 시작해서 좋은 점은 쉽고 재미있게 영어를 익힐 자료가 많다는 것입니다. 부모가 읽어주는 재미있는 그림책을 싫어하는 아이는 단 한 명도 없을 거예요. 유아에게 영어를 자연스럽게 들려줄 수 있는 영어 그림책, 영어 동요, 영어 영상은 엄청 많아요. 영어 그림책은 아이에게 장난감이 되고, 영어 영상 속 캐릭터들은 상상 속에서 아이의 친한 친구가 되어 줍니다.

유아기에 그림책을 읽어주는 것은, 초등학생 아이에게 학교와 학원 교실에서 영어 교재로 만나는 영어보다 훨씬 재미있고, 효과적이며, 저렴하기까지 합니다. 물론 초등학생 역시 새로운 언어를 배우기에 좋은 나이이지요. 그런데 학교와 학원 숙제까지 있는데다 스마트폰을 포함한 각종 미디어에 많이 노출될 수밖에 없는 요즘 아이들이 단순한 그림책과 쉬운 영상을 봐주는 경우는 매우 적고, 초등학생 이상을 대상으로 하는 영어 재료로 영어 수준과 재미를 동시에 잡기가 힘들기 때문에 이미 미디어 노출이 많은 아이에게 영어로 된 콘텐츠를 보게 하기 위해서는 부모의 에너지 소모가 너무 큽니다.

유아기는 일생 중 가장 여유롭고 느긋한 시간을 누려야 하는 시기입니다. 엄마표 영어를 하게 되면 영어 학원이나 센터에 다녀야 하는 시간은 물론이고 엄마와 아이의 에너지도 아끼고, 거기에 덤으로 비싼 학원비를 아낄 수도 있습니다. 꼭 해야만 하는 진도나 숙제가 없으니 아이는 스트레스가 없고, 엄마표 영어를 유지하는 시간이 길수록, 자녀가 여러 명일수록 교육 비용의 부담은 더 줄어들고요.

꼭 훌륭한 원어민 선생님을 모셔야만 아이에게 고급스러운 영어가 흘러 들어가는 것은 아닙니다. 영어 그림책을 읽다 보면 책이 가장 좋은 교사라는 것을 알 수 있어요. 아이에게 책을 읽어주는 습관이 일상에 녹아들고, 부모도 함께 읽다 보면 아이들을 위해 잘 다듬어진 고급 영어를 익힐 수 있습니다.

엄마표 영어가 우리집 루틴으로 스며들었다고 해도 사실 매일매일의 삶에서 아이의 발전을 눈으로 확인하기는 힘이 듭니다. 저도 그냥 아이의 속도가 어떤지도 모른 채 영어 음원과 영상을 노출해주었고 그저 기다리는 입장이었는데 아이는 44개월이 되었을 때에 영어 그림책을 스스로 읽기 시작했습니다. 소리를 내어 읽고 싶어 한 아이는 책장을 넘기며 아는 단어를 찾아서 읽기 시작한 것이지요.

그때 저는 엄마표 영어의 2막이 열린 것 같은 기분이 들었습니다. 아이가 영어 그림책을 들고 스스로 읽으면서 재미있다며 깔깔 웃는 모습을 옆에서 지켜보았을 때 기분이 정말 묘했어요. 책이 좋고, 영어가 편안하게 느껴진다는 사실 하나만으로도 너무나 기뻤습니다. 돌아보니 참 많이 읽어주고 들려주었더라고요. 책, 소리, 영상이라는 영어 환경 만들어주기 루틴이 일상생활 속에 잘 세워지고 나면 아이는 자신의 영어를 뽐내고 부모는 감탄만 하면 됩니다.

아이에게 맞는 수준의 영어 콘텐츠를 읽어주고 들려준 것. 아이가 첫 돌이 지나고부터 유지해온 이 루틴을 매일 반복한 것뿐인데도 아이는 알아서 말하기, 듣기, 읽기, 쓰기의 영역을 자신만의 속도대로 발전시키고 있었습니다. 가족 일과에 아이의 영어 일과가 정착되고 나니 엄마표 영어가 너무 쉽다고 느껴졌지요.

내가 바라는 모습 꿈꾸기

아이를 낳고 엄마표 영어에 대해서 알아보기 시작했을 때 시중에 나온 관련 책들을 많이 읽었습니다. 서점에 가서 사서 읽기도 하고, 도서관에서 빌려 읽기도 했어요. 그런데 엄마표 영어의 모습은 100인 100색이었습니다. 결국, 모든 가정의 환경은 각자 다르고 모든 아이 또한 전부 다르기에 나와 우리 가정에서 받아들이고 실천할 수 있는 것들을 잘 분별하여 받아들여야 한다고 생각했습니다.

사실 수많은 엄마표 영어 사례가 이야기하는 핵심은 하나였습니다. 부모와의 애착 관계와 바른 소통을 바탕으로 내 아이의 필요와 흥미에 맞는 영어 콘텐츠를 꾸준히 제공하는 것이었지요. 제가 느낀 엄마표 영어는 그것으로 인해 영어뿐만 아니라 아이의 유년기 전체를 사랑으로 돌보는 육아의 형태라고 생각했습니다.

많은 사람이 자신이 원하는 것을 시각화하고 실천하려고 자신의 꿈을 문장으로 만들어 확언을 하기도 하지요. 저는 아이를 잘 키우고 싶다는 생각으로 자연스럽게 아이와 우리 부부의 삶을 상상해보는 시간이 잦아졌습니다. 매일 매일의 삶이 이상적이고 아름다운 장면만 있는 것은 아니겠지만 내가 원하는 미래의 이상적인 모습을 이미지로 떠올리고 자꾸 생각해보는 것은 긍정적인 효과가 있습니다.

엄마표 영어의 시작점에 서신 분들도 아이와 함께 영어를 함께 즐기는 모습을 강하게 상상해보세요. 내가 생각하는 잘 키운 아이의 모습을 그려보시고요. 내 아이가 인생 전체를 살아가는 데에 유년기에 가장 필요한 것이 무엇이며 그것을 위해 부모가 줄 수 있는 도움을 고민하고, 필요하다면 글로 기록해보는 것을 권합니다.

제가 바라는 우리 가정의 모습을 정리한 목록입니다.

① 우리 아이는 감정에 솔직하고 행복한 아이가 된다.

② 우리 아이는 꿈과 재능을 선한 모습으로 드러내는 아이가 된다.

③ 우리 아이는 부모보다 나은 삶을 사는 아이가 된다.

④ 우리 아이는 배움에 한계를 짓지 않고, 즐겁게 세상을 배운다.

⑤ 우리 아이는 한글과 영어의 구분 없이 독서 습관이 잘 잡힌다.

⑥ 우리 아이는 영어로 된 정보를 쉽게 받아들이는 아이가 된다.

⑦ 부모는 한 번뿐인 아이의 유년기에 후회 없을 만큼 아이를 사랑해준다.

⑧ 부모는 서로 사랑하는 모습으로 가정이 아이의 가장 안전한 울타리임을 보여준다.

⑨ 부모는 아이가 즐길 수 있는 편안한 영어 환경을 만들어준다.

⑩ 부모는 아이가 본받을 만한 바른 가치관을 가지고 살아간다.

저의 아이가 두 돌이 되기 전, 책과 인터넷을 통해 엄마표 영어 정보를 많이 모으던 때에 지인을 통해 엄마표 영어로 아이를 키워 대학 입시까지 치른 한 어머님을 알게 되었습니다. 엄마표 영어로 아이를 키우셨다는 이야기를 듣고 만남을 가졌고 엄마표 영어로 고등학생까지 아이를 키우신 엄마의 노하우를 듣게 되었습니다. 그 어머님이 들려주신 이야기는 엄마표 교육으로 아이를 키운 다른 부모님들의 이야기와 일맥상통하더군요.

그분은 큰아이가 초등학교 1학년 때 처음으로 영어책과 영상을 보여주셨다고 했습니다. 학원에는 가지 않았고요. 영어책을 구매하거나 물려받고, 도서관에서도 빌리는 등 다양한 통로로 준비해서 아이들에게 보여줬다고 했습니다. 지금으로부터 약 15년 전, 유튜브가 있던 시대도 아니었으니 매번 아이들의 수준에 맞는 DVD를 구매하고, 비슷하게 집에서 영어를 하고 있는 다른 가족들과 바꿔보기도 했고요. 학원을 많이 다니지 않으니 방과 후에는 주로 숙제하고 책을 읽으며 시간을 보냈는데 그때 영어책 집중 듣기를 꾸준히 실천했다고 했습니다. 엄마는 아이가 보는 책과 영상의 수준이 올라가는 것을 보면서 아이의 실력을 추측하는 것이 다였다고 해요.

그런데 아이들이 고학년이 되면서 학교 영어 시간에 원어민 강사를 만나게 되었는데 어려움 없이 대화를 나누는 모습을 보여주었다고 합니다. 외국에서 살다 온 것도 아니고, 학원의 도움을 받은 것도 아니었기에 주위 사람들은 놀랄 수밖에 없었겠지요. 아이들은 "엄마, 원어민 선생님 말하는 게 그냥 다 들리고 저절로 말이 나오더라고요!"라고 했다고 해요. 그리고 그 아이들은 고등학생 때 어렵지 않게 영어 1등급을 받을 정도가 되어 있었다고 하셨습니다.

학원비를 아껴보자는 생각으로 지인이 알려 준 대로 집에서 영어 환경을 만들어주기 시작한 것이 영어 학원에 가지 않고도 영어를 잘하는 아이들을 만들어주었다고 하셨습니다. 물론 부모는 영어를 잘하지 못했고, 아이들의 영어 실력을 키운 것은 재미있는 이야기책과 영상이라는 콘텐츠라고요.

부모의 역할은 아이가 좋아할 만한 책과 영상을 고르고, 결제하거나 빌려서 구해주는 것이 전부였습니다. 그렇게 수준에 맞는 콘텐츠를 꾸준히 공급해주었더니 아이들은 자연스럽게 영어에 빠져들었고, 실력이 저절로 따라온 것입니다. 아이들은 부모의 수준을 빠르게 넘어섰습니다. 아이들이 재미있게 책을 읽고 영상을 보는 모습을 보며 다음에 볼 책과 영상 콘텐츠를 준비해 줄 수 있는 힘이 되었다고 하셨어요.

지금 되돌아보면, 제가 엄마표 영어를 본격적으로 시작하기 전에 그 어머님과 만나 대화를 나누었던 것이 큰 확신을 얻을 수 있는 계기가 되었습니다. 저는 교육을 위해 학군지로 이사를 할 계획도 없었고 아이 교육에 막대한 비용을 쓰고 싶지도 않았지만 내 아이의 인생에 영어라는 재미가 있었으면 좋겠다는 소망이 있었습니다. 그랬기에 더욱 이 방법을 붙잡고 싶었습니다. 그리고 제 아이에게 집에서 영어 환경 만들기를 해 줄 것이 너무나 기대되기 시작했고요. 그런데 막연하게 모르는 길을 떠나는 것이 아니라, 제법 완벽한 지도를 보고 따라가면 되는 기분이었습니다. 영어를 잘하는 부모는 물론 잘하지 못하는 부모도 할 수 있다고 하니 '나도 할 수 있겠다!'라는 자신감이 생겼습니다.

저는 엄마표 영어에 대해서 제대로 알고 시작하고 싶었어요. 저 같은 분도 있을 테고, 그렇지 않은 분도 있겠지요. 각자 어떤 이유이든, 아이를 바라보며 영어 환경을 만들어 줄 수 있는 강한 동기와 미래에 대한 그림이 있으면 좋습니다.

강사로 일하면서 많은 학부모를 만나게 됩니다. 그중에는 아이의 기질이나 현재 성적에 상관없이 아이를 항상 낮추어 말씀하시는 분들도 많습니다. 겸손과는 다른 방향으로 아이의 부족한 부분만을 말씀하는 것이지요. 아이가 듣는 상황이든 듣지 않는 상황이든 부모가 하는 말이 반복되면 듣는 사람이든 아이 본인이든 정말 그런 것처럼 느껴집니다. 그리고 말하는 사람조차 그렇게 느끼게 된다는 것이 제일 중요하지요. 내 입으로 한 말을 가장 먼저 듣는 것은 바로 나 자신이라는 사실을 잊으면 안 됩니다.

아이에게 아무런 기대가 없으면 좋은 교육을 줄 수 없습니다. 아이에게 높은 성적을 기대하며 부담을 주라는 것이 아닙니다. 아이의 어떤 모습도 있는 그대로 받아들이며 긍정의 말을 건넬 수 있는 부모는 아이에게 안정감을 줍니다. 그런 부모에게 아이는 고민을 털어놓을 수 있고, 부모와 함께 해결책을 찾고 가정의 품에서 편히 쉴 수 있습니다. 부모가 든든하게 나를 지지해준다는 안정감을 가진 아이가 공부도 잘합니다.

아이에게 힘이 되어 주며 사춘기를 잘 보내기 위한 부모 연습은 아이가 어렸을 때부터 시작해야 합니다. 부모의 말과 생각으로 아이의 미래를 건설하는 데에 돈이 드는 것도 아닙니다. 아이가 현재 몇 살이든 아이의 모습을 있는 그대로 받아들이고, 단점보다는 장점을 찾으며 아이를 축복하는 부모가 되기를 부부가 함께 다짐해보면 어떨까요.

엄마표 영어에 대한 두려움

엄마들 대부분 '엄마표 영어'라는 단어에서부터 부담감을 느낍니다. 엄마가 시작했으니 엄마가 처음부터 끝까지 다 책임져야 할 것만 같고, 아이가 조금이라도 영어에 싫증을 내거나 거부하며 잘 해내지 못하면 엄마 잘못인 것만 같은 두려움이 몰려옵니다. 그리고 그 두려움 속에는 엄마가 사실 영어를 잘하지 못한다는 사실도 존재하고요. 그런데 어린아이들은 엄마의 영어 실력을 판단할 수 없어요. 의식하지 못합니다.

유아기 아이에게 영어 환경을 만들어 줄 때에는 영어책 읽어주고 영어 영상 보는 시간이 놀이 시간의 연장이어야 합니다. 시간에 쫓기는 일 없는 상태에서, 밥도 든든히 챙겨 먹고, 아이의 기분이 좋을 때, 놀이와 놀이 사이 틈새 시간에 엄마가 슬쩍 영어 그림책을 펼치며 아이를 무릎에 앉도록 유도할 수도 있습니다. 저녁 9시에 잠이 드는 아이라면 8시 정도가 되었을 때 잠자리에 누워서 책을 읽는 것을 하루의 일과로 정할 수도 있고요.

엄마와 함께 살을 맞닿고 체온을 느끼며 엄마가 책을 읽어주는 음성을 싫어하는 아이가 있을까요? 영어 그림책 읽는 시간은 아이가 오로지 즐기는 시간이기만 하면 됩니다. 영어 그림책이라고 해서 부모와 아이가 그림책에 나온 어휘를 처음부터 다 알아야 할 필요도 없습니다. 때론 그림만 보기도 하고, 때론 엄마가 책을 읽어줄 때의 뉘앙스를 통해 아이는 내용을 유추해 보기도 하고, 혹은 재미있는 등장인물의 표정이나 행동을 따라 하면서 좋은 기억을 공유하면 되는 것이지요.

부모님은 그저 성의 있게 읽어주기만 하면 됩니다. 아이가 엄마와 책을 읽는 시간이 축적되면서 자신도 모르는 사이에 많은 양의 영어 소리에 노출되는 것이니까요. 조금의 정성을 더하고 싶다면 아이에게 읽어줄 영어 그림책을 부모가 먼저 펼쳐보고 책의 뉘앙스나 새로운 표현에 대해 먼저 알고 있으면 더 좋겠지요. 아이들 책에는 특별히 어려운 전문용어가 등장하지 않으니 겁먹을 필요는 없어요. 때로 부모가 발음이나 뜻을 모르는 단어가 있다면 같이 찾아보자고 유도할 수도 있고요. 그러니 그 과정을 너무 어색해하지 마세요.

아이가 7세 이하라면 부모의 발음은 더더욱 걱정할 필요가 없습니다. 아이는 엄마의 발음이 나쁜 것을 알지 못하고, 알게 되더라도 부모를 부끄럽게 여기지 않아요. 그리고 앞으로 살아갈 기나긴 날 동안 훌륭한 원어민의 발음을 많이 들으며 발음을 고칠 기회는 많습니다. 그러니 발음이 좋지 않아서 영어 그림책을 못 읽어주겠다는 핑계는 버려도 괜찮습니다. 영어 그림책을 읽어주는 부모 자신의 발음이 마음에 들지 않는 경우도 있겠지요. 배우자나 다른 사람에게 내가 책을 읽어주는 영어 발음을 들키기 두렵다는 생각이 든다면, 영어책 읽어줄 때는 아이 방에서 단둘이 있을 때만 읽어주는 등 약간은 인위적인 상황을 준비하는 것도 좋습니다.

저는 세이펜과 다양한 음원 도구를 적극적으로 이용하라고 권하는 편인데 세이펜으로 들려주는 것을 싫어하는 아이도 있을 수 있습니다. 자신이 아는 체하고 싶은 부분이라든가 좋아하는 그림을 보면서 신나게 떠들고 싶은데 일방적으로 말하는 세이펜이 마음에 들지 않는 것이지요. 세이펜을 거부하는 아이라면 영어 영상을 보고 영어 동요를 들려주는 것으로 아이의 영어 노출 시간을 확보할 수 있어요.

모든 부모가 엄마표 영어를 위해 영어를 공부할 필요는 없지만 필요를 느낄 경우 엄마가 시간을 내어 영어 공부를 해 보는 것도 좋습니다. 저도 아이 영어책을 많이 읽다 보니 다듬어진 문장들이 입에 익게 되는 경험을 했어요. 실제로 그림책 음원을 함께 듣고 따라 읽어보는 것만으로도 엄마의 영어 공부에 도움이 된다고 하는 분들도 많고요. 요즘은 유튜브와 영어 공부 어플 등 무료나 저렴한 비용으로 영어 공부를 할 수 있는 재료들이 많습니다.

엄마표 영어를 어떻게 시작해야 할지 모르겠다면

- 지금 바로 지역 도서관에 가서 수준에 맞는 영어 그림책을 10권 빌려보세요.
- 영어 도서 쇼핑몰에서 아이 나이에 맞는 추천 영어 그림책을 10권 구매해 보세요.
- 유튜브 채널 슈퍼심플송(Super simple songs) 노래를 아이와 함께 듣고 불러보세요.
- 유튜브에서 뽀로로 등의 영어 채널을 찾아 보여주세요.
- 아이의 선호도를 살펴보며 더 해 줄 수 있는 것과 덜어낼 것을 고민해 보세요.

내 아이와 우리집에는 어떤 실천 방법이 맞을지 모르겠다면

- 엄마표 영어 관련 도서를 2권 이상 정독해 보세요.
- 우리 가정과 조금이라도 상황이 비슷한 저자의 책을 참고하면 좋아요.
- 영어 그림책을 읽어주고 영어 영상을 본다는 두 가지 핵심을 기억하고, 다양한 실천법을 우리집에 맞게 변형해 실천해 보세요.

혼자 꾸준히 실천하기 어렵다면

- 지역 맘카페에서 아이와 비슷한 나이대의 엄마표 영어 동지를 찾아보세요.

엄마표 영어 하기 정말 좋은 시대

성인은 영어를 배우고자 하는 뚜렷한 목표와 동기가 생기기 쉽습니다. 물론 여러 다른 이유로 쉽게 무너지기도 하지만요. 하지만 아이들은 조금 다릅니다. 뚜렷한 목표와 동기가 생기기 쉽지 않지요.

아이에게 영어를 주고 싶은 부모가 아이에게 맞는 영어 환경을 만들어주는 것이 시작입니다. 영어가 무엇인지 잘 모르는 아이에게 재미있는 영어 재료라는 장작을 계속해서 공급해주면 영어의 불씨가 활활 타오를 수 있습니다. 재미있는 영어 재료는 무엇일까요? 아이의 나이에 맞는 재미있는 콘텐츠, 바로 영어 그림책과 영어 영상입니다.

지금은 엄마표 영어 하기 정말 좋은 시대입니다. 영어 그림책을 어디에서나 쉽게 볼 수 있지요. 지역 도서관 어린이 열람실에는 영어 그림책이 많이 비치되어 있어요. 가까운 지역 도서관에 어린이 영어 그림책이 있는지 문의 후 방문해 보세요. 도서관에서 대출한 여러 가지 영어 그림책을 펼쳐 두고 아이와 표지 그림을 보고, 아이가 어떤 그림의 표지에 손을 먼저 뻗는지부터 관찰하세요. 또 대형 서점에는 영어 그림책 코너가 잘 마련되어 있습니다. 영어 원서와 DVD를 살 수 있는 원서 전문 온라인 쇼핑몰도 많고 연령별 추천 영어 그림책 목록은 검색 몇 번이면 쉽게 찾아볼 수 있습니다.

원서 전문 온라인 서점은 원서의 종류가 다양하고 홈페이지와 앱에서 쇼핑하기에 편리합니다. 자주 가는 온라인 쇼핑몰에서 생필품을 고르는 것처럼, 영어책을 장바구니에 넣고 결제만 하면 됩니다. 제목과 저자가 영어라는 것일 뿐 각 쇼핑몰에서 제공하는 자세한 도서의 정보와 사진을 보고 고를 수 있습니다. 온, 오프라인 할인 행사도 자주 있으며 인기 캐릭터별, 시리즈별, 작가별, 연령별로 분류가 되어 있습니다. 영어책뿐 아니라 영어 DVD와 워크북, 그림 사전, 단어 카드, 관련 장난감들도 함께 구매할 수 있습니다. 유튜브 채널이나 인스타그램, 공식 카페를 운영하는 곳도 있어 엄마표 영어에 도움을 받을 수 있고요.

영어 CD나 DVD를 구매하고 보관하는 수고를 덜어줄 미디어 매체들도 많이 생겼습니다. 아이들을 위한 온라인 영어도서관과 영어 애니메이션 서비스가 있고 유튜브와 넷플릭스에서도 어린이 영어 콘텐츠를 마음껏 활용할 수 있습니다. 대부분 가정에서 이미 이용하고 있는 IPTV 서비스를 이용하여 인터넷과 TV 사용료에 포함된 적은 금액으로 집에서 영어 콘텐츠를 편리하게 보여줄 수도 있습니다.

중고 거래도 활발하게 이루어집니다. 중고 거래 카페, 지역 맘카페, 지역 기반 중고 거래 어플, 온·오프라인 중고서점 등을 이용하면 저렴하게 영어책을 구할 수 있습니다. 아이를 낳기 전에는 영어 그림책이 한 권도 없었던 저처럼, 엄마표 영어 시작점에 계신 분들이라면 가벼운 마음으로 영어 그림책을 구매하는 것부터 시작해 보세요.

대표적인 온라인 원서 서점

웬디북	www.wendybook.com
북메카	www.abcbooks.co.kr
제이와이북스	www.jybooks.com
키즈북세종	www.kidsbooksejong.com
동방북스	www.tongbangbooks.com

주요 통신사의 IPTV 유아용 콘텐츠	OTT 서비스 인터넷을 기반으로 방송, 영화 등의 콘텐츠를 볼 수 있는 서비스	온라인 영어도서(Ebook), 교육 영상서비스
SK브로드밴드 - 젬키즈 KT - 키즈랜드 LG 유플러스 - 아이들나라	유튜브 넷플릭스 디즈니 플러스 왓챠 쿠팡 플레이	아이들이북 리딩게이트 에픽 리딩앤 리틀팍스

파닉스, 교재로 만나지 말자

아이 영어를 어떻게 시작해야 하는지 고민하면서 가장 먼저 떠올리는 것이 바로 파닉스phonics입니다. '우리 아이는 6세가 되어서, 우리 아이는 이제 초등학교 1학년이어서, 우리 아이는 한글을 다 떼었으니 파닉스를 배워도 되지 않을까…' 등 이유도 다양합니다.

저는 초등학교에서 영어를 배우지 않은 세대입니다. 저와 같은 30대 중반 이상의 부모님들은 대부분 공교육이든 사교육이든 파닉스를 따로 배운 적이 없지요. 영어를 학과목으로 만났고 파닉스에 규칙이 있다는 것도 인지하지 못한 채 영어 단어를 외우며 학습을 했어요. 그러니 파닉스라는 말부터가 낯설게 느껴지기도 합니다.

파닉스는 간단하게 말하면 '발음 중심 어학 교육법'입니다. 단어가 가진 소리의 규칙을 배워 문자를 읽는 데에 도움을 주는 교육 방법이지요. 영어 학원에 처음 가면 가장 먼저 하게 되는 게 바로 파닉스 과정이에요. 학원에서 파닉스부터 가르치는 이유는 초등학생이 가장 쉽고 빠르게 결과물을 낼 수 있는 것이 바로 영어를 '읽어내는' 것이기 때문입니다.

영어 학원 3개월 다닌다고 해서 갑자기 영어 듣는 귀가 바로 트이거나 영어로 자연스럽게 말을 할 수는 없지만 파닉스를 알면 더듬더듬 문자를 조합해 영어 단어를 읽어낼 수 있습니다. 약간의 규칙으로 영어를 읽을 수 있기에 공부를 하는 입장에서는 성취감을 맛볼 수 있지요. 사실 학원 입장에서는, 비슷하게 영어가 처음인 아이들을 모아서 같은 교재를 사용하여 속도를 맞추어 파닉스를 가르치면 한 그룹의 아이들을 같은 속도로 끌고 갈 수 있기 때문에 학원 운영하기에도 편리하고요. 저 역시 소리 노출 없이 영어를 처음 시작하는 초등학생들의 수업은 파닉스로 교육합니다.

저는 강사로 일하는 동안 각 교육기관에서 사용하는 많은 파닉스 교재를 연구하고 가르쳤어요. 어떻게 하면 학습자가 좀 더 쉽고 빠르게 알파벳 소리를 익힐 수 있을지 고민하며 여러 가지 교수법을 사용해 보기도 했습니다. 요즘은 아이들을 위한 재미있는 교구와 프로그램이 많아요. 약 10년 이상 파닉스 교재를 다루면서 배우고 가르치기에 편리한 교재를 분별하는 눈도 조금은 길러졌습니다.

엄마표 영어를 하는 저에게도 파닉스에 대한 질문은 끊이지 않습니다. "선생님 아이는 어떻게 영어책을 읽기 시작했나요?", "선생님 아이는 파닉스를 언제 했나요?, "저희 아이가 영어를 잘 읽지 못하니 파닉스를 해야 할까요?", "사이트 워드 교재가 따로 필요한가요?", "파닉스와 사이트 워드를 몇 살에 시작해야 할까요?"

답부터 말하자면 저는 저희 아이에게 파닉스를 가르치지 않았습니다. 유아기에 듣기 중심으로 영어를 노출한다면 이러한 파닉스 교육을 따로 하지 않아도 된다고 생각합니다. 영어 소리를 많이 듣고 영어로 그림책을 즐길 수 있게 해주는 것이 훨씬 쉽고 재미있기 때문입니다.

사실 유아기에 파닉스를 교재로 배우는 것은 상당히 긴 시간과 인내심이 필요한 일입니다. 캐릭터가 등장하고 스티커가 잔뜩 있는 유아용 파닉스 교재라고 해도 책상에 앉아 교재를 펼치는 것은 아이에게 '공부'라는 말을 직접 건네지 않아도 상당히 '공부하고 있다'라는 느낌을 줄 수밖에 없어요.

저는 영어를 가르치는 직업을 가진 엄마이기는 하지만 아이 앞에 교재를 두고 올바른 영어 발음을 가르치고, 알파벳을 따라 쓰게 하면서 아이가 모르는 내용을 학습하게 하는 과정을 잘 해낼 자신은 없었습니다. 무엇보다, 아이는 엄마와 함께 영어 노래를 부르고, 영어 그림책을 읽는 것에 익숙해져 있는데 갑자기 공부를 해야 한다는 상황이 즐겁게 느껴지지 않을 테니까요.

아무리 생각해보아도 결론은 '영어 그림책을 많이 읽어주자'였습니다. 저는 아이 수준에 맞고 아이가 재미있고 좋아하는 책을 원하는 만큼 반복해서 읽어주고, 노래가 있으면 자주 불러주고, 세이펜을 늘

곁에 놓아주었습니다. 짧고 쉬운 그림책과 리더스북을 준비해서 아이가 언제든지 볼 수 있게 하였고, 이동하는 차에서는 읽었던 책의 음원을 들려주었습니다.

영어 그림책을 오랫동안 읽어준 부모님들은 알 것입니다. 파닉스는 아이가 저절로 익히게 하는 편이 더 낫다는 것을요. 그리고 제가 직접 해 보았더니 저희 아이는 파닉스 규칙 하나하나를 배우지 않았음에도 영어 음가를 저절로 익혀서 처음 보는 단어도 척척 읽어내고 있습니다.

맘카페 등에서 공동구매를 하는 파닉스 교재 다섯 권, 여섯 권 세트 같은 것은 구매하지 마세요. 공동구매로 구입하면 저렴하게 느껴지지만 아이가 성실하게 끝까지 완주할 가능성이 낮고 아이와 엄마는 실패감을 느낄 뿐입니다.

저는 유아들에게 파닉스 수업을 권하지 않습니다. 파닉스 수업이 나쁜 것이 아니라 유아기는 듣기 중심 영어와 모국어 독서에 시간을 더 많이 들여야 하는 시기이기 때문입니다. 간혹 엄마표 영어를 '커서 하면 짧은 시간에 다 하는 것을 긴 시간을 들여서 엄마와 아이가 고생한다.'라는 시선으로 보는 분들이 계신데 사실 파닉스 학습이야말로 초등 이후에 짧게만 해도 되는 것들 중 하나입니다.

엄마의 고민

미취학 우리 아이에게 파닉스 규칙을 알려주는 학습이 가능할까? (No)

파닉스 학습이 유아기의 인지, 발달 단계상 꼭 필요할까? (No)

해결책

지금처럼 영어책을 많이 읽어주며 영어 소리를 많이 듣게 해주자.

아이가 파닉스를 익히기 위해 어떤 책을 읽어줄 것인가?

리딩 레벨을 따지기보다는 아이가 좋아하는 주제의 책.

자연스럽게 파닉스 음가가 노출되는 짧고 쉬운 리더스북 시리즈.

아이의 이해 수준에 맞는 짧고, 쉽고, 웃기고, 재미있는 책.

아이의 흥미가 지속될 수 있는 장난감 같은 책.

영어 그림책 Picture book 스토리북, 픽쳐북이라는 말로 쓰이기도 합니다. 영어 그림책은 영어 학습 교재가 아니라 영미권의 아동 그림책 작가들이 원어민 아이들을 독자로 쓴 어린이 문학 작품이에요. 아름다운 그림들로 채워져 있어 책에서 그림이 차지하는 비중이 큽니다. 영어를 배우기 위한 교재가 아니기 때문에 다루고 있는 어휘표현의 수준이 제한되어 있지 않고 실제로 아이들에게 들려주고 읽어주는 그림책이기에 일상의 표현들이 생생하게 담겨있습니다.

그림책은 표지와 내용이 모두 두꺼운 보드북(board book), 표지만 양장인 하드커버 북(hardcover book), 표지도 얇은 페이퍼북(paper book) 등이 있으니 인터넷으로 구매할 때는 책의 형태를 참고하여 구매하는 것이 좋습니다.

리더스북Readers book 영어 그림책이 문학 작품이라면 리더스북은 영어 읽기 연습을 위해 만들어진 책입니다. 기초 리더스북은 얇고 크기도 작아 어린 아이들의 손에 쥐기에 좋고 휴대하기도 좋습니다. 아이들이 우리말을 배울 때도 받침 없는 글자나 자주 보이는 글자들을 통으로 익히듯이 리더스북에는 주로 단계가 매겨져 있어 쉬운 내용과 글자부터 읽을 수 있게 도와줍니다.

리더스북에는 내용에 초점을 맞춘 그림이 실려 있습니다. 그림과 내용이 일치하여 단어를 다 알지 못해도 쉽게 이해할 수 있게 만들어졌습니다. 단계화된 문자, 문장, 내용 읽기를 통해 바른 문장을 받아들이고 해석하는 연습을 할 수 있습니다. 영어를 모국어로 사용하는 나라의 초등학생들도 리더스북을 활용하여 읽기를 연습한다고 합니다.

챕터북Chapter Book 이야기가 챕터(Chapter) 별로 나누어진 짧은 소설책을 말합니다. 읽기에 능숙해진 아이들이 혼자서 온전히 책 한 권을 읽을 수 있을 때 보는 호흡이 긴 이야기책입니다. 60~70쪽 이내의 비교적 짧은 챕터북도 있고, 100쪽 안팎의 긴 챕터북도 있습니다. 초등학생 어린이들을 주 독자층으로 하기 때문에 출판사마다 재미있고 다양한 소재를 다룬 챕터북을 많이 출간하고 있습니다. 어린 독자들을 위한 글자가 큼직하고 그림이 많은 챕터북을 얼리챕터북 이라고 하기도 합니다.

파닉스Phonics 알파벳 낱글자와 결합된 소리를 배우는 학습방식이자 교수법입니다. 아이들에게 읽는 법을 가르치기 위해서 넓게 이용되고 있는 방법이며 영어를 처음 접하는 아이들에게 유익한 학습방식이기도 합니다.

　하지만 파닉스 규칙으로 다 읽어내지 못하는 어휘도 전체의 절반 정도나 됩니다. 이것은 영어 노출의 시작이 곧 파닉스 학습이 아니어도 된다는 뜻입니다. 특히 유아기에는 파닉스 규칙을 아는 것보다 영어의 소리를 듣고 그림책과 일상 속에서 만나는 표현과 대화들을 노출해주는 것이 먼저입니다.

사이트 워드 Sight words 한눈에(sight) 읽히면 좋은 단어들입니다. 영어 그림책과 리더스북을 읽다 보면 가장 자주 만나게 되는 단어들이 있습니다. 읽으려고 노력하지 않아도 저절로 읽어야만 하는 빈출 단어라서 사이트 워드를 High Frequency words, 즉 '자주 나오는 단어'라고도 합니다. 영어에는 파닉스 규칙을 따르지 않는 단어들이 많습니다. 낮은 단계의 리더스북을 많이 읽고 들으면 저절로 사이트 워드가 눈에 쏙쏙 들어올 수 있습니다.

노부영 '노래로 부르는 영어'의 줄임말로 우리나라의 제이와이북스 출판사에서 발행하는 원서 그림책과 읽기 책입니다. 전 세계 부모와 아이들에게 사랑받아온 영어 그림책과 체계적인 구성의 읽기 책에 수준 높은 노래가 더해진 영어 원서 시리즈입니다.

흘려듣기 흘려듣기는 아무 영어 노래나 아무 영어 소리를 아이에게 들려주는 것이 아닙니다. 아이에게 읽어주었던 그림책의 음원이나 노래, 화면과 함께 보았던 영어 동요나 애니메이션 영상을 화면 없이 소리만 듣게 하는 것이 흘려듣기입니다. 흘러나오는 영어 소리가 아이들에게 의미 있는 소리가 되게 하는 과정이지요. 영상에 노출하기 전인 아주 어린아이에게는 노부영이나 슈퍼심플송의 쉬운 노래들을 간단하게 율동과 곁들여서 들려주면 가장 좋습니다. 아침에 일어나서 등원 준비를 하는 시간, 샤워 시간, 이동하는 차 안에서 등 아이들의 귀가 열려있는 시간에 흘려듣기 하는 것은 유아기에 할 수 있는 가장 좋은 활동입니다.

집중 듣기(청독) 집중 듣기는 영어책을 읽어주는 음원을 들으면서 눈으로 영어책의 글자를 따라가는 읽기 방식이고 청독이라고도 합니다. 듣기인 동시에 읽는 행위이지요. 긴 호흡의 이야기도 아이들이 직접 읽기보다는 원어민이 읽어주는 음원을 들으며 읽으면 훨씬 쉽게 읽을 수 있습니다. 집중 듣기는 흘려듣기와는 다르게 내용을 이해하며 들어야 효과적이기에 초등 이전의 유아기 아이들에게 적합한 방법은 아니지만 영어 독서량이 많다면 6~7세 아이들도 집중 듣기를 시작하기도 합니다. 이 책에서는 2부 75쪽에서 유아들이 할 수 있는 '그림 집중 듣기'에 대해서 소개합니다.

칼데콧 상 매년 여름 미국 도서관협회의 분과인 미국 어린이 도서관협회에서 그해 가장 뛰어난 그림책을 쓴 사람에게 주는 문학상으로, 문학 부문에서 수상되는 뉴베리상과 함께 그림책계의 노벨상이라 불립니다. 가장 뛰어난 그림책을 만든 작가에게 청동색의 칼데콧 메달을, 그 다음으로 뛰어나다고 평가된 5권 이내의 그림책에 은색의 칼데콧 아너 메달을 수여합니다. 매년 칼데콧 메달을 받은 그림책들이 원서와 번역본 할 것 없이 우리나라에도 발 빠르게 소개되고 있습니다.

뉴베리 상 독서에 대한 어린이들의 관심을 높이고, 아동문학가들의 창작을 북돋우기 위해 제정된 미국의 아동문학상입니다. 1922년부터 시작되어 미국에서 가장 오래된 아동문학상으로, 미국 도서관협회가 주관하며 시상식 1년 전에 출판된 작품 가운데 미국 아동문학 발전에 가장 크게 이바지한 작품(작가)에 메달이 주어집니다. 대상은 소설·시집·논픽션 등이며, 미국 시민이나 미국에 거주하는 사람의 작품에 한합니다. '그림책'에 초점을 둔 칼데콧 상과 다르게 뉴베리 상 수상작에는 '아동소설'이 많습니다.

리딩 레벨 일정한 척도를 가지고 도서들을 난이도에 따라 분류하는 지수라고 할 수 있습니다. 미국은 물론 전 세계적으로 사용되고 있는 리딩 레벨 두 가지를 소개합니다.

① **렉사일 지수**Lexile 미국의 영어교육 기관인 메타메트릭스에서 개발한 영어 읽기 능력지수로, 현재 1억 권 이상의 도서 등에 부여되어 있습니다. 미국 50개 주와 전 세계 180여 나라에서 렉사일 지수를 기준으로 하여 책을 읽고 있습니다. 미국 학생들의 리딩 실력을 바탕으로 렉사일 지수를 살펴보면 '유치원생은 ~230L / 초등 저학년은 190L~820L / 초등 고학년은 740L~1070L / 중학생은 970L~1260L / 고등학생은 1080L~1385L' 수준이라고 합니다.
영어 원서를 구매할 때 렉사일 지수로 표시된 숫자를 보면서 책의 수준을 가늠할 수 있습니다. Lexile Find a book 홈페이지*를 통해 책의 렉사일 지수를 확인할 수 있습니다.

② **AR 지수**Accelerated Reader 1986년 미국의 르네상스 러닝 사에서 개발한 독서 학습관리 프로그램인 Accelerated Reader에서 제공하는 레벨로, 각 도서에 사용된 문장의 길이 및 어휘의 개수, 난이도를 종합하여 부여한 수치입니다. K부터 12까지의 레벨로 구성되며, 예를 들어 북 레벨(Book level) 3.5일 경우 미국 현지 기준으로 초등학교 3학년 5개월인 아이가 읽기에 적합한 도서를 의미합니다. 다만 이는 텍스트 자체의 난이도를 의미할 뿐 내용과는 관계가 없습니다. 내용이 쉬운 미취학 어린이용 그림책도 3점대 레벨을 갖고 있을 수

*   https://hub.lexile.com/find-a-book/search

있습니다.

대신 책의 내용을 고려한 연령 적합성 지수인 인터레스트 레벨(Interest Level) IL을 함께 활용할 수 있는데, 이는 책의 주제와 내용 구성, 묘사 등에 따라 구분됩니다. AR이 낮아도 다루고 있는 주제나 폭력성 등에 따라 IL이 높을 수 있는 것이지요.

IL은 약자로 사용됩니다. LG(Lower Grade)는 유치부인 K~3학년, MG(Middle Grade)는 4~8학년, MG+는 6학년 이상, UG(Upper Grade)는 9~12학년, YA(Young Adult)는 12~18세의 청소년에게 적합하다는 의미입니다.

AR bookfinder 홈페이지*를 통해 책의 AR 지수와 IL 지수를 함께 확인할 수 있습니다.

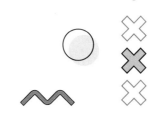

*   https://www.arbookfind.com

엄마표 영어 늦게 시작해도 될까요?

아이들을 가르치다 보면 "우리 아이는 좀 늦었는데…"라고 하는 부모님을 만나게 됩니다. 고작 5세, 6세, 7세의 아이를 키우는 부모들이 자신들은 이미 늦었다고 생각하면서 영어를 배우기에 더 좋은 비법은 없는지, 7세에 시작해서 성공한 사례는 없는지는 찾아보려 하는 것이지요. 하지만 지금 엄마표 영어를 돕는 이 책을 손에 든 부모님이라면 절대 늦지 않았다고 말씀드리고 싶어요. 초등학교 때 시작해도, 되는 집은 됩니다!

많은 부모가 일찍 영어를 시작한 일부 아이들을 보면서 '우리 아이는 늦었어.'라고 생각하거나 집에서 영어책 읽어주기를 시도했다가 꾸준히 실천하지 못한 경험을 떠올리며 '우리 아이가 평생 영어를 싫어하는 '영포자'가 되면 어떻게 하지?'라는 걱정을 합니다. 하지만 걱정하고 불안해하며 거기서 그냥 끝내는 것보다는 본인 가정에 맞는 방법을 찾아서 하루라도 빨리 실천하는 편이 더 낫습니다. 늦었기 때문에 안 할 것인지, 늦었다고 생각되어도 지금이라도 다시 시작할 것인지를 생각해 보세요.

우리나라에서 아이를 키우며 입시를 치를 계획이라면 우리 교육제도와 평가에 대해서 알아야 합니다. 사실 우리나라의 초등학교와 중고등학교 교과서에서 요구하는 영어의 수준 차이는 극심해요. 학교 수업만으로 영어 공부가 완성될 것이라고 기대하는 것이 힘든 실정이지요. 그리고 아이의 중고등학교 학교 공부와 그 이후에도 존재하는 각종 영어가 필요한 시기를 생각해 보면, 지금이 꼭 너무 늦은 시간은 아니라는 겁니다.

　필요한 시기에 학원의 도움을 받더라도, 집에서 영어책을 읽을 수 있도록 도와주고 영어 소리를 노출해주는 것이 아이에게 큰 도움이 됩니다. 아직 시간은 많고 방법도 다양하니 엄마 아빠의 조급함을 버리세요. 부모의 조급한 마음이 아이에게도 고스란히 전달됩니다.

　영어 노출 경험이 부족해도, 초등 입학을 앞두고 있는 나이여도 엄마표 영어를 시도해도 됩니다. 초등학교 저학년이라면 이 책에서 소개하는 1,2,3단계 순서로 나가기보다는 아이가 관심을 보이는 영역을 찾아서 그것부터 시작해 보세요. 모든 아이의 기질과 흥미가 다르듯이 영어라는 언어를 받아들이는 모습은 천차만별입니다. 이야기책을 좋아하는 아이도 있고, 실사 위주의 과학이나 사회 영역의 정보 전달 책을 좋아하는 아이도 있습니다. 여러 연구자가 연구해놓은 언어습득에 대한 이론을 참고할 수는 있지만 내 아이가 어느 시점에 어느 영역에 해당하는지에 대한 정답은 없지요.

　생활 습관이 잘 잡힌 가정이라면 말이 잘 통하고 방과 후에 시간이 많은 초등 저학년 때 시작하기 더 좋을 수도 있습니다. 아이에게 영어라는 선물을 주는 과정이라고 생각하고 천천히 접근해보세요. 언제 시작하더라도 영어의 시작은 '소리 듣기'라는 점을 잊지 마시고요.

　그렇다면, 초등학교 저학년인 아이를 상대로 집에서 영어 환경 만들기를 시작하려는 부모들은 어떻게 하면 좋을까요? 제가 정리한 다음 내용을 살펴보고 아이와 우리 가정에 맞는 방법을 찾아서 실천해 보세요.

① 먼저 아이의 우리말 독서 수준과 빈도를 확인하고 한글책 읽기 시간을 1순위로 확보하세요. 방과 후의 시간은 단순할수록 좋고 다른 학습 활동에 할애되는 시간은 적어야 합니다.

② 아이와 함께 오프라인 서점에 나가서 영어로 된 쉬운 리더스북과 베스트셀러 그림책을 둘러보고 아이의 의견을 참고하여 책을 구매해 그 책을 읽어주세요.

③ 아이 스스로 읽을 수 있는 쉬운 읽기 재료를 준비한 후 가능하다면 음원을 틀어놓고 귀로 들으면서 눈으로 본문을 따라 읽는 청독을 시작해보세요. 이 방법을 '집중 듣기'라고 합니다. 평소 책에 관심이 있고 이야기를 좋아하는 아이들이 더 좋아할 확률이 높아요.

④ 하루 일과 중 영어책과 영어 영상에 사용할 수 있는 시간을 확보하고 중요하지 않은 다른 것들에 방해받지 않도록 지켜주세요.

⑤ 온라인 영어 영상 서비스인 리틀팍스littlefox, 아이들이북idolebook 등의 무료 체험을 해보세요. 아이의 취향에 맞으면 가입해도 좋고요.

⑥ 유튜브나 넷플릭스로 아이가 좋아하는 장르의 영어 영상으로 선택지를 만들고, 그 선택지 안에서 아이가 직접 영상을 고르게 하는 것으로 시작하면 좋습니다.

유튜브나 넷플릭스 등을 이용하면 아이가 좋아하는 어린이용 만화를 영어로 볼 수가 있습니다. 집에서는 영어로만 영상을 시청한다는 규칙을 정해보세요. 우리말로 된 영상을 많이 본 아이들은 편안하고 당연하던 것을 못 하게 되는 상황을 거부하기도 하지만 의외로 새로운 것에 대한 호기심으로 영어 소리와 영상에 푹 빠져들기도 합니다.

아이가 이미 알고 있는 명작 동화를 영어 영상으로 보여주세요. 핑크퐁 영어 세계 명작 동화는 초등학생 아이들이 이미 알고 있는 세계 명작 이야기를 쉬운 내용의 영어로 들려줍니다. 처음부터 끝까지 영어로 된 동화 영상이지만 내가 아는 이야기여서 이해하기 쉽고, 또 자신이 아는 단어 한두 개가 들리면 아이들은 무척 좋아합니다. 실제로 영어 노출이 거의 없던 아이들도 핑크퐁 영상을 좋아하는 모습을 보았습니다. 세계 명작 동화 영상으로 영어 영상을 경험하기 시작하면 쉽게 영어 영상 보기를 시작할 수 있습니다.

핑크퐁 영어 세계 명작 재생목록

유튜브에서 볼 수 있는 대표적인 영어 동요 채널 중에 슈퍼심플송 Super simple songs이 있습니다. 슈퍼심플송을 보면 귀로 노래를 들으며 화면으로 보는 의미 확인이 동시에 일어납니다. 더 빨리, 한꺼번에 많은 어휘를 습득하게 되는 것이지요. 아이들을 가르치면서 전신반응 교수법*과 초등 아이들의 적극성이 만나 영어가 쉽게 잊히지 않고 정말

* 전신반응교수법 TPR(Total Physical Response) : 언어를 배울 때 언어와 신체활동을 동시에 사용하는 방법.

자신의 것이 되는 경우를 자주 목격했습니다. 유아에게는 당연히 필요하고, 초등학생에게도 절대 늦지 않는 영어 영상 노출, 자연스럽게 따라 하게 되는 슈퍼심플송을 꼭 활용해보세요.

제가 가르치는 초등학생 아이에게 여섯 살 동생이 있는데 언니가 보는 영어 영상을 함께 보았더니 1년 뒤에는 영상을 거의 다 알아들으며 적재적소에 다음에 나올 대사를 예상하여 먼저 말하는 정도의 수준에 올랐습니다. 유치원에서 일주일에 두 번씩 영어 수업한 것이 영어 노출의 전부였던 여섯 살 아이도 학습적인 개입 없이 취향에 맞고 쉬운 수준의 영상을 꾸준히 시청하면 귀가 뚫린다는 것을 이 친구를 통해 확인할 수 있었습니다.

이야기를 좋아하는 아이들은 놀라운 집중력을 가지고 좋아하는 만화를 오랫동안 볼 수 있습니다. 그러다 보면 자신에게 와 닿는 문장을 통째로 기억하고 정확하게 이해하게 됩니다. 처음에는 주로 "oh, dear!(오, 저런)"나 "Ugh!(으악)" 같은 소리 위주일지라도 시간이 지나면 점점 발전합니다. 여러 시즌으로 된 시리즈일수록 더 좋습니다. 아이가 좋아하기만 한다면 즐겁게 영어 영상에 노출될 시간이 길고, 같은 수준에서 반복할 기회가 많다는 거니까요.

아이가 이미 모국어도 완벽에 가깝게 구사하고, 우리말 영상에 익숙해졌으며, 책이든 놀이든 뚜렷한 호불호를 보이기 때문에 엄마표 영어를 거부하지 않을까, 우리 아이는 학원에 맡길 수밖에 없는 것이 아닐까 자책하지 마세요. 언제 학원에 가더라도 꾸준히 집에서의 인풋이 있으면 더 빠르게 많이 배울 수 있습니다. 그저, 엄마가 가르치는 것이 아니라 꾸준히 영어 소리를 들려준다고 생각하면 됩니다.

영어가 뭔지, 영어 공부를 왜 해야 하는지 알지도 못하는 아이에게 "지금 영어를 공부해야 나중에 수능 시험 칠 때에 후회 안 하게 될 거야!"라는 연설을 할 수는 없잖아요. 그렇다고 영어를 피할 수도 없고요. 그러니 영어정복을 위한 부모만의 작전을 지금부터 세워보세요. 그리고 영상 보여주기부터 시작하세요. 막상 시작해보면 아이들의 반응은 부모의 예상과는 다를 거예요!

엄마표 영어를 시작하기에 정말 늦은 경우는 다음과 같은 세 가지라고 생각합니다.

① 규칙적인 생활 습관이나 독서 습관이 아예 없는 채로 초등학교 고학년이 된 경우
② 초등학교 3학년 이전까지 부모가 아이의 학습을 전혀 돌보지 않은 경우
③ 부모와 아이의 사이가 가깝지 않고 대화가 적은 경우

가정에서 영어보다 우선 되어야 할 것들을 먼저 바로 세우며 아이의 학습을 도와주시기를 당부드립니다.

4학년에 영어를 시작한 하원이 이야기

하원이는 3학년에서 4학년으로 넘어가는 겨울방학에 저를 만나게 되었습니다. 저학년 때 원어민 그룹 수업과 방과후 학교 영어 수업을 들은 경험은 있지만 만족스럽지 않아 1년 이상 지속하지는 못했다고 했습니다. 2020년 코로나로 인해 연속적인 등교를 하지 못하고 영어 학원에도 가보지 못한 채 어수선하게 3학년 한 해를 보낸 상태였습니다.

그런 아이가 저와 함께 수업을 시작한 이후로 1년이 채 되지 않아서 영미권 또래 아이들이 읽는 아동용 소설책, 영어권 원어민 3, 4학년 읽기 수준인 AR 3~4점 대의 챕터북을 읽을 수 있게 되었습니다. 어떻게 된 일일까요?

3학년 말까지 영어 학습 경험이 매우 적었던 아이가 영어 학원에 오래 다닌 아이들보다 훨씬 빠르게 원서 읽기를 할 수 있었던 이유는 저를 만나기 이전부터 우리말 독서량이 또래에 비해 월등히 많았기 때문입니다.

하원이네 집에는 TV가 없고, 아이는 스마트폰이 없었습니다. 그리고 최소한의 학원에만 다녔기 때문에 책을 읽을 수 있는 여유 있는 시간이 있었습니다. 1학년 때부터 스마트폰을 들고 여러 종류의 학원을 다니느라 바쁜 여느 아이들과 크게 다른 환경이었지요.

매일 등교를 하지 못했던 3학년 한 해 동안 하원이는 주위의 권유로 리틀팍스와 넷플릭스를 이용해 영어 영상을 보는 새로운 루틴을 만들고 꾸준히 지켜왔습니다. 단계별로 보게 하거나 부모님이 정해주는 것만 보게 하는 등의 통제는 없었습니다. 부모님은 아이를 믿고 리틀팍스와 넷플릭스 키즈 안에서 보고 싶은 영상을 마음껏 보게 해주셨다고 했습니다.

영어 영상을 1년 정도 보았을 때 하원이는 저와 만나 짧고 쉬운 영어책 읽기를 시작했습니다. 음원을 들으면서 쉬운 책으로 집중 듣기를 했고요. 평소에 항상 책을 손에서 놓지 않는 책벌레였던 하원이는 책의 언어가 영어로 바뀐 것일 뿐 쉽게 이야기에 빠져들어 원서 읽기에 재미를 붙여 나갔습니다.

1, 2점 대의 책에도 모르는 어휘가 종종 있었지만 모르는 어휘에 집착하지 말

라고 다독여주었습니다. 한글 독서 수준보다 훨씬 쉬운 원서 읽기를 꾸준히 진행했더니 3점대의 챕터북까지 집중 듣기를 하게 되는 데에 오랜 시간이 걸리지 않았습니다. 하원이는 평소 책을 많이 읽은 덕에 원서를 읽다가 모르는 어휘와 문법을 만나도 내용을 유추하며 읽는 모습을 보였습니다. 긴 호흡의 독서 경험이 있기 때문에 가능했습니다.

영미권에서 작품성을 인정받은 아동 소설 수상작들은 한글 번역서로 많이 나와 있어요. 제가 수상작을 추천해주면 하원이는 이미 우리말 번역서로 읽었거나 영화로 먼저 접한 경우가 많았습니다. 그렇게 번역서로 먼저 만난 작품이나 작가의 원서를 읽으니 책 두께에 대한 부담감은 줄어들고 영어로 듣고 읽는 실력이 단시간에 올랐습니다. 많은 아이가 힘들어하는 문법 수업도 하원이는 크게 어려워하지 않았습니다. 교재가 아닌 이야기책으로 영어 문장을 많이 만났더니 문법 수업도 쉬워진다는 걸 체감할 수 있었어요.

하원이는 학업성적이 우수한 아이였지만 욕심내어 선행을 많이 시키지 않았습니다. 학년에 맞는 초등학생용 영어 학습서와 원서로만 수업했습니다. 항상 50% 이상 아는 어휘로만 이루어진 학습서로 공부하니 영어 학습에 대한 스트레스가 거의 없었고요. 초등 4, 5학년 동안 무리한 선행을 하지 않았는데도 6학년이 되어서는 중학교 1, 2학년 수준의 문법과 리딩학습서를 소화할 수 있게 되었습니다.

6학년이 된 지금까지도 하원이는 심심할 때 넷플릭스 키즈에서 보고 싶은 영화를 찾아서 자막 없이 보고 있습니다. 요즘 아이들은 학원에 다니느라 영어 영상 볼 시간이 없는 경우는 있지만 아이들이 볼만한 콘텐츠가 없지는 않아요. 월 1만 원대의 OTT 서비스만 잘 활용해도 충분합니다.

아주 어렸을 때 영어를 시작하지 않았어도 초등학생이라면 아직 기회는 충분합니다. 오히려 영어를 오랫동안 '공부'한 아이들보다 자신만의 적기에 재미있는 영어 콘텐츠를 만나면 더 수월하고 스트레스 없이 영어를 습득할 수 있습니다. 하원이처럼요!

저는 20대 중반에 1년간 호주에서 거주한 경험이 있지만 스스로를 해외파가 아닌 국내파라고 생각합니다. 외국에서 학위를 취득한 것도 아니고, 영어를 배우기 위해 현지 어학원에 다닌 것도 아니기 때문이지요. 그저 국내에서 공부했던 영어를 가지고 1년 동안 현지인들과 어울려 일과 여행을 한 후 한국으로 돌아왔고, 외국에서도 영어를 익히기 위해서 혼자서 공부한 시간이 훨씬 더 길었습니다.

호주에 있는 동안 '오페어(au pair)'라는 직업으로 맞벌이 가정 초등학생의 하교와 방과 후 시간을 돕는 일을 했습니다. 현지인의 가정에 함께 거주하며 부모님의 귀가 시간까지 아이들을 돌보는 일입니다. 호주인 가족과 함께 살며 어렵지 않게 의사소통을 하기는 했지만 그때의 저는 제가 돌보는 초등학생 꼬맹이보다 영어를 잘하지는 못했고, 영어를 더 잘하고 싶은 마음이 생겨 혼자서 영어 공부를 하기로 했습니다.

시드니 주택가의 밤은 편의점도 없이 깜깜했고 우리나라와는 달리 해가 진 이후에는 공원 산책을 하는 사람조차 찾기 힘들었습니다. 그래서 저는 저녁이 되면 시간을 보내기 위해서 노트북을 열고 영어로 된 드라마를 보기 시작했고, 하루 두세 시간씩 영어 드라마를 보면서 살아 있는 영어를 익혔습니다. 학생 때 하던 문법 공부와는 차원이 달랐지요. 호스트 가족들이 소장하고 있는 DVD도 자주 보았는데 주로 가족, 시트콤, 코미디 장르를 많이 보았습니다. 또 저는 해리포터나 슈렉 같은 어린이 영화도 좋아했어요.

시간에 쫓기는 바쁜 한국 생활에서 벗어나 호주로 와서 하루 네다섯 시간만 일하며 남는 시간은 영어 드라마와 DVD에 빠져 지냈습니다. 누가 시킨 것도 아니었는데 저녁마다 드라마와 영화를 보면서 영어 공부를 했어요. 한글 자막 대신 영어 자막을 켜고 영상 소리를 들으면서 원어민의 속도에 맞게 따라 말하는 연습을 했는데 그걸 섀도잉(shadowing)이라고 해요. 저는 마음에 드는 대사가 나오면 그들의 억양과 속두까지 똑같이 외워보기도 했습니다. 그러다 보니 영어가 부쩍 자랐다는 것을 느꼈어요. 발음이 자연스러워졌고 더 이상 외국인 앞에서 더듬

거리며 말하지 않았고 문장이 술술 나왔지요.

짧은 비자를 가진 여행자 신분이었지만 저는 시드니 안에서 사는 곳을 옮길 때마다 그 지역의 도서관을 이용했습니다. 제 안에 영어 소리가 넘치게 채워지고 나니 글을 읽고 싶은 욕구가 생겼거든요. 뉴질랜드 여행을 앞두고는 도서관에서 영어로 된 뉴질랜드 여행 가이드북을 빌려와 읽기도 했고 이미 내용을 알고 있는 어린이용 세계 명작 그림책도 읽었습니다. 한가한 오후 시간에는 도서관 1층에 가서 요리, 인테리어, 연예 잡지 등 흥미 위주의 읽을거리도 손에 잡히는 대로 꺼내어 보았습니다. 20대 중반의 여름, 금발의 외국인들 틈에 끼어 시원한 도서관에 앉아 책을 보는 나의 모습에 잠시 자아도취하기도 했지요.

호주에서 1년 동안 머무르면서 저는 호주인, 영국인, 중국인들과 함께 살았고 미국인 친구와는 한국어와 영어로 이야기하는 언어교환 모임을 가지기도 했습니다. 현지인 교회에 출석했고, 현지인 초등학생을 돌보고, 베이비시터 알바를 하고, 공통된 언어가 영어뿐인 독일인 친구와 일주일간 여행을 다니기도 했습니다.

내향적인 성격인 제가 이렇게 많은 경험을 할 수 있었던 것은 오직 하나, 영어 때문이었어요. 호주에 온 초기부터 밤마다 영어 영상을 열심히 본 것이 제가 호주에서 누린 많은 즐거운 경험을 가능하게 해주었습니다. 그렇게 한국으로 돌아와서도 저는 한동안 꾸준히 영어 영상을 보면서 영어에 대한 감을 잃지 않으려 노력했고요.

한국에 돌아와 바쁘게 살다가 다시 영어 영상 보기에 몰두하게 된 것은 30대가 되어 출산을 하고 2년 정도의 시간이었습니다. 하루 일과가 무척 단순한 갓난아이와 단둘이 고요한 집에 남겨졌을 때 제가 할 수 있는 여가활동은 많지 않았습니다. 짧은 틈만 나면 스마트폰을 들여다보다가 유튜브의 세계를 발견했습니다. 세계 인구 중 영어 사용 인구의 비율로 보아 유튜브에는 한국어보다 영어로 볼 수 있는 영상이 수백, 수천 배는 더 많다는 거, 당연한 사실이겠죠? 저는 유튜브에서 뷰티, 인테리어, 여행, 비건, 요리를 영어로 검색해서 나오는 영상을 많이 보았어요. 세계 각국의 20~30대 외국인 친구들이 자신의 일상생활과 여행기 등을 편안하게 영상으로 담는 브이로그(V-log)영상이 특히 재미있었어요.

꾸준히 영상을 올리는 해외 유튜버들은 저의 영어 선생님이 되어 주었습니다. 영상을 자주 보면서 그들의 발음과 주로 사용하는 말들을 저절로 따라 하게 되었어요. 영어 회화를 위해 만들어진 예문이 아니라 그들이 매일 사용하는 진짜 영어를 많이 들을 수 있었지요. 아이는 매일 비슷한 시간에 낮잠을 잤고 저는 그 시간 동안 영어 영상을 보면서 시간을 보냈습니다.

중, 고등학교를 거쳐 대학교까지 영어를 배웠지만 사실 20대 초반에는 영어 회화를 잘하지 못했습니다. 그런데 그런 저의 영어 실력을 키운 것이 체계도 커리큘럼도 없이 무작정 많이 보았던 영어 드라마와 유튜브 시청하기라니! 스스로도 많이 놀랐습니다. 내가 관심이 있는 분야의 영상을 꾸준히 보았더니 스트레스 없이 영어에 몰두할 수 있었습니다. 그렇게 영어 회화 가능자가 되었고 이제는 어디서든 자신 있게 영어로 수업을 하는 강사가 되었습니다.

제가 어학연수를 했거나 영어 회화 학원을 다니면서 영어를 배웠다면 책과 영상이라는 콘텐츠로 영어를 습득하는 엄마표 영어의 진가를 알아보지 못했을 수도 있겠다는 생각이 듭니다. 그저 대세에 맞추어 값비싼 유아 전집을 사고 사교육도 시켜야 영어가 가능할 거라고 생각하는 영어 강사 엄마였을지도 모르지요. 하지만 저는 스스로 영어 공부에 큰 비용 들이지 않고, 스트레스 없이 영어를 익힌 경험이 있었기에 아이와 집에서 영어 공부를 해올 수 있었어요.

'영어를 잘하고 싶다!'라는 강한 동기가 일어나기도 전의 아이들에게 재미있고 무해한 콘텐츠를 잘 골라주는 것이 부모의 가장 큰 역할입니다. 아이들이 좋아하고 제 나이 수준에 맞는 영어 콘텐츠에 빠져들게 해주면 자기도 모르는 사이에 영어가 자라납니다.

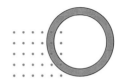

안녕하세요, 저자의 남편이자 일곱 살 딸 유하의 아빠입니다.

아내와 연애를 하던 시절부터 지금까지, 아내가 여러 상황에서 영어를 하는 모습을 보면 부럽기도 하고 자랑스럽기도 합니다. 저는 학교를 다닐 때에 영어를 좋아하지 않았고, 그래서 자신도 없었습니다. 영어 공부에 많은 시간과 에너지를 들이지 못했기도 하고요. 대학을 다니고 직장 생활을 하면서 영어를 잘하지 못하기에 더 좋은 기회를 얻지 못하는 일들이 종종 있었지만 그저 영어는 저의 영역이 아니라고만 생각하고 살아왔습니다.

결혼 후 아이를 낳고, 아이가 아직 말도 잘하지 못할 때에 아내가 아이에게 영어 동요를 들려주기 시작할 때에는 '아직 우리 말도 못하는 어린아이에게 영어 노래를 들려준다고 해서 뭐가 다를까?'라는 의심이 들었습니다. 우리말과의 혼동이 오지는 않을까 하는 두려운 마음도 조금은 있었고요.

그런데 아내는 '엄마표 영어'라는 세계를 만나고 나서 뭔가 확신에 찬 것 같았어요. 아이를 재우고 밤늦도록 관련 자료들을 찾아보는 모습은 마치 대단한 논문이라도 쓸 기세였지요. 그런 열정은 참 대단하다고 생각이 되었습니다.

그렇게 아이와 함께 생활에서 영어 노래를 듣는 것이 일상이 되어서인지 어느 날은 혼자 운전을 하는데 아이가 좋아하는 노부영 노래가 제 입에서 흘러나왔습니다. 주말 내내 아이가 좋아하는 노래를 반복해서 불러달라고 하는 바람에 스무 번도 넘게 불렀던 그 노래였지요. 비슷한 문장들이 반복되는 노래가 많아서 아이가 좋아한 노부영 책의 노래 몇 곡을 외우는 것은 어렵지 않았습니다.

책 내용이 모두 노래로 되어 있으니 그냥 따라 부르다가 저절로 외워지긴 했는데 노래에 나오는 문장 중에서 do와 does를 어떻게 구분해서 쓰는지 궁금해지더군요. 그래서 아내에게 물어보기도 했습니다. 그런데 아이는 문법적으로 do와 does의 차이를 알 리가 없는데도 순수하게 노래를 즐기며 따라 부르고 있었습니다.

한동안 영어 동요를 따라 부르다 보니 어느 순간 아이가 음을 빼고 문장으로 말하고 있는 것을 발견했습니다. 한 페이지에 한 줄밖에 없는 손바닥만한 영어책들을 자주 읽던 시기였는데 차를 타고 가다가 창밖의 구름을 보더니 "아빠! It's a cloud!"라고 외쳤습니다.

우리말을 익히는 과정과 똑같았습니다. 아이는 물, 엄마, 밥, 기저귀와 같이 자신을 둘러싼 단어를 먼저 익힌 것처럼 영어 그림책에서 자주 본 butterfly, bear, apple, red와 같은 말을 알고 짚어가며 말하기를 좋아했습니다. 자주 읽어준 그림책의 내용을 기억하여 그림책을 펼쳐놓고 스스로 읽는 척하고는 했습니다. 자신 있게 외울 만큼 많이 본 책의 문장들을 상황에 맞게 사용하고, 노래 가사를 그대로 말하기도 했습니다. 4세 후반쯤이 되자 아이는 이미 아빠인 저보다 영어로 하고 싶은 말을 훨씬 더 유창하고 자신 있게 한다고 느껴졌습니다.

한 달에 한 번 정도 양가 부모님 댁을 방문하는데 왕복 두 시간을 차에서 보내야 합니다. 그 시간 동안 차에서는 영어 노래가 흘러나오지요. 처음에는 쉬운 노부영 노래를 들었는데 아이가 자라면서 제법 긴 노래나 영어 영상의 음원도 함께 듣습니다. 아이가 읽었던 책과 유튜브로 보았던 영상의 음원이라서 다음 대사를 먼저 알은체하며 상황에 맞는 표정 연기까지 곁들이며 즐겁게 음원을 듣습니다. 한 시간 연속으로 즐겁게 영어를 듣는 아이도 신기하고, 유튜브나 CD에서 아이가 좋아하는 음원을 찾아 USB에 넣고 차에서 들을 수 있게 준비해 주는 아내도 참 대단하게 보입니다. 그런데 아내는 아이가 좋아하는 먹을거리나 장난감을 골라서 사주는 것처럼 아이가 좋아할 만한 영어 재료를 찾는 것이기에 힘이 많이 들지는 않는다고 했습니다.

저는 퇴근 시간이 늦어서 아이와 보내는 시간이 짧습니다. 아이가 사용하는 물건, 먹는 것, 입는 것 모두 아내가 결정해야 하지요. 당연히 가격도 모르고 무엇을 어디에서 사야 하는지도 잘 모릅니다. 아내가 고민하고 따지며 구매한다는 것을 잘 알기 때문에 미안하기는 하지만 아이에 관련된 것들은 전적으로 아내에게 맡기는 것이 낫다고 생각했습니다. 아이가 보는 책도 마찬가지입니다. 아내도 책을 좋아하는 사람이라서 아이에게 읽어줄 책을 고르고 구매하는 데에 적극적이었습니다. 아이가 읽는 책에 큰 관심을 두고 함께 고민해줄 수 없다면 아내에게 책을 고르고 구매하는 모든 과정을 믿고 맡겨야 한다고 생각했습니다. 항상 알뜰하게 살림을 하려는 노력을 알기에 한 달에 일정 부분의 예비비를 떼어놓고 아이 책을 사는 데에 사용할 거라는 계획에도 동의할 수 있었습니다.

유아기에 집에서 영어 환경을 만들어주고 싶다면 아내와 남편은 대화를 통해 아이 교육에 대한 생각을 공유하고 비용을 결정하며 주 양육자가 선택하는 육아 방식을 응원해주는 것이 맞다고 생각합니다. 함께할 수 있다면 더할 나위 없이 좋겠지만요. 저희 집처럼 평일에는 아이의 잠자리 독서를 포함한 모든 일과를 아내가 맡을 수밖에 없는 상황이라면 주말에는 아빠가 한두 가지 정도는 담당하기로 역할을 나누어도 좋겠고요. 지금 우리집에서 저의 역할은 특별한 것이 아니라 아이를 먹이고, 입히고, 가르치고, 사랑하기 위한 여러 가지 방법을 늘 연구하고 있는 아내를 항상 응원하는 것입니다.

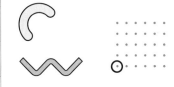

EngLish

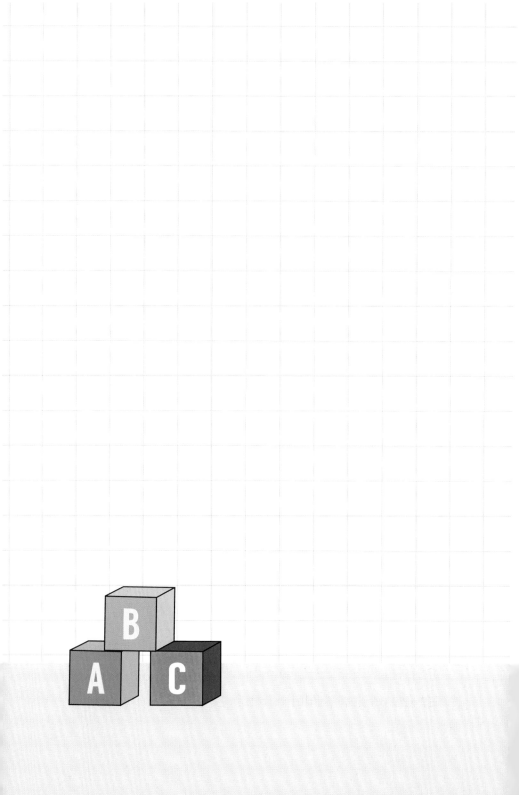

PART 2

집에서 자라는 영어, 듣기 3종 세트

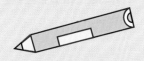

첫째, 나이에 맞는 영어 그림책 그림 집중 듣기

왜 영어 그림책일까요?

그림책은 아이를 즐겁게 하고, 감동을 주고, 세상을 배우게 합니다. 또한 부모에게는 바른 언어로 아이를 가르칠 수 있는 첫 번째 도우미가 되어줍니다. 그림책 작가는 글을 쓸 때 장면에 알맞으면서도 꼭 들어가야 하는 다듬어진 단어들을 엄선합니다. 어린이가 읽을 문장들은 너무 길어서도 안 되고 내용이 어려워서도 안 됩니다. 아이들이 이해할 수 있는 선에서 꼭 필요한 말을 골라 사용하지요.

영어를 배울 때도 마찬가지입니다. 영어를 들려주려는 부모들은 가장 먼저 영어 그림책을 읽어줍니다. 왜 그럴까요? 우리 그림책이 그렇듯 영어 그림책은 영미권 작가들이 쓰고 그린 문학 작품이기 때문입니다. 영어 원서에는 원어민이 실제 사용하는 언어가 들어가 있어서 말의 느낌과 내용을 그대로 흡수할 수 있습니다. 아이들은 영어책을 많이 읽다 보면 다양한 어휘와 표현을 저절로 익히게 되지요. 내용이 정확하게 해석되지 않으면 답답해서 책장을 덮어버리는 어른과는 달리 아이들은 그림을 관찰하고, 소리에 귀를 기울이며 영어 그림책을 받아들입니다. 그렇게 아이들은 영어 그림책을 통해서 짧고 쉬우면서도 잘 정리되고 재미있는 영어 문장을 만날 수 있습니다.

영어 그림책을 반복해서 많이 읽는 것만으로도 어휘력이 풍부해지고 말하기, 듣기, 쓰기, 읽기 네 가지 영역이 고루 발전합니다. 그런데 어린아이들은 스스로 글을 읽을 수 없으니 부모가 읽어주는 시간이 필요하지요. 부모가 글을 대신 읽어주는 몇 년의 시간도 아이에게는 독서 시간입니다. 책 읽는 아이로 키우고 싶다면 유아기에 책을 많이 읽어주어야 하는 이유이지요.

특히 유아기에 우리말과 영어 그림책을 동시에 접하면 단어를 입체적으로 이해하는 능력이 키워집니다. 단어장을 보면서 'A의 뜻은 B'라고 콕 찍어 외우는 것보다 다양한 문장을 접하며 여러 가지 뜻과 사용 방법을 터득하게 되는 것이지요. 영어책을 접한 아이들은 have, get, take와 같이 의미가 굉장히 다양한 동사의 쓰임새를 원어민처럼 자연스럽게 익힐 수 있습니다. 다음 이야기를 궁금해하면서 집중하는 그 시간에 자기도 모르게 그림책 속 표현과 문장을 받아들이게 됩니다. 이야기를 통해 배우면 많은 문장을 습득하게 되어 표현력이 풍부해지는 것이지요.

나이가 어릴수록 아이들의 귀는 민감합니다. 바른 영어 문장을 많이 들으면 그 언어의 방식대로 생각할 수 있습니다. 어릴 때부터 부모가 영어 그림책을 많이 읽어주면 우리말을 습득하는 것처럼 영어도 습득합니다. 아이들은 문자를 알지 못하는 상태에서도 그림을 보면서 끊임없이 그림과 내용의 상관관계를 찾는 모습을 보입니다. 부모의 언어생활로 자연스럽게 모국어를 습득했듯이 영어 그림책의 소리를 자주 들으면 따로 배우지 않아도 원어민 또래 수준의 영어 문법을 터득할 수 있습니다. 이때 부모의 발음은 큰 문제가 되지 않습니다. 영어 그림책 읽기는 아이와 가장 친밀한 관계인 부모가 또 하나의 언어가 담긴 이야기를 아이에게 선물로 주는 과정입니다.

우리나라에서 만든 영어 교재에는 실제 영미권에서 사용하지 않는 번역투나 어색한 표현도 많이 뒤섞여 있습니다. 그리고 아이들이 영어를 배울 때 알아야 할 상황에 맞추어 책과 문장을 구성했기 때문에 여러 세트의 전집을 구매해도 비슷비슷한 내용이 주를 이루지요. 하지만 영어 그림책은 어린이 문학 작가들이 심혈을 기울여 단어와 문장을 고르고 실제로 사용하는 언어를 아이들을 위해 쉽게 풀어쓴 결과물입니다. 아이들이 생활하면서 본인의 이름, 친구들의 이름, 자주 만나는 단어들을 먼저 눈으로 익히듯이 원서 읽기를 통해 눈에 익은 단어, 쉽게 읽을 수 있는 단어들이 생기고 영어 문자에도 관심을 가질 수 있습니다.

그렇게 시간이 흐르면 아이들은 영어 그림책을 통해 고급 영어를 배우게 됩니다. 작가들이 고심해서 고른 어휘와 문장, 뛰어난 이야기 구조가 담겨 있어서 아이들이 영어를 배우는 첫 교과서로 삼기에도 문제가 없습니다. 유행어나 비속어가 들어가지 않는 그림책을 통해 아이들은 일상적인 언어와 문학적 문장을 동시에 만나게 되는 경험을 하게 됩니다.

영어 그림책은 영미 문화를 간접 경험할 수 있도록 도와줍니다. 세계 여러 나라의 문화를 배경으로 한 영어 그림책을 보면서 아이들은 다른 나라의 음식, 명절, 놀이, 생일파티 등의 모습을 경험하지요. 그렇게 아이들이 세상을 바라보는 눈을 넓히고 문화적 배경지식을 쌓게 됩니다.

만 1세부터 시작할 수 있는 그림 집중 듣기

저는 아이가 말도 못하고 걷지도 못하던 때부터 동요를 많이 들려주고 불러주었어요. 저희 아이가 그때 가장 많이 들은 노래는 〈주먹 쥐고 손을 펴서〉입니다.

주먹 쥐고 손을 펴서 손뼉 치고 주먹 쥐고

또다시 펴서 손뼉 치고 두 손을 머리 위에

해님이 반짝 해님이 반짝 해님이 반짝반짝거려요.

핑크퐁 율동 동요

이 노래는 율동이 빠질 수 없는 노래입니다. 율동 영상을 보고 직접 배우려고 하지 않아도 누구나 할 수 있는 율동이지요. 아이는 엄마 아빠가 노래를 불러주면 노래에 맞춰 짧은 팔을 머리 위로 들어 보이려 노력했습니다. 이 짧고 쉬운 노래를 통해 엄마가 주먹을 쥐면 그것이 주먹인 줄 알고, 손을 펴면 펴고, 손뼉을 치면 함께 손뼉을 치면서 몸을 가리키는 말과 동작을 배웠습니다.

이 노래 외에도 〈곰 세 마리〉, 〈머리 어깨 무릎 발〉, 〈코끼리 아저 씨〉, 〈둘이 살짝 손잡고〉 등 아이와 함께 간단한 율동을 할 수 있는 노래는 참 많답니다. 머리를 가리키며 머리, 코를 가리키며 코라고 말해주듯이 간단한 영어 그림책을 보여주면서 내용과 소리를 함께 보고 듣게 하는 것이 바로 유아들이 할 수 있는 '그림 집중 듣기'입니다.

짧고 쉬운 그림책으로 시작하기

아이들이 보는 영어 그림책 중에서 가장 눈에 띄는 작가가 바로 에릭 칼Eric Carle입니다. 자연에 대한 사랑과 아이들의 관심사에 대한 통찰력이 가득한 에릭 칼의 일러스트는 어린아이들의 시선을 사로잡습니다. 직접 색을 만들어 종이를 붙인 그의 콜라주 그림들은 사실적이면서도 따뜻하지요. 에릭칼의 그림책은 간결한 문장으로 이루어져 있고 내용과 그림이 일치합니다. 부모가 읽어주는 소리(내용)와 의미(그림)를 동시에 인지하는 것은 새로운 언어를 배우는 가장 쉬운 방법입니다. 전 세대에게 감동을 주는 에릭칼의 그림책은 이미 우리말로 번역되어 출간된 책도 많습니다.

　문자에 관심이 생기기 이전의 아이들은 그림을 봅니다. 글을 모르는 아이들은 글씨를 그림으로 인식한다는 말도 있고요. 그런 아이에게 부모가 손가락으로 그림을 짚으면서 그림책을 읽어주면 아이는 자연스럽게 그림의 의미를 인지할 수 있습니다. 그림책을 읽어주는 소리를 듣고, 아이의 눈은 그림책 속의 그림을 보면서 반복되는 어휘와 문장의 패턴을 인지하는 순서이지요.

　우리말의 어순은 '애벌레가 나뭇잎을 먹었어.'처럼 '주어-목적어-서술어'이지만 영어의 어순은 '애벌레가 먹었어, 나뭇잎을.'이라는 '주어-서술어-목적어'라는 사실을 아이에게 굳이 설명하지 않아도 됩니다. 아이의 관심사는 어순에 있지 않거든요. 어순 따위를 궁금해하지도 않고, 입은 다물고 있는 것 같아도 아이의 귀로 듣는 시간이 쌓이고 쌓여 영어 소리가 머릿속에 가득 찼을 때 갑자기 "애벌레가 먹었어, 나뭇잎을."과 같은 순서의 문장을 입으로 뱉어냅니다.

　우리집에서는 제일 처음에 '노부영'으로 출시된 〈Brown bear, brown bear, what do you see?〉라는 책으로 그림 집중 듣기를 했습니다. 밝고

Brown bear, brown bear, what do you see?

갈색곰아, 갈색곰아 무엇이 보이니?

I see a red bird looking at me.

나를 바라보는 빨간 새가 보여.

Red bird, red bird, what do you see?

빨간 새야, 빨간 새야, 무엇이 보이니?

I see a yellow duck looking at me.

나를 바라보는 노란 오리가 보여.

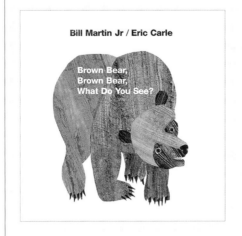

<Brown bear, brown bear what do you see?〉를 영어로 읽어주는 영상

간결한 멜로디에 책 내용이 그대로 노랫말로 되어 있습니다.

휜 바탕에 갈색 곰 한 마리가 있는 단순한 그림을 펼쳐놓고 엄마가 내용을 읽어주면 됩니다. 아이가 그림에 집중할 수 있도록 손으로 짚어주면 더 좋겠지요.

제 아이는 책의 내용을 그대로 노랫말로 만든 '노부영' 노래 듣기를 좋아했습니다. 노부영 CD에는 책의 내용을 그대로 노래로 옮긴 song, 배경 음악과 함께 전문 성우가 읽어주는 reading, 박자에 맞추어 따라 읽기 편하게 만들어진 chant, 가사를 뺀 음원만 있어서 혼자 불러볼 수 있는 melody가 있어서 자신이 듣고 싶은 대로, 듣고 싶은 만큼 반복해서 들을 수 있습니다. 세이펜이 적용되는 노부영 책도 많기 때문에 매번 CD를 재생시키지 않아도 되어 더욱 편리했습니다.

엄마가 "brown은 갈색이야."라고 말하지 않아도 아이는 저절로 알게 됩니다. 아이가 마음에 드는 책을 반복하는 과정을 통해 동물의 이름과 색깔까지 쉽게 파악합니다. 이 책을 읽고 나서 아이와 놀다가 갈색 테이블을 가리키면서 "저건 brown table이네?"라고 알려줄 수도 있고 우리집에 있는 노란색 오리 인형을 가져와 노란 오리 그림 옆에 놓은 후 "와! yellow duck 친구다!"라고 말해줄 수도 있지요. 이런 단순한 인지 활동만으로도 어린아이에게는 훌륭한 독후활동이 됩니다.

저희 집에서는 아이가 아주 어릴 때부터 그림 집중 듣기를 시작했고, 5세 이상이 되어서도 음원이 있든 없든 그림 집중 듣기를 자주 했습니다. 아이가 자라면서 집중하는 시간도 조금씩 길어지기 때문에 책에 집중할 수 있는 환경만 주어진다면 언제든 그림 집중 듣기가 가능합니다. 음원이 없는 책은 엄마가 읽어주기만 하면 되지요. 이렇게 글로 풀어 적어놓아서 대단해보일 수 있지만, 사실은 굉장히 짧고, 간단하고, 별것 아닌 '그림책 읽어주기'입니다. 그저 내용이 한글이 아닌 영어라는 것뿐이지요.

그림 집중 듣기 하기 좋은 그림책

유아들이 그림 집중 듣기 하기 좋은 책은 정말 많습니다. 그중에서도 그림과 내용이 정확히 일치되어서 어린아이들이 인지하기 쉬운 책들

에릭 칼의 한 줄 그림책

- Brown bear brown bear, what do you see?

- Polar bear polar bear, what do you hear?

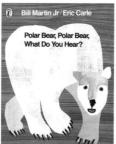

- Panda bear panda bear, what do you hear?

- Baby bear baby bear, what do you see?

- The artist who painted a blue horse

- Does a Kangaroo have a mother too?

한 줄 그림책

- School bus

- rain

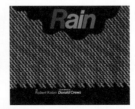

- How do you feel?

- Rosie's walk

- Color zoo

- Five little ducks

- Whose baby am I?

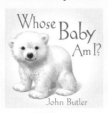

- Count!

- One to Ten and Back Again

에릭 칼의 이야기가 있는 쉬운 그림책

• The very busy spider

• The very hungry caterpillar

• Draw me a star

• Today's Monday

• Little cloud

• Papa, please get the moon for me

이야기가 있는 쉬운 그림책

- Dear zoo

- Silly sally

- Go away big green monster

- Five little monkeys jumping on the bed

- walking through the jungle

- Outdoor opposite

- Old hat new hat

- My mom

- My dad

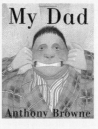

을 소개합니다.

단어와 간단한 문장이 나열된 책을 잘 봐주는 시기는, 그만큼 많은 반복을 요구하는 시기입니다. 저희 아이가 너무 좋아해서 내용을 외울 때까지 많이 본 책이 정말 많은데, 반복해서 읽어주기에 지친 제가 세이펜을 준비해서 아이에게 건네주었고 아이는 세이펜에서 흘러나오는 노래를 들으며 눈을 감고도 책장을 넘길 수 있을 만큼 외우기도 했지요.

그림 집중 듣기, 이것만은 주의하세요!

사실 '그림 집중 듣기'라는 이름을 붙이기는 했지만 아이가 처음부터 책에 집중해 줄 것이라는 기대는 완전히 버려야 합니다. 우리 나이로 다섯 살 미만의 아이들은 자신의 상태나 기분을 정확히 정의할 수 없는 변덕쟁이들입니다. 사실은 여섯 살, 일곱 살도 마찬가지기는 하지요. 몇 분 안에도 이랬다저랬다 하며 수없이 변덕을 부리고는 합니다. 가만히 앉아서 집중하는 아이들도 있지만 그렇지 않은 아이가 대부분입니다. 아이들이 원하는 것에 대한 의사 표현을 분명히 할 수 있기에 다 컸다고 생각해서 엄마와 힘겨루기를 해서는 안 됩니다.

아이에게 그림책을 읽어주려고 원하는 부모님은 아이가 배부르고 잠을 충분히 잤을 때, 컨디션이 좋을 때, 시간에 쫓기지 않을 때를 찾아 그림책을 펼치고 "우와! 이것 봐!"하면서 관심을 끌어주면 좋습니다. "제대로 해볼까? 똑바로 앉아봐. 여기서부터 잘 봐!"라는 말을 하고 싶을 수 있지만 꾹 참으세요. 아이가 관심을 줄 때만 읽어주어도 꽤

찮습니다. 어찌어찌 시작했지만 흐지부지 실패한 것처럼 보여도 괜찮아요. 아이와 부모의 컨디션이 동시에 좋을 때 가끔씩 시도해보면 아이의 집중력이 30초에서 1분으로, 5분으로 점점 늘어가는 것을 발견할 수 있습니다.

영어 그림책 읽어주기는 어떤 증상을 가라앉히기 위해 급하게 먹여야 하는 약도 아니고 하루 거르면 절대 안 되는 밥도 아닙니다. 꾸준히 먹어주면 좋고, 오늘 깜빡했으면 내일 다시 먹어도 되는 비타민 같은 존재라고 생각해주세요.

아이에게 영어 그림책 읽어주는 방법

① 아이 취향을 쉽게 단정하지 않기

"우리 아이는 이런 책 싫어해요.", "책을 사줘도 잘 보지 않으니까 책 사는 비용이 아깝더라고요." 등의 말씀을 하는 부모님들을 자주 보게 됩니다. 사실 저도 아이에게 책을 많이 보여주기 시작했을 때 비슷한 경험을 했습니다. 네 살이 되기 전까지는 늑대나 괴물이 나오는 그림책을 무서워해서 금방 울음을 터트리고는 해서 당황스러웠습니다. 그런데 다섯 살이 되고 나니 자연스럽게 늑대와 괴물 그림책을 잘 보더라고요. 특정 그림체나 주제를 싫어하는 것처럼 보이기도 했지만 얼마 지나지 않아 아주 좋아하기도 했고요.

아이 성향에 따라 새로운 것을 좋아하는 아이도 있고, 새로운 것을 받아들이는 데에 시간이 걸리는 아이도 있을 뿐입니다. 그러니 '우리 아이는 이런 책을 싫어해. 책을 사줘도 잘 보지 않아.'라는 생각 대신, 아이의 주 생활공간에 다양한 책을 잘 배치하여 아이의 속도대로 책을 자유롭게 탐색하게 해 주는 게 좋습니다.

그리고 사실은 부모의 태도로 인해 아이의 호불호가 결정되는 경우도 있습니다. 부모가 먼저 '나는 영어를 별로 좋아하지 않는데 우리 아이가 영어 그림책을 좋아할까? 내가 보기에도 어렵고 낯설다.'하는 마음을 가졌다면 그런 감정과 태도를 아이는 금방 눈치채지요. "우리 아이는 영어 싫어하나 봐요."라고 하는 부모에게 아이 나이를 물어보면 아직 서너 살인 경우도 있습니다. 아이가 어릴 때는 영어를 싫어하는 게 아니라 익숙하지 않은 낯선 소리를 어색해하는 것일 수도 있습니다. 영어 그림책을 읽어주는 초기에 아이가 어색해하는 것은 당연한 본능이자 권리입니다.

영어 그림책을 읽어줄 때 가장 먼저 가져야 할 부모의 태도가 있다면, 아이의 취향을 너무 쉽게 단정 짓지 않는 것이라고 생각해요. 열린 마음으로 영어 그림책을 보여주세요. 실사이면 실사인 대로, 때로는 그림체가, 때로는 잘생기거나 예쁜 주인공 캐릭터가, 때로는 텅 빈 페이지의 문장 한 줄이 아이의 마음에 쏙 들 수도 있고요. 그냥 엄마 아빠에게 안기고 싶은 날, 그 정서적인 유대와 만족감이 아이를 그림책 속에 푹 빠지게 하기도 합니다.

② 한글 해석을 요구한다면?
유아기의 아이들은 영어 그림책을 읽어줘도 한글 해석을 해 줄 필요가 없는 나이입니다. 아이 대부분은 그림을 보며 부모가 읽어주는 목소리에 귀를 기울이고 그림을 보며 부모가 해주는 말이 무슨 뜻인지 유추하지요.

아이에게 영어 그림책을 읽어줄 때에는 해석에는 크게 신경 쓰지 말고 읽어주세요. 무슨 뜻인지 몰라서 답답해하지는 않을지 먼저 걱정할 필요도 없습니다. 물론 부모님이 먼저 책을 펼쳐보고 대략적인 이야기를 파악하고, 낯선 단어의 발음이나 뜻을 검색해보는 것 정도는 좋습니다. 아이의 눈빛이 그림을 잘 따라오고 있다면 그것으로 괜찮으니 '아이가 다 이해할까?' 하는 걱정은 넣어두셔도 좋습니다.

자꾸만 해석을 요구하는 아이도 있습니다. 그럴 때에는 편안하게 해석을 해주셔도 됩니다. "해석은 절대 안 돼."라고 말하는 순간 아이의 흥미는 뚝 떨어질 수밖에 없습니다. 아이가 원하는 대로 단어나 문장을 해석해주느라 책장을 넘기기가 힘들다고 하소연하는 부모님들도 있습니다. 그럴 때는 간략하게 전체적인 흐름을 말해주거나 아이가 원하는 해석을 해주어야 할 수도 있지만 그런 시간은 정말 길지 않습니다. 해석을 요구하는 아이는 어쩌면 완벽히 알고 싶은 욕구가 남보다 더 강한 아이거든요. 그러니 집중해서 들어주고 책에 관심을 가지고 있다는 뜻으로 헤아리면 좋습니다. 그 시간이 6개월, 1년이 쌓이면 부모님이 읽어주는 정성 어린 목소리를 좋아해서 책 읽는 시간을 더 좋아하게 될 거예요. 영어책을 해석하며 읽어주는 것에 대한 불안을 갖거나 걱정을 하기보다는 아이와 교감하는 시간이 더 중요하다는 것을 잊지 마세요.

그런데, 읽어주는 부모가 느끼기에 아이가 그림책을 이해하지 못해서 이야기를 그냥 넘어가지 못하고 해석을 묻는 질문을 너무 많이 한다고 생각된다면 그림책의 수준을 낮추어야 합니다. 아이의 나이에 크게 연연하지 말고 만만하고 쉬운 그림책으로 영어 그림책 자체에 친근함을 느끼게 해주세요.

③ 콘셉트 책과 그림 사전 활용하기

쉬운 어휘를 많이 수집하고 나서 영어 그림책을 읽으면 더 좋아하는 아이들도 있습니다. 그런 아이들은 단어가 나열된 그림 사전을 보면서 단어를 먼저 익히는 것이 좋겠지요. 그림책 한 권에 단 몇 개의 어휘만 알고 있어도 내가 아는 단어가 나오면 그 자체로 반가워합니다. 이야기보다는 숫자, 도형, 색깔, 날씨, 동물 이름 등의 영어 어휘가 나열된 콘셉트 책을 활용해보세요. 그런 책을 그림책과 함께 활용하여 새로운 어휘나 영어 소리 자체에 대한 긴장감을 낮추는 것도 한 방법이 될 수 있습니다.

어린이용 영어 그림 사전도 종류가 다양해요. 그러니 아이 취향에 맞는 그림 사전 하나를 골라보세요. 일반 영어 사전은 모르는 단어를 찾기 위한 용도이지만 어린이용 그림 영어 사전은 펼쳐놓고 그림만 보기도 하고, 아는 것을 찾아보기도 하고, 혹은 세이펜으로 소리를 들어보거나 부모님이 짚으면서 읽어줘도 좋습니다.

④ 책의 표지를 보면서 대화하기

저는 한글로 된 책이나 영어로 된 책 구분 없이 항상 책 읽기 전후에 커버톡cover talk을 해주었어요. 커버톡은 책의 겉표지를 함께 보며 이야기를 나누는 것을 말하는데 사실 특별한 준비는 필요 없습니다.

표지의 그림을 보면서 아이가 책에 관심을 갖게 하고, 책의 내용을 유추해보거나 아이의 경험으로 연결지어 말하는 등의 대화를 하면 돼요. 표지에 있는 동물을 본 경험이나 음식을 먹어본 경험 등을 이야기할 수도 있고요. 제목을 함께 읽어보고 자신이 아는 단어가 있다면 읽어보거나 아이에게 제목만 읽어볼 것을 유도할 수도 있습니다. 아이가 먼저 아는 척을 하기도 하고요.

커버톡을 하는 이유는 그것을 통해 책에 대한 호기심을 불러일으키고 책으로 끌어당길 수 있기 때문입니다. 새로 만난 책을 '나의 책' 혹은 '내가 아는 책'으로 만들 수 있고, 더 나아가 '내가 좋아하는 책'이라는 느낌도 가질 수 있지요. 표지를 보며 책의 내용에 대해서 생각해보고 이야기를 나누는 과정은 그림책 전문가가 아닌 평범한 부모에게도 어렵지 않습니다.

아이보다 먼저 책을 읽은 후 이야기를 나누어도 좋고, 아이와 같이 책을 처음 만나는 독자의 마음으로 순수한 궁금증을 가지고 대화를 나누어도 좋아요. 아이의 경험이나 관심사를 바탕으로 아이와 가장 가까운 곳에서 살을 맞대고 대화를 해 주는 것. 이 역할을 부모가 해 주면 가장 좋겠지요.

스스로 이야기하는 것을 좋아하는 아이에게는 부모의 개입이 크게 필요 없기도 합니다. 사실 짧고 쉬운 그림책에서는 표지를 보고 이야기할 거리가 많지 않아요. 그러니 모든 책의 커버톡을 해야 한다는 부담을 가질 필요는 없습니다. 제목에 주인공의 이름이 나온다면 "이 생쥐의 이름이 메이지인가 봐~" 하는 정도만 해 줘도 좋아요.

어떤 그림책은 표지가 전부라고 할 정도로 표지에 주인공과 핵심

장면이 담겨 있어 재미난 내용을 기대하게 하는 책도 있어요. 반대로 표지의 그림과는 다른 반전의 결말을 만나게 되기도 하고요. 책에 따라 겉표지 바로 안쪽의 그림이 전체 그림책의 힌트가 되기도 하고요. 그럴 때에는 그림책을 잘 보고 덮은 후 "아하! 그래서 뒤표지 그림이 이랬구나?"하면서 이야기를 나눌 수도 있습니다.

저는 이렇게 책을 통한 짧은 대화를 나누는 것 역시 독후활동이라고 생각해요. 대단한 독후활동을 하지 못했다며 아이에게 미안한 마음을 가지며 자책할 필요가 전혀 없습니다.

⑤ 라임 그림책 활용하기

라임Rhyme이란 두 개 이상의 음절로 유사한 소리를 반복하는 것을 말합니다. 주로 시나 노랫말에서 자주 보이지요. 일상생활에서는 "see you later, alligator. After a while, crocodile."("또 만나, 악어야. 곧 보자, 악어야.")나 "easy peasy lemon squeezy!"("식은 죽 먹기지!")처럼 재미로 자주 사용하기도 합니다. 파닉스를 가르칠 때에는 cat, mat, fat처럼 소리를 쉽게 익히게 하도록 하려고 라임이 되는 단어를 묶어서 가르치기도 합니다.

아이들이 영어를 처음 배울 때에는 먼저 영어 소리가 재미있다는 것을 느끼는 것이 좋습니다. 평소에 들리는 우리말과는 조금 다르지만 어쩐지 노랫소리 같기도 하고, 말에서 반복되는 리듬이 느껴지면 귀를 더 쫑긋 세울 수 있지요. 그러니 아이의 귀에 영어 소리를 재미있게 들려줄 라임 그림책을 활용해보세요.

저는 아이에게 영어 그림책을 읽어준 지 얼마 되지 않았을 때

《Silly Sally》라는 그림책을 만났습니다. 주인공 'Sally'가 천방지축으로 뛰면서 여러 동물을 만나며 마을로 들어가는 이야기입니다. 처음에는 제대로 된 스토리도 없는 이 그림책이 무슨 의미가 있는지, 왜 추천 그림책 리스트에 있는 것인지 의아했습니다. 하지만 소리 내어 자꾸 읽고, 노부영의 노래 음원을 들으면서 저와 아이는 이 책에 푹 빠졌어요. 주인공의 표정이 재미있고 자꾸 반복되는 라임의 소리가 너무 재미있거든요.

《Silly Sally》의 내용을 잠깐 살펴볼까요?

Silly sally went to town walking backward, upside down.

On the way she met a pig, a silly pig, they danced a jig.

Silly sally went to town dancing backward, upside down.

On the way she met a dog, a silly dog, they played leapfrog.

Silly sally went to town dancing backward, upside down.

On the way she met a loon, a silly loon, they sang a tune.

Along came Neddy buttercup, walking forwards right side up.

He tickled a pig who danced a jig.

He tickled a dog who played leapfrog.

《Silly Sally》는 내용이 중요한 책이 아니에요. 라임이 되는 단어를 나열하여 지어낸 이야기거든요. 등장하는 동물이 계속해서 웃긴 표정을 짓고 재미있는 행동을 하니 책을 읽는 아이는 그 표정을 보며 따라 웃게 됩니다.

영어를 쓰는 사람들은 라임을 굉장히 좋아해요. 많은 사람이 라임으로 된 농담을 즐기고, 드라마와 영화 대사에서도 자주 나오고, 많은 팝 음악에도 라임이 쓰입니다. 이런 라임 그림책들을 처음에는 그냥 읽어보고, 다음에는 그림도 찬찬히 살펴보고, 단어의 뜻도 이야기해보면 점점 책 한 줄 한 줄에서 살아있는 리듬감을 느낄 수 있을 거예요.

이런 라임 그림책에 노래 음원이 있다면 같이 따라 불러 보면 더욱 좋고요, 노래가 없어도 괜찮아요. 책을 읽어주는 부모님이 라임을 강조하며 읽어줄 수도 있습니다. 대부분의 영어 동요에도 라임이 살아있으니 라임이 있는 영어 동요들을 아이와 함께 찾아서 들어보세요. 라임이 잘 어우러져 있는 책이나 영어 동요라면 그 내용을 이해하고 해석하려는 노력은 조금 내려놓아도 괜찮아요. 사실 큰 의미가 없는 경우도 많거든요.

리더스북은 이렇게 활용하세요

리더스북은 말 그대로 읽기를 연습하기 위해 만들어진 책이고 실제로 영어권 초등학교에서 저학년 아이들의 읽기 연습을 돕기 위해 사용됩니다. 짧고 쉬운 리더스북은 단어 인지용으로도 사용할 수 있습니다.

〈Down by the bay〉

Did you ever see a cat wearing a hat?

Did you ever see a goat rowing a boat?

Did you ever see a frog walking a dog?

Did you ever see a bear combing his hair?

Did you ever see a llama wearing pajamas?

Did you ever see a dragon pulling a wagon?

〈Ants go marching〉

The ants go marching one by one, the little one stops to suck his thumb

The ants go marching two by two, the little one stops to tie his shoe

The ants go marching three by three, the little one stops to climb a tree

The ants go marching four by four, the little one stops to shut the door

The ants go marching five by five, the little one stops to take a dive

라임을 느낄 수 있는 그림책들

- 24 Robbers
- Silly Sally

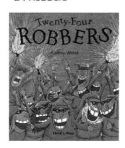 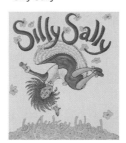

- Each peach pear plum
- Little miss muffet

- Fox in socks
- Shark in the Park

리더스북의 종류

단순한 그림과 짧은 문장으로 이루어진 리더스북

- 노부영 사이트 워드 Sight words
- 노부영 퍼스트 리딩 JFR
- 노부영 파닉스 리더 JPR
- 노부영 런투리드 Learn to read
- 스콜라스틱 퍼스트 리틀 리더스 First little readers

이야기를 기반으로 한 재미있는 리더스북

- 노부영 위시워시 Wish wash
- 옥스퍼드 리딩트리 ORT
- 디즈니 펀투리드 Fun to read
- 아이캔리드 I can read
- 어스본 베리 퍼스트 리딩 Usborne very first reading

노부영 퍼스트 리딩 JFR

옥스퍼드 리딩트리 ORT

자주 읽어주면 쉬운 영어 소리를 많이 들을 수 있기 때문이지요. 나아가 파닉스와 영어 문자에 관심을 갖게 되고요.

리더스북은 잘 다듬어진 문장에 제한된 어휘를 사용하며 단계별로 조금씩 단어가 많아지고 문장도 길어집니다. 그림책이 어린이 문학 작가에 의해 만들어지는 것과는 다르게 리더스북은 배움을 기반으로 만들어서 교재에 가까운 책이라고 할 수 있습니다.

그렇다면, 그림책 단계가 지나고 나서 바로 리더스북으로 넘어가야 할까요? 그렇지 않습니다. 그림책과 리더스북은 다음 단계로 순서대로 넘어가도록 칼같이 나누어 놓은 것이 아닙니다. 리더스북은 오히려 그림책과 병행해서 읽으면 가장 좋습니다. 어린아이들은 쉽고 짧은 문장으로만 이루어진 리더스북을 읽으면서 영어 듣기의 귀가 쉽게 열립니다. 영어에 자신이 없는 부모님들도 낮은 단계의 리더스북 읽기는 그리 어렵지 않을 거예요. 부모의 눈과 귀도 어느 정도는 편안하지요.

단순한 그림, 그리고 짧은 단어와 문장으로 이루어진 리더스북도 있고 이야기를 기반으로 한 재미있는 내용의 리더스북도 있습니다. 또 리더스북은 짧고 쉬운 책을 모아 전집으로 구성되는 경우가 많아요. 아이들에게 장난감처럼 리더스북을 쥐여주면 아이들이 영어책을 거부감 없이 받아들이는 효과가 있답니다.

내 아이에게 맞는 영어책 찾기

아무래도 아이 책, 또 그중에서도 영어로 된 아이 책 고르기에 익숙하

지 않은 분들은 영어 원서 쇼핑몰에 나열된 영어책 표지들이 한눈에 들어오지 않을 거예요. 처음으로 아이에게 보여줄 영어책을 구매하고 싶으시다면 이렇게 살펴보실 것을 권합니다. '웬디북' 홈페이지를 기준으로 설명해볼게요!

연령별 분류

홈페이지 가장 왼쪽에서 연령별 분류를 확인할 수 있어요. 0~3세, 4~6세, 7~9세 등 나이에 맞는 책들을 볼 수 있습니다.

0~18개월, 19개월~3세에는 구겨지고 찢어지지 않는 보드북, 장난감처럼 가지고 놀 수 있는 책, 단어가 나열된 책, 내용이 굉장히 짧은 한 줄 그림책들이 있습니다.

4~6세는 다양한 그림책을 받아들일 수 있는 나이입니다. 연령별 분류 중에서 가장 많은 수의 그림책이 들어있지요. 재미있고 기발한 그림책들이 많아서 표지들만 보아도 호기심을 자극합니다. 아이들이 좋아할 수밖에 없는 동물과 가족, 친구를 소재로 한 그림책이 많습니다. 쉬운 수준의 리더스북도 있어요. 아직은 듣는 독서를

하는 나이이기에 내용이 짧은지 긴지가 아니라 아이의 흥미를 따라 책을 고르면 좋습니다.

7~9세에 영어를 처음 접하는 아이들에게도 쉽고 재미있는 영어 그림책이 필요합니다. 이 나이에는 연령별 분류에 크게 개의치 말고 아이의 흥미에 맞추어 책을 골라보세요. 모든 종류의 영어 그림책을 볼 수 있는 나이입니다. 영어책을 처음 본다면 글씨가 적은 쉬운 책부터, 이미 영어책을 꾸준히 읽어온 친구들이라면 듣는 독서의 수준보다 조금 낮추어 스스로 읽기를 유도해볼 수도 있고, 쪽수는 많지만 그림 비중이 높은 얼리챕터북에 도전할 수도 있습니다.

분야별 분류

홈페이지 왼쪽에서 책의 종류에 따라 그림책, 리더스, 챕터북, 동화·소설·에세이, 지식·정보· 사전류, 영어만화, 액티비티·팝업·토이북, 예술·교양·대중문화, DVD를 볼 수 있습니다.

베스트셀러

아이와 부모들에게 많은 사랑을 받은 베스트셀러 코너를 자주 둘러보세요. 이미 영어책을 많이 소장하고 있는 저도 베스트셀러를 자주 둘러보고 책을 고릅니다. 베스트셀러 코너를 살펴보면 현재 가장 사랑받는 책들, 인기 작가의 신간, 수상작까지 알 수 있어 재미있는 책을 쉽게 고를 수 있습니다.

저의 경우에는 처음 원서를 구입하기 시작했을 때 베스트셀러 목록을 자주 들여다보았어요. 그랬더니 도서관에서 책을 고르거나 중고서점에서 책을 사게 될 때도 표지가 눈에 익숙한 책을 살 수 있었어요. 덕분에 실패율도 적었고요.

북&오디오

유아 영어는 듣기중심이 되어야 합니다. 부모가 읽어주는 시간도 물론 필요하지만 언어민의 발음을 듣기 원한다면 음원이 있는 책을 구매해보세요. 엄마표 영어가 한결 더 쉬워집니다.

책 내용을 리듬감 있는 노래로 그대로 풀어낸 '노부영'과 '픽토리'를 비롯하여 세이펜으로 책을 읽어주는 세이펜 적용 도서, CD 없이 간편하게 음원을 들을 수 있는 story plus 어플 적용 도서, QR 코드 적용 도서가 있습니다. 아이는 원어민 발음을 쉽게 자주 접할 수 있고, 아이가 오디오를 듣는 독서를 할 때에는 엄마는 다른 일을 할 수도 있는 좋은 도구가 됩니다.

추천 영어 그림책

영어 노출 시작 시기를 비롯해서 아이들의 연령과 언어발달 상황은 전부 다 다릅니다. 그러니 아이의 실제 나이에 따라서 영어책을 고르는 것이 아니라 영어 소리를 듣기 시작한 '영어 나이'에 초점을 맞추어서 추천 도서를 활용하세요.

다음에 소개하는 책은 영어와 친해지는 초기 영어 그림책, 다독으로 영어를 흡수하는 영어 그림책, 지식·재미·감동이 있는 영어 그림책을 비롯해서 AR 1-2점대 챕터북과 AR 2-3점대 챕터북을 포함한 얼리챕터북입니다. 참고가 되기를 바랍니다.

영어와 친해지는 초기 영어 그림책

· Spot 시리즈

· Maisy 탈것 보드북

· Peppa's first 100 words

· A big box of little books

· Byron Barton 보드북

· Leslie Patricelli 보드북

- A Little Book About ABCs 레오니오니

- Rosie's walk

- whose baby am I?

- Color zoo

- bark, George

- rain

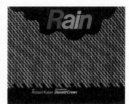

- The shape song swingalong

- Nighty Night, Little Green Monster

- Piggies

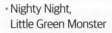

· we all go traveling by   · The animal boogie   · Hooray for fish

· What am I?   · Chicka chicka boom boom   · It Looked Like Spilt Milk

  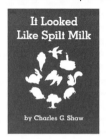

· Brown Bear, Brown Bear,   · one mole digging a hole   · In my world
  What do you See?

  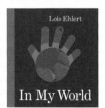

다독으로 영어를 흡수하는 영어 그림책

• Elephant & Piggie

• The Pigeon 시리즈

• Maisy First Experiences Book

• Todd Parr 그림책 시리즈

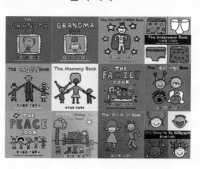

• Pants 시리즈

• Froggy 시리즈

- Arthur Starter 16종 시리즈

- Stella Blackstone Bear 시리즈

- Anthony Browne Bear시리즈

- SNOW

- The very hungry caterpillar

- Pete's a pizza

- The carrot seed

- My mum

- My Dad

- We're going on a bear hunt

- I'm the biggest thing in the ocean
- Polar Bear's Underwear
- Bee-bim Bop!

- Why?
- Outdoor opposite
- Five little mermaids

- A color of his own
- No kimchi for me
- On market street

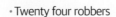

- Bread bread bread
- Frederick
- Twenty four robbers

지식, 재미, 감동이 있는 영어 그림책

- Jack 시리즈

- Jory John - The food group 시리즈

- Jory John - already 시리즈

- Robert Munsch 12종 세트

- Arthur Adventure 시리즈

- Winnie and Wilbur Collection
  마녀 위니 시리즈

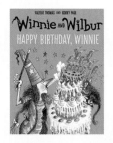

- Our Universe 시리즈

- We're All Wonders

- The Rainbow Fish

- The rabbit listened

- Good bye friend! Hello friend!

- A Sick Day for Amos McGee

- Creepy Carrots!

- Big Red Lollipop

- The Great Dog Bottom Swap

얼리챕터북, 챕터북

여러 개의 장(chapter)으로 나뉜 어린이용 소설을 챕터북이라고 합니다. 그림이 많고 6~9세 아이들의 흥미에 적합한 얼리챕터북도 있습니다.

AR 1-2점대, 100페이지 내외 챕터북

- Hello, Hedgehog 시리즈
- Fairylight Friends 시리즈
- A Crabby Book 시리즈

- Princess Truly 시리즈
- Moby Shinobi and Toby, too! 시리즈

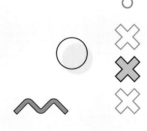

AR 2-3점대 챕터북

- Arthur Chapter 시리즈

- Press Start

- Monkey Me

- Owl Diaries
  Treetop Adventure

- Unicorn Diaries

- Nate the Great 시리즈

- Dragon Masters

- Calendar Mysteries

- Magic Tree House

지식, 정보, 사전류

- Eric Carle's Book of Many Things

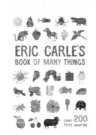

- DK 1000 useful words / science

- There are 101 things that go in this book

- Do You Know? 시리즈

- This Is How We Do It

- Oxford Children's Maths and Science Words

우리집 최고의 듣기·말하기 재료 '노부영'

아이가 첫돌이 되었을 즈음 '노부영' 영어 그림책을 처음 알게 됐어요. 앞서 말했던 하얀색 바탕에 곰, 새, 오리가 한 마리씩 그려져 있는 〈Brown bear Brown bear, What do you see?〉와 다섯 마리 원숭이가 침대 위에서 뛰어놀다가 차례로 한 마리씩 떨어진다는 내용의 〈Five little monkeys jumping on the bed〉였습니다.

처음 CD를 재생했을 때 '이렇게 예쁘고 쉬운 영어 그림책에 따라 부르기 좋은 노래까지 있다니!'라고 생각했어요. 우리 가족은 노부영 영어 그림책에 완전히 마음을 빼앗겼습니다. 제가 지난 10여 년 동안 여러 사교육 현장에서 초, 중등 영어를 가르치면서 만난 학습용 교재의 음원들은 수업 차시마다 학습해야 하는 특정 단어와 표현을 집어넣어 만든 노래였기 때문에 정말 재미가 없었거든요. 그런데 노부영 노래는 달랐습니다. 그림책 단어에 아름다운 멜로디를 입힌 노래들은 어른이 듣기에도 유치하지 않은 것들이 많았어요. 흥얼흥얼 쉽게 따라 부르다 보면 저절로 영어 문장이 입에 붙고 기억에는 쏙쏙 남았습니다. 그리고 남편과 저는 점점 몇 권의 '노부영' 그림책만으로도 아이와 종일 놀아줄 수 있게 되었습니다.

아이와 마주 보고 앉아서 〈주먹 쥐고 손을 펴서〉 노래를 불렀던 것처럼 노부영 그림책을 펼쳐놓고 아이에게 처음 영어 노래를 들려주었습니다. 직관적으로 영어 소리를 들으며 의미를 함께 보여주는 첫 영어 재료가 되어주었지요.

저는 설레는 마음을 안고 노부영 설명회도 여러 차례 다녀왔어요.

그곳에서 노부영으로 아이를 키운 선배 엄마들의 이야기를 많이 들었습니다. 예상대로 새롭거나 놀라운 비결은 없었습니다. 그저 아이들과 함께 자주 책을 펼치고, 자주 영어 소리를 들려준 것이 전부였다고 했습니다.

노부영 그림책은 에릭칼, 앤서니 브라운, 레오 리오니, 오드리 우스, 팻 허친스, 닥터 수스, 줄리아 도널슨 등 세계적인 아동문학 작가의 작품들을 모아 노래로 만든 것입니다. '칼데콧'과 '칼데콧 아너' 상을 수상한 세계적으로 인정받은 어린이 그림책들이기도 하지요. 커팅북, 팝업북, 수채화, 콜라주 등 다채로운 화풍과 판형으로 구성되어 있고 글 내용에 맞는 훌륭한 노래가 있어서 영어가 모국어가 아닌 아이들이 새로운 언어를 즐기고 자연스럽게 익힐 수 있도록 최상의 영어 환경을 만들어줍니다.

노부영 그림책들은 이미 유명한 영미권 그림책 작가들의 책이어서 어디에나 추천 도서로 들어가 있습니다. 두 돌 전후에 산 그림책을 지금까지도 반복해서 읽고, 내용을 외우고, 비슷한 주제의 책을 볼 때에는 연계 독서로 활용하기도 합니다.

영어 노래를 잘 따라 부르며 좋아하는 아이를 보며 저는 노부영 그림책을 모으기 시작했습니다. 추천 영어 그림책을 찾다 보니 어느새 〈노부영 베스트〉, 〈노부영 스테디 베스트〉, 〈노부영 마더구스〉, 〈노부영 싱어롱〉 등의 소전집을 구매하고 그 외의 노부영 낱권들을 150권 정도 구매했더라고요.

그저 노래가 있는 영어 원서일 뿐인데 저와 아이는 왜 그렇게 노부영을 사랑했을까 생각해보았습니다. 국내 영어 전집에도 노래가 있는 원서들이 많이 있는데 노부영의 노래는 달랐어요. 영어의 라임과 리듬감을 한껏 살린 신나고 분위기 있는 노래, 다양한 악기를 사용한 재미있는 노래가 있었거든요. 노래를 틀어놓으면 아이는 기저귀 궁둥이를 뒤뚱거리며 책장의 책을 마구 빼놓고, 거실 바닥에 널린 책을 밟고 놀았습니다. 그림책을 바라보는 아이의 순수한 눈빛이 보였습니다. 아직 말도 잘하지 못하는 아이가 자신이 원하는 그림을 더 보겠다며 책장을 넘기지 못하게 하기도 하고 세이펜에서 흘러나오는 노래에 맞추어 벌떡 일어나 신나게 몸을 들썩이는 장면이 아직도 생생하게 기억이 나요.

두 돌이 지났을 무렵 어린이집에 등록했는데 곧 코로나가 시작되었고 평일, 주말할 것 없이 아이와 집에서 보내는 시간이 이어졌습니다. 제가 아이와 가장 쉽게 놀아줄 수 있는 방법이 책 읽기였기 때문에 한글책과 영어책을 구분하지 않고 많이 읽어주었는데 집콕 기간이 점점 늘면서 저는 지쳐갔고, 그때 노부영에서 나온 리더스북을 구매했습니다. 한꺼번에 새 책으로 구매하기에는 많은 양이었지만 노부영과 세이펜 조합을 사랑했던 저와 아이에게는 가장 알맞은 선택이었습니다. 진도나 순서에 크게 얽매이지 않았고 아이는 짧고 쉬운 책 여러 권을 많이 보았어요. 리더스북은 읽기 연습용 책이지만 우리는 그림을 보면서 단어를 익히고, 노래로 흥얼흥얼 부르며 짧은 문장을 배웠습니다. 그렇게 영어는 아이에게 스며들었지요.

노부영 그림책의 CD를 틀면 1번 트랙의 로고송에 이런 가사가 있어요.

"sing it, say it, now you read it"

처음에는 그림만 보는 것 같던 아이가 점점 책의 의미를 이해하고, 때로는 따라 말하고, 노부영 노래와 챈트를 외워서 따라 부르고, 책을 보며 외운 것을 이야기하면서 읽는 척하기도 했습니다. 아기 때부터 노래를 따라 부르고, 가사들이 그대로 생활영어가 되어 영어로 말하고, 그렇게 책을 많이 보다 보니 다섯 살에는 영어를 읽게 되었습니다. 아이의 자연스러운 언어 습득이 정말 신기하더군요.

아이가 네 살이 되어 다시 수업 현장으로 돌아간 저는 학생들에게 노부영 그림책을 소개하고 함께 노래를 불렀습니다. 교재로 배우는 내용과 관련된 주제의 노부영 그림책을 선정해서 함께 부르면 재미도 있지만 기억에도 오래 남습니다. 영어로 된 책 한 권을 외우기는 힘들지만 영어로 된 노래는 그보다 쉽게 외울 수 있습니다. 아이들도 '내가 영어책 한 권을 통째로 외우다니!' 하며 신기해했고 학부모들의 반응도 좋았습니다. 주말마다 아이들이 영어 그림책을 들고 노래를 부른다며 전화를 주신 어머님도 계셨을 정도입니다.

제가 블로그와 SNS에 노부영 그림책과 리더스북 사진을 자주 올렸더니 지인들은 제가 노부영에서 일하는 줄 알았다고 했을 정도로 저와 아이는 노부영을 너무나 사랑했고, 노부영을 빼고서는 제 아이의 영어에 대해서 이야기할 수 없을 정도입니다.

그림책에는 나이 제한이 없습니다. 저희 아이는 3~6세까지 노래가 있는 영어 그림책을 가장 많이 봤지만 글밥이 많은 챕터북을 읽는 지금까지도 가끔씩 노부영 책을 꺼내서 노래를 흥얼거리고는 합니다. 아이가 책과 노래를 사랑하기 시작한 순수한 시기에 만난 노부영 책들과 우리 가정의 분위기가 잘 맞아떨어진 것 같습니다. 우리 아이의 유아기에 노부영과 함께 할 수 있어서 정말 재미있었고, 행복했습니다. 동심 가득한 그림과 진한 감동이 있는 그림책들이 우리 아이의 오랜 친구가 되어주기를 바라는 마음입니다.

다독으로 귀와 입이 트인다

아이의 영어 귀와 입이 트이는 과정은 우리말의 그것과 비슷했습니다. 아이에게 짧고 쉬운 영어책을 많이 읽어주었던 네 살 무렵, 어느 날 갑자기 동그란 장난감과 세모난 장난감을 들더니 "I like circle. I have a triangle!"이라고 말했습니다.

내용과 그림이 일치하고, 문장이 짧으며, 흥얼흥얼 따라 부르다 보면 저절로 머릿속에 들어오는 쉬운 그림책과 리더스북을 많이 듣고 읽으면서 아이는 처음 듣는 영어책도 잘 알아듣고, 시키지 않아도 따라 말하는 모습을 보였습니다.

저는 부모님들께 아이가 짧고 쉬운 책을 다독할 수 있는 환경을 만들어주는 것이 중요하다고 말합니다. 저희 집을 보면 남편은 근무시간이 길어요. 그래서 저는 아이와 단둘이 집 안에서 보내는 시간이 정말 많았습니다. 주위의 일반적인 가정들을 돌아봐도 유아가 있는 집 대부분이 엄마와 아이의 컨디션, 미세먼지와 날씨, 지난 몇 년의 코로나 상황까지 겹쳐서 집에 있어야 하는 시간이 꽤 길었습니다. 집 밖에서 할 수 있는 놀이와 특별한 체험도 좋지만, 그렇게 할 수 없는 상황에서 매일 집에만 있어야 하는 아이와 부모는 집에서 어떻게 일상을 보내는 것이 중요할까요? 제가 아이와 함께 네 살, 다섯 살의 시간을 코로나와 함께 보내면서 스스로 참 잘했다고 생각하는 것이 있다면 바로 유아기에만 채울 수 있는 짧고 쉬운 책으로 다독을 챙겼다는 점입니다.

다독은 다양한 종류의 책을 많이 읽는 독서 방법을 말합니다. 많은 양의 책을 읽음으로써 독서에 대한 흥미와 관심을 지속시킬 수 있고, 책에 몰입할 수 있습니다. 어린아이들은 반복을 좋아하니 같은 책을 여러 번 많이 보는 것도 다독이라고 할 수 있습니다. 아이들은 스스로 책을 구하고 고를 수 없으니 책을 찾는 일은 부모의 몫입니다. 스스로 읽지 못하니 부모가 읽어주는 것에 의존할 수밖에 없고요.

우리 아이는 한글책, 영어책 구분 없이 제가 책을 읽어주는 시간을 정말 좋아했습니다. 저는 아이가 흥미를 느낄 수 있으면서도 다독할 수 있는 영어책을 찾아야 했습니다. 그때 저희 집에서 다독용으로 선택하여 가장 잘 활용한 책이 〈노부영 JFR〉입니다. 이 책은 스토리가 있는 그림책이 아니라 읽기 연습을 위해 만들어진 리더스북이라서 다른 그림책에 비해 첫눈에 보기에는 딱딱한 느낌이 들어요. 하지만 어린아이에게는 그림을 볼 수 있는 그림책이자, 단어를 익힐 수 있는 인지 책이자, 영어 문장을 읽는 연습까지 동시에 할 수 있는 책입니다. 총 96권으로 이루어져 있는데 책이 모두 얇고 아이들 손에 쥐기에도 부담 없는 크기이며 한 권이 8~16쪽 내외입니다. 그래서 앉은 자리에서 열 권 이상도 볼 수 있지요. 모든 페이지에 세이펜 음원이 들어 있어서 노래, 리딩, 박자에 맞춰 따라 읽을 수 있는 챈트를 들을 수 있어서 좋습니다. 어른 손바닥보다 살짝 큰 크기이고 180도로 활짝 펼쳐져서 아이들의 작은 손으로 잡거나 바닥과 독서대에 놓고 보기에도 편리하고요. 실제 동물의 사진이나 사람의 표정도 잘 나타나 있어서 아이가 굉장히 좋아했어요. 세이펜을 쥐어주니 소리가 나는 장난감으로 취급하기도 했고요.

노부영 JFR은 생활 속에서 흔히 만나는 장면들이 짧고 쉬운 문장으로 묘사되어 있습니다. "This is~, It is~, I am~, She is~, He is~" 같은 쉬운 문장부터 아주 조금씩 문장이 길어지지요. I 다음에는 am이 오고, He와 She 다음에는 is가 오는 영어 문장의 기초를 실제 문장으로 만나며 통째로 말해보고 익힐 수 있습니다. 자기도 모르는 사이에 He 다음에 is가 오는 문법이 자연스럽게 입력되는 것이지요. 설명해 줄 필요도 없이 아이는 I want와 He wants를 익히게 됩니다. 일반 책이라면 영어 문장을 외우기가 힘들겠지만 노래가 있는 짧은 책은 아이들도 얼마든지 많이 읽고 즐겁게 외울 수 있습니다.

JFR을 보면 순차적으로 어휘량이 늘어나고 문장이 길어집니다. 평서문, 부정문, 의문문, 감탄문 등 일상생활에서 접하는 다양한 문장들이 녹아있습니다. 우리집에서는 JFR 책을 작은 바구니에 담아 거실에 두었습니다. 아이가 이 책을 보는 동안에는 손으로 짚어주거나 따라 읽어보라고 시키지 않았지요. 아이가 원하면 엄마가 읽어주고, 평소에는 세이펜 배터리가 떨어지지 않게 충전해 두는 것만으로도 충분했습니다. 책의 많은 부분이 그림으로 채워져 있어서 아이는 그림을 보면서 책장을 휙휙 넘기고, 금방 한 권을 읽고는 또 다음 책을 집어 들었습니다.

언어를 습득하고 익히기 위해서는 노출되는 시간이 많아야 합니다. 유아기에 가장 적극적으로 해야 하는 영어 노출은 듣기입니다. 학생들을 가르치고 제 아이와 함께 엄마표 영어를 하는 모든 과정 속에서 많이 읽고 많이 들은 아이들의 습득 속도가 빠른 것을 반복해서 목격했습니다. 영어 학습경험이 적은 채로 저와 수업하게 된 초등학생도 결국 듣기 양을 채워주었을 때 영어가 제대로, 빠르게 성장한다는 것을 알았지요.

제 아이는 우리말 발달이 전혀 빠른 아이가 아니었습니다. 주위 친구들에 비하면 말이 많은 편도 아니고, 다른 사람의 말을 따라 하는 것도 아니었고 표현력이 풍부한 편도 아니었지요. 하지만 언어 자극이 가득한 환경을 만들어주니 우리말과 동시에 영어를 익히게 되었습니다. 바로 다독 덕분이지요.

JY First Readers - JFR

본문 내용

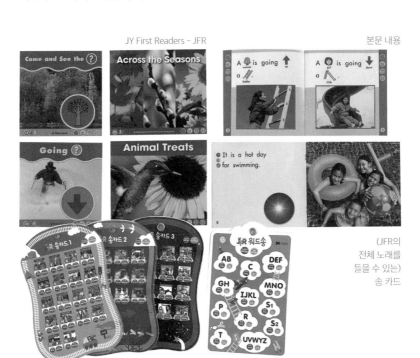

(JFR의
전체 노래를
들을 수 있는)
송 카드

부모가 아이에게 영어책 하루에 한 권에서 세 권 정도 읽어주는 것으로 아이가 영어를 자연스럽게 습득하는 것은 어렵습니다. 가리키는 대상이 명확하고 문장이 짧고 쉬운 책, 아이가 스스로 보기에도 만만한 책들을 많이 읽어주고 보게 하는 것이 훨씬 효과적이지요. 책에 세이펜이 적용된다고 하더라도 노래와 리딩이 있는 음원 CD를 적극 활용하세요. 집에서는 아이 스스로 세이펜을 이용해서 책을 읽고, 이동하는 차에서는 CD를 들으면 좋겠지요. 노부영이나 일부 다른 전집들은 전체 책의 노래들이 한 손에 쏙 들어오게 만들어진 세이펜 송 카드 song card를 제공합니다. 세이펜과 작은 송 카드만 가지고 다니면 되니 가볍고 편리합니다. 차에서 오랜 시간을 보내야 할 때, 어른들의 일정이라 아이가 심심할 상황일 때 JFR의 송 카드를 자주 가지고 다녔고 영어 소리를 좋아하는 아이에게 좋은 놀잇감이자 영어 노출 시간을 채워주는 고마운 도구가 되었습니다.

우리 아이가 JFR을 만나 폭 빠져 잘 보던 시기는 우리 나이로 네다섯 살 때였습니다. 이 전집에는 액티비티북이라는 이름의 워크북이 포함되어 있는데 우리집에서 대부분의 워크북은 모르는 내용을 배우기 위해서 보는 용도로 사용하지는 않았습니다. 처음에는 그냥 메인 도서를 충분히 보는 것으로 끝냈어요. 그리고 1년이 훨씬 지난 후에 아이가 스스로 꺼내어 내용을 확인하는 용도로 워크북을 사용했습니다.

아이가 다섯 살 후반이 되어 한창 오리고 붙이는 것에 관심이 생겼을 때 JFR 워크북을 꺼냈습니다. 아이가 워크북 그림을 보고 노래가 술술 나올 정도로 내용을 많이 외웠을 때 아이는 정말 재미있게 하루에 네다섯 장씩도 할 수 있었습니다. 영어 강사 경력이 아무리 길다고 해도 아이가 하기 싫다는데 그것을 억지로 시킬 수 있는 능력은 없습니다. 문제가 요구하는 것이 뭔지 오래 고민해야 하고, 엄마가 옆에서 계속 도와줘야 하는 정도라면 워크북 같은 것은 하지 않는 것이 오히려 더 좋습니다.

다독으로 문해력이 자란다

Owl Babies (Martin Waddell, Patrick Benson작품)

《Owl Babies》는 사냥을 간 엄마 올빼미를 기다리는 세 마리 아기 올빼미 이야기입니다. 어느 날 밤, 아기 올빼미들이 잠에서 깨어 보니 엄마 올빼미가 없었고 아기 올빼미들은 "엄마가 어디 가셨지?", "어떻게 하지?", "엄마한테 갈래!"라고 말하며 저마다의 방식으로 자신의 불안함을 이기려 노력합니다. 엄마가 맛있는 먹이를 잡아 올 것이라고 기대해보기도 하지만 시간이 갈수록 어둠 속에서 엄마의 빈자리는 더 크게 느껴집니다. 나뭇가지 위에 모여 앉아 서로 의지하며 엄마를 기다리는 아기 올빼미들의 표정을 보면 초조한 마음이 그대로 전해집니다.

엄마의 부재에 불안해진 아기 올빼미들의 울 듯한 눈망울과 깊은 어둠 속에서 진행되는 이야기에 몰입해서 저희 집 아이는 마치 자신이 엄마를 잃은 것 같은 불안한 표정을 지었습니다. 그리고 엄마 올빼미가 둥지로 돌아왔을 때 아기 올빼미들이 날개를 파닥이며 안도감을 표하는 장면을 보고서야 아이도 함께 긴장했던 마음이 스르르 녹아내렸지요.

저는 《Owl Babies》 이야기를 해석 없이 영어 그림책으로 읽어주었어요. 중간중간 아이가 모르는 단어와 표현이 나와도 괜찮았어요. 아이는 영어 그림책을 읽어온 시간 동안 단련이 되었는지 올빼미들의 표정과 분위기에 더 몰입해서 모르는 몇 개의 단어에 연연해하지 않게 되었습니다.

아이가 이야기를 다 이해했는지 확인하는 단답형 질문은 하지 않으려고 노력하는 편이지만 가끔씩 물어볼 때가 있습니다. 이 단어는 무슨 뜻인지 등을 물어보는 것이 아니라 독서에 함께 참여한 사람으로 아이와 동등한 입장에서 이야기를 나누는 것이지요. 저희 아이는 이야기가 마음에 드는 날에는 책의 마지막 장을 덮을 때쯤에 연달아 읽어달라고 요구하거나 표지부터 천천히 그림을 다시 보면서 이야기하는 것을 좋아하거든요.

다음은 다섯 살 여름에 《Owl babies》를 읽고 나서 저와 아이가 나누었던 대화 내용입니다.

🦉 여기, 아기 올빼미들은 털이 하얀색이네.

☺ 그런데 엄마 올빼미는 갈색이에요!

🦉 정말! 그리고 엄마 올빼미는 얼굴도 훨씬 커. 아마 어릴 때에는 하얀색 털이었다가 어른이 되면 갈색으로 털 색깔이 바뀌나 보다. 그런데 아기 올빼미들 중에는 누가 제일 몸집이 커?

☺ 여기! 누나 올빼미 이름은 Sarah예요.

🦉 그렇구나. 둘째 올빼미 이름은 Percy, 막내 올빼미는 Bill이래. 엄마 올빼미가 너무 안 오니까 아기 올빼미들이 기도하나 봐.

☺ 음… 엄마 올빼미가 빨리 오게 해 달라고요?

🦉 그렇겠지? "엄마, 빨리 오세요… 밤에 엄마가 없으니까 보고 싶어요…"라고 했을 것 같아. 그런데 유하도 잘 때 엄마가 없으면 무서울까?

☺ 네! 엄마가 없으면 무서울 것 같아요.

🦉 그런데 유하는 사촌 언니들이랑 잘 때에는 엄마 없어도 잘 잤잖아.

☺ 언니들이 있을 때는 엄마가 없어도 괜찮았어요. 나는 엄마 없어도 울지 않아요.

🦉 그런데 막내 올빼미는 눈을 보니까 조금 울 것 같은데?

☺ 큭큭. 네, 무서운가 봐요. 막내 올뻬미는 자꾸 "I want my mommy!"라고 해요.

🦉 응, 그런데 "I want my mommy!"는 무슨 말인데?

☺ <u>"나, 엄마 보고 싶어!" 이거예요.</u>

스토리가 아닌 문자 해석에 집중하는 보통의 어른은 "I want my mommy!"라는 문장을 보면 "나는 엄마를 원해!"라고 해석할 확률이 높지요. 아이를 위한 동화라는 점을 감안하여 의역하고자 노력하지 않는 보통의 영어 실력을 가진 어른이라면 말이에요. want라는 단어의 뜻을 '원하다'라고 외웠으니까요.

제 아이가 만 4세가 되지 않은 시기에 "I want my mommy!"를 "나, 엄마 보고 싶어!"라고 해석하는 것을 보면서 저는 아이가 영어를 보고 들을 때에는 영어로 생각하고 있다는 것을 느꼈습니다. 영어의 뉘앙스를 파악하여 자신이 알고 있는 우리말 중 가장 적절한 것을 찾아 대답하는 모습에 저도 많이 놀랐어요. 아이가 이야기에 깊게 몰입한 상태였기 때문에 가능했던 것입니다.

문해력이란 글을 읽고, 의미를 파악하고, 내용을 이해하는 능력입니다. 책의 내용만을 아는 것이 아니라 스스로 자신이 읽은 내용과 정보의 가치를 파악하는 능력이지요. 우리말을 배우는 과정을 살펴보면, 유아기 아이들은 단어와 문장을 인지한 상태에서 부모가 읽어주는 책의 내용을 듣고, 책이 주는 의미를 파악합니다.

어려서부터 원서를 그대로 읽어주면 아이들은 영어를 언어 그 자체로 받아들입니다. 그리고 그 소리를 많이 들으면 영어를 조금 더 편하게 생각하게 되고요. 아이들은 영어 그림책을 많이 들으면서 영어 소리를 의미와 일치시키지요. 부모가 읽어주는 영어 그림책을 많이 듣는 것만으로도 원어민의 귀가 되고, 원어민이 생각하는 대로 생각하게 되는 것입니다. 그래서 아이는 아기 올빼미와 함께 긴장하고, 돌아온 엄마를 보고는 안도할 수 있었던 것이지요. "I want my mommy!"라는 문장의 want를 '보고 싶다'로 해석한 것은 자신도 모르는 사이에 이야기에 빠져들어 문맥에 맞는 해석을 한 것이고요. 듣는 대로 이해하고 글의 분위기에 맞게 해석하는 것은 많이 듣고, 읽었기 때문에 가능합니다.

책을 많이 읽으면 문해력이 자란다고 하지요. 영어 그림책을 많이 읽으면 영어 문해력이 자랍니다. 영어 단어 하나에 한 가지 뜻을 연결하는 것이 아니라 문맥의 흐름에 맞는 자연스러운 의미를 찾아가고, 해석 없이도 그림책에 감정을 이입하여 스스로 이해할 수 있게 되고요. 아이와 영어 그림책을 꾸준히 읽다 보면 비슷한 상황을 만날 수 있어요. 아이가 직독직해가 아니라 자연스러운 해석을 한다거나 글의 뉘앙스와 분위기를 잘 파악한 질문을 던지는 모습을요. 아이가 어떤 단어를 사용해서 그 말의 뜻을 물어봤는데 모른다고 할 때도 실망하지 말고 존중해주세요. 의미를 유추해보는 대화를 끌어내거나 함께 사전을 찾아도 좋습니다. 저는 영어 그림책을 가장 많이 읽은 시기가 네다섯 살 때여서 단어의 의미를 찾는 활동조차 하지 않았습니다. '두루뭉술하게 의미를 알고는 있구나' 생각하고 넘어갔습니다.

이렇게 영어 원서를 통해 문해력이 자라는 과정은 초등학생이 영어 학원에서 교재로 영어를 처음 만나 더듬더듬 해석하는 방법을 배우는 과정과 정반대의 지점에 있습니다. 강의와 교재로만 영어를 만나는 아이에게 다독을 기대할 수는 없습니다. 독서가 재미있어야 스스로 많이 읽을 수 있는데, 영어 수업 후에 숙제가 기다리고 있을 때에는 숙제 이상의 자발적인 영어 독서를 기대하기가 힘이 들지요. 리딩 교재로만 만나는 영어는 어쩔 수 없이 수동적으로 읽게 되고, 읽고 나면 내용을 비롯해서 단어와 문장 구조 등을 확인하는 문제가 기다리고 있으니까요. 다음 이야기를 기대하며 연달아서 읽을 만한 동기도 일어나기 어렵습니다.

영어 소리 노출 1, 2년 차에 우리 아이의 다독을 책임졌던 전집이 있습니다. 〈노부영 런투리드〉Learn to Read입니다. 읽기 향상을 위한 단계별 리더스북은 전집으로 묶어서 판매하고는 하는데 전집으로 구성된 리더스북 중에서 〈노부영 런투리드〉는 전체가 세이펜 활용이 되고, 전 권 노래가 수록되어 있어서 아이가 쉽게 따라부르며 외울 수 있는 것이 정말 좋았습니다. 통통 튀는 귀여운 캐릭터들이 반복되고, 패턴 리더스북이지만 페이지마다 그림이 차지하는 비중이 큽니다. 기승전결 없이 문장의 패턴만 반복되어 지루하게 느껴지는 다른 리더스북들과는 달리 통통 튀는 이야기와 귀여운 캐릭터로 아이를 집중시킵니다.

〈노부영 JFR〉이 일상적인 주제의 리더스북이라면 〈노부영 런투리드〉는 조금 더 문장이 길어진 짧은 스토리 기반의 리더스북입니다. 아이들 눈높이에 맞는 캐릭터들이 웃기거나 우스꽝스러운 상황을 만들어 아이들을 이야기 속으로 쑥 데려가지요. 아이들은 재미있는 이야기의 문장들을 묻고 대답하고 반복하면서 영어 소리에 익숙해집니다.

짧고 재미있는 이야기로 시작해 수세기와 그래프, 달력까지 다루는 런투리드 책을 읽으며 아이들은 수학, 사회, 과학, 언어 영역의 다양한 지식을 이야기 안에서 배우고 확장합니다. 〈Whose forest is it?〉을 통해 숲이 누구의 것인지 묻고, 〈Reduce, Reuse, Recycle〉을 통해 재활용 쓰레기를 분리배출하는 아이들의 모습을 보여줍니다. 다양한 주제의 읽기 재료들이 있어서 지루할 틈이 없지요. 저희 아이는 때때로 〈노부영 런투리드〉를 옆에 수북이 쌓아두고 한 권씩 꺼내 독서대에 펼쳐 놓고는 세이펜으로 노래를 들으며 몸을 끄떡끄떡 흔들곤 했습니다.

사이트 워드Sight words는 주로 파닉스 규칙에 들어맞지 않으며, 일상 생활을 하거나 책에서 자주 마주치는 단어이기 때문에 눈으로 보자마자 바로 읽어내야 하는 어휘들을 말합니다. 사이트 워드를 많이 익히면 영어 문장을 쉽게 읽어낼 수 있지요. 그렇기 때문에 이 사이트 워드를 익히기 위해 고안된 교재나 리더스북을 따로 구매하기도 하는데 우리 아이는 짧고 재미있는 책을 반복해서 읽으면서 사이트 워드를 자연스럽게 깨우치게 됐어요. 많이 듣고, 많이 외워서 말하고, 읽고 싶을 때 읽고, 말하고 싶은 만큼 말하는 과정을 거치는 데에는 〈노부영 런투리드〉 공이 컸습니다.

156권이라는 많은 권수이지만 노래 한 곡이 1~2분 이내이기 때문에 차에서도 많이 들을 수 있었어요. 패턴 문장만 해도 영어의 리듬감을 느낄 수 있는데 아이들 입에 착 달라붙는 노래까지 있으니 외우기도 쉽습니다. 이 책들이 아이의 읽기와 말하기의 토대가 되었음은 물론이고 책 읽기의 즐거움까지 함께 누렸지요. 아이가 좋아할 만한 읽기 재료가 많아야 많이 읽을 수 있고, 그 몰입의 시간이 문해력을 길러 주었습니다.

한글과 영어 떼기, 어떻게 하면 될까?

아이를 키우는 친구와 이웃을 보니 약속이나 한 듯이 6, 7세가 되면 방문 선생님이 오시는 한글과 수학 학습지를 하고 있더라고요. 엄마들은 학습지 선생님들은 아이와 싸우지도 않고 친절하게, 원리대로 한글을 가르쳐준다는 믿음이 대단했습니다. 그래서 저도 막연하게 아이 7세 즈음에는 그런 학습지를 해야만 하는 줄 알았습니다.

몇 살에 한글을 뗐는지가 그렇게 중요하지 않다는 것은 저도 잘 알고 있습니다. 그런데 저희 아이가 다섯 살이던 봄, 아이는 집에서 자연스럽게 한글을 떼었고 그 경험은 엄마와 아이에게 중요한 터닝 포인트가 되었습니다. 아이는 문맹 탈출의 기쁨을 맛보았고, 엄마는 엄마표 학습에 대한 성취감과 자신감을 얻을 수 있었지요.

저는 아이가 어릴 때부터 영어 그림책을 읽어주면서 영어에 대한 감각을 키워주려고 노력했지만 영어책보다는 한글책에 더 큰 관심과 비중을 두고 있습니다. 어린이집에 다니기 전의 아이가 접할 수 있는 우리말 환경은 매우 제한적이기 때문입니다. 대문만 나서면 놀 친구가 있고 쉽게 앞집과 옆집을 오가던 저의 어린 시절과는 달리 지금 우리 아이가 자라는 환경은 아파트 현관문 안쪽에 고립되어 있다고 봐도 무방하지요.

연고지가 없는 지역에서 결혼생활을 시작한 저희는 양가 가족과 떨어져 살았기 때문에 가까이에서 편하게 만날 사람이 없었습니다. 아이는 다양한 사람을 자주 만나 다양한 말을 배울 기회를 가져보지 못한 것이지요. 코로나 이전부터 비대면 육아를 한 것이나 마찬가지였습니다. 영상 노출을 최대한 늦추겠다고 결정했기에 TV는 아이가 영어 영상물을 보기 전까지는 액자처럼 그 자리에 우두커니 걸려있을 뿐이었습니다. 아빠는 퇴근이 늦으니 아이가 예쁜 말을 배울 수 있는 곳은 오직 엄마, 저뿐이었지요.

아이 첫돌이 되기 전에 언어발달에 도움이 된다는 〈프뢰벨 말하기 프로그램〉 노래를 열심히 들려주었습니다. "우유가 쏟아졌어요, 미안해~ 미안해~ 미안해. 그림책이 찢어졌어요, 미안해~ 미안해~ 미안해." 하면서 부드러우면서도 정확한 발음의 노래를 들으며 그림책을 보여주었더니 어떤 상황에 어떻게 예쁘게 말할 수 있는지 알게 된 것 같아요. 이것이 바로 한글책 그림 집중 듣기였지요.

〈아람 꼬꼬마 한글이〉 전집도 보여주었어요. "어떤 안경을 쓸까? 번개 안경이야, 해 안경이야. 어떤 모자를 쓸까? 돼지 모자, 고양이 모자, 오리 모자. 어떤 신발을 신을까? 나비 신발, 개미 신발, 무당벌레 신발." 아이는 빙글빙글 조작 북을 돌리면서 아직은 어설픈 발음으로 엄마가 여러 번 읽어준 내용을 자신이 읽는 것처럼 흉내내며 책장을 넘겼습니다. 나비 신발, 개미 신발을 말하던 두 돌 아기의 뒷모습을 동영상으로 남겨두고 지금까지도 가끔 꺼내보기도 합니다. 너무나 놀랍고 사랑스러운 순간들이었지요.

아이의 성장 발달에 따라 알맞은 책을 보여주었더니 아이는 엄마가 보여주는 모든 책을 좋아했습니다. 부모는 성의 있게 읽어주고 손가락으로 그림을 짚어주는 정도의 노력만 해주면 되었어요. 유아용 전집은 맘카페나 중고거래 어플에서 활발히 거래되고 있기 때문에 가계에 부담을 느낄 만큼 큰 비용도 아니었습니다.

엄마가 읽어주는 책을 보면서 아이의 관심이 문자로 옮겨가는 것은 당연했습니다. 아이는 책을 자주 보다가 천천히 한글을 눈에 익히게 되었어요. 손으로 글자를 짚으며 학습을 시킨 적은 없었지만 자주 보는 책에서 아이가 쉽게 유추할 수 있는 글자가 나오면 읽어주다가 갑자기 읽는 속도나 소리를 줄여보았습니다. 엄마의 다음 음성을 기다리던 아이는 참지 못하고 다음 단어를 말하고는 했지요. "미안해."라는 말이 나올 무렵에는 "생쥐야, 정말…" 하면 아이는 "미안해!"를 말하고 술래잡기를 하다가 생쥐가 잠든 상황에서 "거기에 바로…" 하면 아이는 "생쥐가 잠들어 있었어요!"를 말하고는 했지요. 대부분은 엄마가 자주 읽어준 책이어서 내용을 외우고 있었지만 아주 가끔 글자를 보고 읽을 때에는 자기가 읽어냈다는 뿌듯한 기분을 느끼는 것 같았어요. 책 읽기는 언제나 엄마의 몫이었는데 언젠가부터 아이 스스로 읽기 부분을 능동적으로 참여해보는 뿌듯함을 느꼈습니다.

유치원에 입학했던 다섯 살 초반에는 친구들 이름을 말하는 것을 좋아하더니, 책에서 친한 친구들 이름 중 한 글자를 발견하면 뛸 듯이 반가워하며 좋아했습니다. 화이트보드에 반 친구들 이름을 적어놓고 누구와 누가 짝인지를 말하는 것도 놀이가 되었지요. 아이와 자주 가는 마트 이름을 큰소리로 읽기도 했고, 동네를 산책하면서 '수정 공인중개사' 간판을 읽고는 "엄마, 내 친구 수정이 이름이 있어요!"라고 말하기도 했지요. 아이가 세이펜을 좋아했기 때문에 그즈음 세이펜이 되는 한글 워크북을 사주었습니다. 그렇게 아이가 '나는 글자를 읽을 수 있어!'라는 자신감을 가지게 된 것이 41개월 무렵이었습니다.

아이가 글자를 읽기 시작한 이후부터는 눈에 보이는 모든 글자가 확대되어 보이는 것 같더라고요. 그림책을 볼 때에는 그림도 보고 글자도 보느라 예전보다 두 배의 시간이 걸리기도 했습니다. 글자가 많아서 아이는 엄마가 읽어주는 속도를 다 따라오지 못할 때도 있었는데 자신이 좋아하거나 관심 있는 글자를 찾아보는 것을 좋아했습니다. "아빠가 방귀를 뿌웅~"이라고 말하면 아이는 "엄마, 잠깐만요! 방귀라는 글자는 어디에 있어요?"하고 질문을 했고, 글자를 찾아주면 방귀라는 글자를 확인하며 "크크크" 웃기도 했지요. 엄마가 읽어주던 책을 혼자서 펼치고는 소리를 내서 읽기도 했어요.

부모는 나이에 맞는 한글 활동에 눈을 뜬 아이의 모습을 보는 것이 즐거웠고, 아이도 그 과정을 즐기고 있었습니다. 이 모든 한글 떼기의 과정이 곧 이어질 영어 떼기의 과정과 정확하게 일치했습니다.

사실 저는 글렌도만 박사의 《아이에게 읽기를 가르치는 방법》, 푸름 아빠 최희수 님의 《푸름이 이렇게 영재로 키웠다》 등의 책을 통해 아이에게 일찍부터 읽기를 가르쳐도 된다는 것을 알고 있었어요. 하지만 '정말? 정말 될까? 아이에게 괜한 스트레스를 주는 것은 아닐까?' 하는 두려움이 더 컸습니다. 하지만 쉽고 즐겁게 한글을 즐기는 아이의 모습을 보면서 안도의 한숨을 내쉴 수 있었어요. 이후로도 아이가 한글에 관심을 가졌을 때 아이와 소통하면서, 귀찮아하지 않고 적극적으로 한글을 알려준 것을 후회할 일은 없었습니다.

엄마가 읽어주는 영어책을 많이 보았던 아이는 자신이 좋아하는 대상이나 소리가 마음에 드는 글자를 좋아했어요. 때로는 집착으로 보일 정도였지요. 자꾸 보고 싶어 했고 스스로 소리를 따라 말하기도 했어요. 세이펜을 대면 소리가 나는 알파벳 책을 눌러보면서 한글 자모음보다 영어 알파벳을 먼저 인지했다는 이야기는 영어교육에만 목숨을 거는 엄마로 보일까 봐 차마 누구에게도 말하지 못했지만요.

아이는 알파벳 책을 가지고 논 지 한 달여 만에 엄마의 옷에 적힌 알파벳을 보고는 아는 체하고 싶어 했어요. 어른에게는 중요할지 모르겠으나 아이에게는 한글 자모음과 알파벳 중에 무엇을 먼저 배워야 하는지는 그렇게 중요하지 않았습니다. 내 눈앞에 문자가 보이고, 마침 내가 그것에 관심을 쏟을 만한 환경이 되면 무한한 관심을 보여주었습니다.

그렇게 늘 세이펜으로 듣고, 엄마가 영어책을 읽어주었기에 아이는 알파벳 대표 음가들을 알게 되었습니다. 영어를 처음 배우는 초등학생에게 파닉스를 가르치는 과정과는 전혀 달랐습니다. 파닉스 교재 없이, 선생님 입 모양을 보고 따라 말해보라고 주의를 집중시킬 필요도 없이, 어느 순간 우리말에는 없는 r과 v 그리고 f와 같은 발음을 정확한 입 모양을 하며 구사하고 있었습니다. 어른, 아이 할 것 없이 우리말에 없는 이 발음을 익히려면 선생님의 입 모양을 보고 내 입에 익숙하지 않은 입술과 혀의 모양을 표현해보려 애를 써야 하는데, "Thank you!"라는 말을 할 때 아이의 입 모양은 원어민의 그것과 정확히 일치했습니다. 작고 작은 입과 혀를 놀려 th 발음을 해내는 모습을 보고 엄마인 저도 적잖이 놀랐습니다.

저희 집에는 음원이나 노래가 나오는 영어책이 많아서 아이가 꽤 많은 책을 외우고 있습니다. 표지를 보고 노래를 먼저 부르기 시작하는 책도 있지요. 그래서 저는 아이가 책을 외우는 것이지 읽는 것은 아니라고 생각했었어요. 책장을 넘기며 씨익 웃고 있거나 자신이 하고 싶을 때에는 가끔 소리 내어 읽는 모습을 보면서도 말이지요. 그러다 아이와 함께 방문했던 도서관에서 ORT라고 불리는 〈옥스퍼드 리딩 트리Oxford Reading Tree〉를 발견했습니다.*

ORT는 많은 사람이 추천하는 '엄마표 영어 필독서'입니다. 단계가 잘 나누어져 있고 재미가 보장된 인기 리더스북인데 단 하나의 단점은 부담스러운 가격이지요. 조금 저렴하게 e-book으로 보여주는 방법도 있었지만 아이가 아직 48개월이 되지 않은 때여서 이미 보고 있는 영어 영상 외에 더 이상 화면 노출 시간을 늘리기는 싫었고요. 그런데 아이가 다섯 살이 되는 해에 지역 도서관에 ORT가 들어온 거였어요. 운 좋게도 ORT에 관심이 생긴 때에 바로 도서관에서 깨끗한 새 책을 빌려볼 수 있었습니다.

도서관에서 ORT를 발견한 그 날, 온 가족의 대출 카드를 이용해 대출 가능 권수를 가득 채워 빌려왔습니다. 1, 2, 3단계의 책을 골고루 빌려왔는데, 빌려온 첫날부터 아이는 책 속 내용이 궁금해서 안달이더니 스스로 책을 읽기 시작했습니다. 음원도 없이 오직 책만 보고서요! 세이펜이 되고 노래가 있는 책이 집에 많았기에 아이가 혼자서 책을 보며 술술 읽어내거나 노래를 외워 부르는 건 자주 있었던 일이에요. 그런데 처음 보는 책을 혼자서 읽을 줄은 정말 몰랐습니다.

아이가 처음 읽은 ORT 1단계의 〈Big feet〉의 내용이에요.

---

* 〈ORT〉 Oxford Reading Tree 영국 옥스퍼드 대학 출판부에서 펴냈으며 30여 년 이상 130여 개국에서 사랑받아온 리더스북입니다. 재미가 보장된 '그림책 같은 리더스북'으로 잘 알려져 있습니다. 1~12단계로 구성되어 단계별로 어휘 수준이 제한되어 있고 수준이 조금씩 올라가면서 아이들의 읽기 실력 향상을 돕습니다. 가족, 이웃, 친구, 학교 등 생활에 밀접한 내용으로 구성되어 있으며 5단계부터는 매직 키(Magic key)가 등장해 시공간을 초월하는 모험이 펼쳐집니다.

Come and look at this.

Is it a big monster?

Is it a big dinosaur?

Is it a big giant?

No, it is dad.

'영어를 읽을 줄 안다고? 지금까지 그냥 외워서 읽은 척한 것인 줄 알았는데!'

집에서 영어를 많이 들려주고 있었고 이 방법은 무조건 된다고 확신해왔던 저조차도 많이 놀랐습니다. 44개월의 아이가 영어책을 읽다니요.

다섯 살이었지만 생일이 늦고 또래에 비해 약간 아기 같은 면이 많은 우리 아이는 영재 프로그램에 등장하는 영재 아이들처럼 "엄마, 그냥 눈에 보여! 이거 쉬워서 내가 읽어볼게!"와 같은 말은 하지 않았습니다. 엄마인 저도 기대하지 않았지요. 그저 새로운 책이 좋아서, 다음 이야기가 궁금해서 고개를 구부리고 책에 몰두하는 모습이 자주 보였습니다.

ORT의 1, 2, 3단계 책들은 모두 글자 크기가 작지 않은 편입니다. 아이는 평소 눈에 익은 단어가 많아서 쉬운 단어로 된 ORT의 낮은 단계의 책들은 스스로 소리 내어 읽고 싶은 마음이 컸던 것 같아요. 슬며시 독서대에 책을 올려주고 아이의 자세만 바로 잡아줄 뿐, 아이가 읽는 모습을 보면서 크게 호들갑 떨지 않으려 노력했습니다. 그런 아이의 모습이 너무 예뻐서 뒷모습을 몰래 영상으로 남기긴 했지만요.

그런데, ORT가 대단히 좋은 책이라서 저희 아이가 갑자기 읽기 시작한 걸까요? 제 아이의 읽기 과정을 돌아보니 아이가 다섯 살에 영어 문장을 읽을 수 있었던 이유를 찾을 수 있었습니다.

① 영어책을 자주 보면서 눈에 익은 단어가 많아졌고 ② 문자 읽기에 대한 부담과 강요가 없었으며 ③ 한글에 관심이 생겨서 막 읽기 시작해 부모에게 칭찬을 받은 경험을 했고 ④ 재미있는 그림책과 쉬운 리더스북, 세이펜이 항상 준비되어 있었고 ⑤ 이미 문자에 관심이 생기기 전부터 영어로 말을 할 수 있었으며 ⑥ 읽었던 책, 보았던 영상을 소리만 듣는 흘려듣기를 하고 있었고 ⑦ 네 살이었던 한 해 동안 코로나로 인해서 집에서 시간을 보내면서 책을 즐길 시간이 아주 많기 때문이었습니다.

ORT는 '그림책 같은 리더스북'입니다. 굉장히 쉬운데도 재미가 있는 책이지요. 읽기 난이도에 따라 1단계부터 12단계로 나뉘어 있는데 낮은 단계의 책들은 여덟 페이지밖에 되지 않아서 무척 짧아요. 그런데 그 짧은 내용에도 불구하고 책마다 재미있는 반전이 숨어 있어서 책을 읽는 재미가 큽니다. 페이시 여기저기 숨은그림찾기 하듯이 엉뚱한 곳에 떨어져 있는 안경이나 항상 누군가를 엿보고 있는 옆집 아저씨를 찾아보는 등의 활동도 재미있고요. 무엇보다도 1, 2, 3단계는 쉬운 단어와 사이트 워드 위주로 이루어져 있어서 우리 아이가 '처음으로 스스로 읽은 책'이 되었지요. 그렇게 만 4세가 되기 이전에 영어책을 유창하게 스스로 읽는 아이를 바라보며 엄마표 영어가 아이에게 스트레스 없이 영어를 습득하는 방법이라는 더 강한 확신을 갖게 되었습니다.

아이가 영어 읽기를 시작한 이후에도 한글을 읽었던 방법과 같은 방법으로 아이에게 읽을 기회를 주었습니다. 그림책이든 리더스북이든, 아이가 좋아하고 반복해서 많이 읽은 책은 엄마가 읽어주다가 갑자기 목소리를 줄여서 아이에게 다음 읽을 기회를 줍니다. 아이는 그림만 보고도 이해할 수 있는 상황에서 자연스럽게 다음 단어를 말해 보게 하는 것이지요. 아이가 만나는 새로운 어휘는 단어를 한 번 더 짚어주기도 했고요. 단어를 한 번 더 말해주었을 때 따라 말하거나 눈에 열심히 담는 것은 전적으로 아이의 선택입니다.

소리 내어 읽어 보는 경험은 재미있기도 하지만 아이가 언제나 원하는 것은 아닙니다. 자신이 읽을 때에는 읽는 데에 온 힘을 쏟고 있기 때문에 소리를 내면서 읽으면 이야기의 흐름을 파악할 수 없다는 걸 알고는 매번 낭독을 하지는 않았습니다. "이 책은 읽을 줄 아니까 네가 읽어 볼래?"하고 물었을 때 "아니요. 오늘은 엄마가 읽어주면 좋겠어요."라고 의사 표현을 하면 그냥 제가 읽어주었습니다.

한글이든 영어든 이제 막 더듬거리며 책을 읽을 수 있는 수준이 완벽한 한글과 영어 떼기냐고 묻는다면 그건 아니라고 생각합니다. 읽기와 쓰기 영역이 완벽하게 이뤄진 것이 아니기 때문입니다. 하지만 읽기의 성공은 호기심으로 똘똘 뭉친 5~7세 아이들에게 큰 언어적, 정서적인 성취감을 줍니다. 꼭 해내야 하는 학습의 양이나 숙제에 대한 압박이 없는 시기이기에 온전히 자발적으로 읽고, 즐거워할 수 있는 것이지요. 좋아하는 과자의 이름을 읽어내고, 길을 가다가 보이는 엄마 이름에 있는 글자를 아는 체하고, 유치원 버스를 같이 타는 언니가

준 쪽지를 자랑스럽게 혼자 읽어봅니다. 그렇게 아이는 새로 산 장난 감 상자에 있는 'Fun to play!'라는 글자, 양말 바닥에 적힌 'socks to you' 라는 글자들을 눈에 보이는 대로 읽어내며 뿌듯해했고 '해양 박물관' 이라는 글자 옆에 적힌 영어 'marine museum'을 보며 그 문자들의 상 관관계를 이야기하기 좋아했습니다. 아이의 마음 안에 호기심이 충만 했고 그것을 해결하고 싶어 하는 상태를 관찰하는 것은 저에게도 즐 거운 일이었습니다.

유아기 문자 교육의 목표는 아이의 지적인 만족감이 1순위여야 하 지 않을까요? 한글 떼기와 영어 떼기 모두 학습지 선생님이나 학원에 만 일임하기보다는 부모가 만들어준 환경에서 아이 스스로 습득하고 짜릿해 하는 모습을 목격하는 특별한 경험을 해보시기를 권합니다.

둘째, 내가 아는 소리 흘려듣기

흘려듣기, 어떻게 할까?

"흘려듣기만 하는데도 아이가 영어를 알아들을까요?"

"아이들이 놀 때 영어 노래 틀어놓으면 시끄러우니 끄라고 하던데…"

"놀이할 때는 놀이에만 집중해야 하지 않을까요?"

"한글만 쓰던 아이가 어떻게 영어를 알아들을까요?"

집에서 영어 환경 만들기를 하면서 가장 많은 의심과 질문이 파생되는 영역이 바로 흘려듣기 부분이 아닐까 싶어요. 그런데 먼저 알아야 할 것은 흘려듣기는 아무 영어 소리나 들려주는 것이 아니라는 것입니다. 제 아이가 영어를 습득한 모습을 관찰한 결과 흘려듣기를 정의해보자면 흘려듣기는 '나와 상관이 있는 내용, 나에게 익숙한 내용을 듣는 것'이라는 사실을 알 수 있어요.

흘려듣기란 아이에게 읽어주었던 그림책 음원이나 노래, 화면과 함께 보았던 영어 동요나 애니메이션 영상을 화면 없이 소리만 듣게 하는 것입니다. 그림이 가득하고 글자는 적은 그림책을 보면서 영어 소리듣기에 익숙해졌다면 그것을 다지는 시간이 필요한 것이지요. 흘러나오는 영어 소리가 아이에게 의미 있는 소리여야 합니다. 의미 있는 영어 소리를 많이 들으면 흔히 말하는 '귀가 뚫린' 상태가 되는 것이고요.

책을 보는 중에도 아이 머릿속에서는 많은 생각이 일어납니다. 처음 보는 등장인물이나 그림에 대한 궁금증, 다음에 펼쳐질 내용에 대한 상상을 동시에 하게 되지요. 반복해서 읽고 정말로 '내가 아는 이야기'가 되었을 때 책의 내용을 소리만 들려주세요. 아이와 재미있게 보았던 영어 그림책 음원을 듣는 것이 가장 좋습니다. 그때 아이는 책 내용을 기억하고 그림을 떠올리며 시각적, 언어적 요소를 흡수합니다.

흘려듣기의 가장 기초 단계는 영어 동요를 듣는 것입니다. 영상은 만 3세부터 천천히, 사극적이시 않은 영상부터 보여주는 것이 좋습니다. 화면이 너무 화려하거나 빠르게 바뀌는 종류의 영상은 피하는 것이 좋고요. 노래도 영상도 쉬운 것부터 시작하세요. 쉬운 영상부터 보고 대략적인 인지가 일어난 다음에 자주 듣고 익힌 동요 영상을 소리만 듣게 해주세요. 시각적 자극이 없는 상황에서 듣는 것은 영상을 보는 것보다 한 단계 더 나아가 의미를 생각하게 만들어 외국어를 익히고, 장기기억으로 넘어가는 데에 효과적인 방법입니다.

'엄가다' 싫은 엄마의 흘려듣기 환경 준비

아이가 쓸 교구, 학습 재료 등을 하나하나 손수 만드는 일을 '엄가다'
라고 합니다. '엄마'와 '노가다'라는 단어를 줄여서 만든 말이지요. 엄
가다가 정말 싫은 저도 책 읽어주기 이외에 기꺼이 하는 수고가 하나
있어요. 아이의 영어책 음원을 CD에서 재생 파일로 전환해서 세이펜
이 적용되지 않는 책에 세이펜 오디오렉 스티커를 붙여주는 일입니다.
한 번 만들어두면 영구적으로 사용이 가능하고, 아이가 편하게 원어민
발음을 자주 들을 수 있는 방법이기 때문에 흘려듣기 하기에 편리합
니다.

우리집에서는 세이펜과 책을 이용해서 듣기도 하고, 세이펜 송 카
드를 이용하기도 해요. USB에 음원을 다운 받아서 차에서 재생하기
도 하고 태블릿 PC를 이용해서 음원이나 유튜브 영상을 소리로만 듣
기도 하고요.

송 카드는 영어 전집을 구매했을 때 구성품으로 받을 수도 있고 세
이펜 오디오렉 스티커를 직접 만들어서 사용할 수도 있습니다. 세이펜
이 되는 책을 전부 가지고 다니는 것보다는 작고 가벼운 송 카드만 있
으면 외출했을 때에 훨씬 더 간편합니다. 전집으로 산 책이 아니더라
도 아이가 좋아하는 음원을 모아서 오디오렉 스티커를 붙이고 코팅을
해주면 오랫동안 사용할 수도 있고요.

유튜브로 보았던 영어 영상을 화면 없이 소리만 듣는 과정을 꼭 해
보세요. 영상을 보는 데에만 익숙해져 있는 아이라면 "지금은 듣기만
하는 시간이야."라고 잘 설명한 후 얼마 동안 반복하다 보면 곧 익숙

해집니다. 카시트에 앉아있는 것 외에 딱히 할 일이 없는 차 안에서 듣는 것도 좋고, 혹은 아침에 일어나서 세수하고 옷을 갈아입는 시간, 아침 식사를 하는 시간 동안 소리를 듣게 하는 것도 좋습니다.

저희 집은 아침에 일어나서 등원하기 전까지 약 30분~1시간, 저녁 샤워할 때 약 20~30분, 유치원 버스를 놓친 날에는 차 안에서 약 15분, 조부모님 댁에 오갈 때 차 안에서 왕복 약 2시간, 가끔 영상을 더 보고 싶어 할 때는 좋아하는 영상을 화면 끄고 듣는 등의 흘려듣기 활동을 하고 있습니다.

아이가 기관 생활을 시작한 4세 이후부터는 규칙적으로 지켜지고 있는 패턴이 되었고 최수 두 가지는 매일 실천하고 있습니다. 각 가정에 맞게 아이의 일과를 되짚어보면서 흘려듣기 시간을 만들어 보세요. 하루 평균 30분 정도로 시작하여 익숙해지면서 점차 늘려가는 것이 좋습니다.

세이펜 200% 활용하기

책과 함께 활용할 수 있는 전자펜은 장난감 수준으로 소리가 나오는 펜부터 어학기기의 역할을 하는 다양한 펜까지 종류가 아주 많습니다. 그중에서 제가 가장 큰 도움을 받은 것은 세이펜입니다.

포털 사이트 검색으로 쉽게 구매할 수 있는 세이펜은 코딩이 입혀진 책을 읽어주거나 노래를 재생시켜 줍니다. 음질이 아주 선명하여 오래 들어도 피로감이 없습니다. 저는 아이가 첫 돌이 되기 전에 구입

책의 앞·뒤표지에 붙어 있는
세이펜 로고

세이펜 음원을 휴대하기 쉽게 만든
노부영의 송 카드들

하여 지금까지도 잘 사용하고 있습니다. CD를 재생하는 번거로움 없이 한글이나 영어로 책을 읽어주고 동요도 쉽게 재생해주니 어린아이가 사용하기에 참 좋았습니다.

지금은 집에 세이펜으로 활용할 수 있는 책이 많아져서 용량이 부족해 세이펜을 2개 사용하고 있을 정도입니다. 세이펜과 송카드만 있으면 차 안에서도 아이는 지루해하지 않았고 엄마가 지쳐서 책을 읽어주기 힘들 때에는 세이펜이 엄마 역할을 해주었지요.

오디오렉 스티커를 활용하면 세이펜이 지원되지 않는 음원 자료도 들을 수 있습니다. 집에서 영어 환경을 만들어주는 엄마표 영어는 '영어 소리 듣기'가 시작이자 끝이기 때문에 오디오렉 스티커 작업을 하면 영어를 쉽게, 많이 듣는 효과를 누릴 수 있지요. 아이가 영어 소리를 들으려면 영상과 음원이 꼭 필요한데 영상 시청은 하루 1시간을 넘기지 않는 것이 좋다고 생각해서 저희 집은 오디오렉 스티커를 잘 활용하고 있습니다.

세이펜 적용 도서 활용하기

① 세이펜 홈페이지에서 회원가입을 하고 기기를 등록합니다.

② 홈페이지 메인 화면에서 음원 다운로드 - 세이펜 핀파일 매니저를 다운로드합니다.

③ 세이펜과 PC를 연결하고 핀파일 매니저에 접속합니다.

④ 해당 출판사와 책을 검색해서 음원 다운로드를 하면 끝!

여러 세트의 전집을 활용할 때에는 책마다 시작 버튼에 해당하는 북코드를 먼저 읽힌 후 본 책을 읽히면 책의 음원을 들을 수 있습니다. 책마다 페이지 전체를 읽어주기도 하고 영어책의 경우 단어나 문장 단위로 읽어주기도 합니다.

각 전집의 세이펜 북코드

정말 유용한 오디오렉 스티커 활용하기

① 오디오렉 스티커는 포털 사이트 검색으로 쉽게 구매할 수 있습니다.

② 세이펜과 PC를 연결하고 핀파일 매니저에서 세이펜 북스 - 오디오렉 스티커를 다운받습니다.

③ 세이펜이 지원되지 않는 책의 음원을 준비합니다.

④ 준비된 음원의 파일명을 오디오렉 스티커의 번호대로 바꿉니다. 예) REC_01001

⑤ PC - 세이펜 - AUDIO 폴더에 파일명을 바꾼 음원을 옮겨 넣습니다.

⑥ 필요한 책에 스티커를 붙입니다.

⑦ 책을 읽기 위해서 오디오렉 스티커와 함께 들어 있는 북코드를 먼저 읽고, 필요한 음원의 스티커를 읽으면 됩니다.

⑧ 이와 같은 방법으로, 세이펜에 아이가 좋아하는 음원을 넣어서 오디오렉 스티커를 활용한 송 카드를 직접 만들 수도 있습니다.

송카드   오디오렉 스티커

CD 음원을 mp3 파일로 바꾸기

CD에 들어있는 오디오 파일은 별도의 프로그램 없이 윈도우 운영체제에 포함된 Window Media Player(미디어 플레이어)를 이용하여 간편하게 mp3 파일로 바꿀 수 있습니다.

① PC에 CD를 넣은 후 미디어 플레이어의 라이브러리를 엽니다.

② 복사 설정 - 형식 - mp3를 선택합니다.

③ CD 복사를 누릅니다.

④ 별도의 설정이 없다면 PC의 '음악' 폴더에 음원이 저장됩니다.

엄마표 영어를 도와주는 아이템

세이펜 책을 읽어주거나 노래를 재생시킬 수 있는 전자펜의 종류는 무척 다양하지만 가장 대중적인 세이펜이 많은 책을 활용할 수 있습니다. 세이펜 적용 도서에 펜 끝을 갖다 대면 원어민 발음을 들을 수 있는 어학기이지요. 부모를 대신하여 책을 읽어주고, 영어 노래를 반복해서 들을 수 있습니다.

세이펜 오디오렉 스티커 세이펜이 되지 않는 책을 세이펜으로 활용할 수 있도록 바꾸어주는 스티커입니다. 준비물은 세이펜, 오디오렉 스티커, 세이펜에 넣을 수 있는 음원 세 가지이며 오디오렉 스티커를 구매하면 사용 방법이 친절하게 나와 있습니다. 세이펜 오디오렉 스티커를 활용하면 책 한 권을 볼 때마다 CD를 갈아 끼워야 하는 수고를 덜어줍니다. 아이가 좋아하는 음원들을 모아서 오디오렉 스티커를 붙여주면 내 아이만의 재생목록이 만들어집니다. 아이가 좋아하는 영어 소리를 반복해서 들을 수 있는 환경을 만들어주는 좋은 아이템이에요.

USB USB는 1만 원 이하의 가격이면 16GB 용량을 구할 수 있습니다. 영어 CD를 CD 플레이어에 일일이 바꿔 끼울 필요 없이 많은 양의 음원을 한 USB에 저장하면 정말 편리하지요. 재생기나 차 오디오 등에 꽂으면 언제든지 음원을 재생시켜서 편리하게 들을 수 있습니다.

유튜브에 있는 영상을 다운받아서 TV로 재생시킬 수도 있습니다. 유튜브를 재생하면 연관 영상이 그대로 노출되어서 영상을 끊기 힘들지만 USB에 담아서 활용하면 연관 영상이 보이지 않기에 주어진 영상 안에서만 고르고 반복해서 보여줄 수 있습니다. DVD 플레이어의 작은 화면으로 영상을 보는 것보다 큰 TV 화면으로 보여주는 것이 훨씬 나아서 많이 활용하고 있습니다.

DVD 플레이어 DVD 재생, USB 재생, 블루투스 등 다양하게 활용할 수 있습니다. TV와 연결하여 DVD 영상을 볼 수 있고 일부 기기는 화면을 끄고 소리만 재생할 수도 있습니다. 휴대용 DVD 플레이어는 무게도 가볍고 사이즈도 작아서 인기가 있습니다.

태블릿 PC 음원을 넣어 흘려듣기할 때, 집이 아닌 곳에서 영상을 볼 때 사용 합니다. CD 플레이어나 DVD 플레이어보다 가벼워서 집 안에서 장소를 옮겨가며 사용하기 좋습니다.

유튜브 프리미엄 월 1만 원 대의 금액을 내면 이용하는 모든 기기에서 광고를 보지 않을 수 있습니다. 프리미엄 기능 중에 '오프라인 저장'을 이용하면 와이파이가 되지 않는 곳에서도 저장한 유튜브 영상을 볼 수 있습니다. 핸드폰이나 태블릿의 화면을 끄고 소리만 들을 수도 있어 흘려듣기 하기에 좋습니다.

HDMI 케이블 작은 화면을 눈과 가까운 거리로 보여주는 것보다 큰 화면을 멀찍이 앉아서 보는 것이 더 좋겠지요. 그럴 때에 노트북이나 DVD 플레이어를 TV와 연결해주는 선입니다.

독서대 아이가 책을 읽을 때에 올바른 자세를 익힐 수 있도록 독서대를 구비하면 좋습니다. 우리집은 가볍고 높이 조절이 쉬운 노트북 거치대 겸용 독서대를 사용했는데 그림책을 올려놓고 아이가 쉽게 넘기며 볼 수 있도록 키에 맞게 높이를 조절해주었습니다. 무게감 있고 쉽게 밀리지 않는 형태의 좌석, 입식 독서대도 인기가 많습니다. 아이의 성장이나 가정환경에 따라 테이블 위에 올려놓고 사용할 수 있는 제품을 사용하기도 하지요.

전면 책장 책 표지가 잘 보이는 전면 책장에 책을 꽂아두며 주기적으로 전시된 책을 바꾸어주면 좋습니다. 책이 책장에 꽂혀있는 것보다 표지가 보이게 놓아주면 아이의 관심을 이끌 수 있습니다.

벽걸이 차트 전면 책장과 비슷한 역할인데 벽에 붙이기만 하면 되어서 공간을 덜 차지합니다. 단어 카드나 얇은 리더스북을 꽂아서 보여줄 수 있습니다. 수납 공간과 전시의 두 가지 효과를 볼 수 있습니다.

타이머 시간의 양과 흐름을 시각적으로 보여주어 영상 노출 시간을 정해두고 아이 스스로 종료하는 습관을 들이는 데 도움이 됩니다. 단, 시간의 흐름을 아주 이해하지 못하는 어린 나이에는 활용이 힘듭니다. 우리집에서는 만 4세가 지나서 활용했고 영어 영상 1시간 보고 종료하기에 큰 도움을 받았습니다.

디즈니 OST 흘려듣기

저는 극장판 애니메이션을 좋아합니다. 그런데 어른에게도 감동과 재미를 주는 극장판 애니메이션은 유아에게는 러닝타임이 너무 길고, 말이 너무 빠르고, 화면이 빨리 전환되어 때때로 이해하기 어렵기도 합니다.

어린아이에게 극장판 애니메이션을 보여주기는 힘들지만 아이가 영어 노래를 따라 부르게 되었을 때 디즈니 OST를 들려주었습니다. 아이가 사용할 물건을 고를 때 겨울왕국 캐릭터가 자주 보였고, 그때 아이가 캐릭터에 관심을 갖기 시작했기 때문이기도 합니다.

애니메이션 전체를 보지 않아도 OST의 영상을 보면 대략적인 캐릭터와 이야기를 파악할 수 있습니다. 아이가 다섯 살 초반에 겨울왕국의 〈Let it go〉, 〈For the first time in forever〉, 〈Love is an open door〉를 들려주었는데 아이는 예쁜 안나와 엘사 공주, 귀여운 올라프에게 마음을 활짝 열었어요.

다섯 살에 처음으로 보여준 겨울왕국 OST는 노래 가사와 장면이 일치해서 내용 파악이 어렵지 않았어요. 아이는 3분 내외의 짧은 노래들을 몇 번씩 반복해서 보고 따라 부를 정도로 무척 좋아했습니다. 자기 전에는 책을 몇 권 읽은 후 OST 영상을 세 편씩 보고 자는 루틴이 생겼습니다.

OST 한두 편을 섭렵하고 나면 그다음은 더 손 쓸 것 없이 쉬워지는 게 당연했습니다. 라푼젤과 알라딘의 전체 이야기는 한글책 명작동화를 통해 맛보기를 한 후 OST를 들려주니 더욱 즐겁게 볼 수 있었고 다운 받은 음원은 집에서든 차에서든 아이가 원할 때마다 들을 수 있게 해주었습니다.

평일에 아이와 보내는 시간이 적은 아이 아빠는 주말에 아이가 겨울왕국 OST를 부르는 모습을 처음 보고 크게 놀랐지요. 아이는 애써 가르치지 않아도 긴 가사의 연음을 익힌 후 부드럽게 잘 부르고 있었습니다. 영어를 말하는 입 구조에 익숙해지고 영어 입 근육을 자주 사용할 수 있는 좋은 경험이었습니다.

노래 부르는 것을 좋아하는 아이라면 OST 흘려듣기를 꼭 해보기를 권합니다. 디즈니 OST는 애니메이션 만큼이나 긴 시간 연구해서 만든 멋진 멜로디에 최고의 가수들이 부른 매력적인 노래입니다. 노래 자체가 좋아서 반복해서 들을 수 있는 것이 가장 큰 장점이지요.

짧고 쉬운 영어 노출을 1년 이상 해왔고 아이가 5, 6세가 되었다면 애니메이션 OST 흘려듣기를 시작해보세요. 처음에는 부모님이 함께 영상을 봐주세요. 가사의 뜻을 일일이 해석해 줄 필요는 없지만 아이가 궁금해하는 부분은 함께 뜻을 찾아봐도 좋고요. 영상보기에 익숙해졌을 때 영상 없이 소리만 듣는 시간을 갖는 것이 중요합니다.

미취학 아이에게는 가사의 의미가 매우 중요한 것은 아닙니다. 아이들 영어교재로 만든 노래가 아니기 때문에 어려운 단어가 많이 나오기도 하지만 아이에게는 가사를 정확히 파악하는 것보다 영어로 된 노래를 듣고 부르는 경험이 더 중요하다는 것을 잊지 마세요.

디즈니 OST 재생목록

아이와 함께 보고 듣기 좋은 OST 추천

겨울왕국Frozen

- Let it go
- For the first time in forever
- Fixer upper

- Do you want to build a snowman?
- Love is an open door
- In summer

겨울왕국 2Frozen

- All is found
- Into the unknown

- Somethings never change
- Show yourself

알라딘Aladdin

- The whole new world

라푼젤Tangled

- When will my life begin

- I see the light

주토피아zootopia

- Try everything

메리다와 마법의 숲Brave

- Touch the sky

Let it go!

인어공주Little mermaid

- Part of your world

- Under the sea

미녀와 야수Beauty and the Beast

- Belle

- Something there

엘리멘탈Elemental

- Steal the show

유튜브 기능 활용하기

많은 사람이 유튜브를 이용하지만 유튜브의 이 기능을 잘 모르는 사람들이 많더라고요. 바로 재생목록, 영어로는 play-list입니다. 내가 보고 싶은 영상만 모아서 목록으로 만드는 기능인데 아이들에게 영어 영상을 보여줄 때 재생목록을 잘 활용하면 정말 편리합니다.

아이에게 영어 영상을 보여줄 수 있는 많은 방법 중에서 저는 유튜브를 가장 많이 활용하고 있습니다. 아이에게 보여줄 영상은 정말 많습니다. 그리고 영상의 종류와 양이 많아도 재생목록을 활용하면 간단하고요. PC를 기준으로 재생목록 이용하는 방법을 알려드릴게요.

첫 번째, 재생목록 검색해서 즐겨찾기 하는 방법

① 유튜브에 로그인합니다.

② 검색하고 싶은 검색어를 입력합니다. 저는 〈Peppa pig season 1〉을 검색했어요.

③ 검색 결과물을 확인하여 화질과 영상 구성이 좋은 것을 고릅니다.

④ [모든 재생목록 보기]를 누릅니다.

⑤ 재생목록 추가 아이콘을 누릅니다.

⑥ PC 화면 왼쪽 보관함 메뉴 아랫부분에 목록이 추가된 것을 확인합니다.

⑦ 모바일에서는 화면 하단의 보관함에서 확인할 수 있습니다.

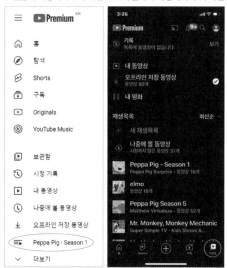

두 번째, 재생목록 만들어서 저장하는 방법

① 유튜브에 로그인합니다.

② 원하는 영상의 제목 옆의 점 3개 버튼을 누릅니다.

③ [재생목록에 저장]을 누릅니다.

④ 새 재생목록 만들기를 눌러 목록 이름을 정합니다.

⑤ 기존에 만들어둔 재생목록에 추가할 수도 있습니다.

⑥ PC 왼쪽 보관함 메뉴 아랫부분에 목록이 추가된 것을 확인합니다.

⑦ 모바일에서는 화면 하단의 보관함에서 확인할 수 있습니다.

영상 제목 옆의 점 3개

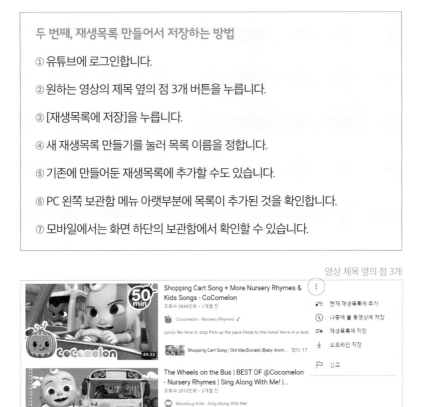

새 재생목록 만들기

재생목록은 나만의 DVD 한 장이 만들어진 셈입니다. 앞서 이야기한 것처럼 재생목록은 목록 안에서만 재생되기 때문에 알고리즘에 의해 다른 영상이 재생되는 것을 막을 수 있습니다. 재생목록 한 개의 영상 총길이를 1시간 미만으로 담아서 그것만 보기로 규칙을 정해도 좋고요. 영상 목록을 준비해 두면 반복 시청에도 좋으니 아이가 원하는 것을 반복해서 볼 수도 있습니다.

유튜브라는 방대한 바다에 흩어져있는 수많은 영상 중에서 가정과 우리 아이의 필요에 맞는 것을 저장해 두고 필요할 때마다 사용하면 됩니다. 우리집에서는 '재생목록 안에서만 영상을 볼 수 있고, 핸드폰이 아닌 TV로만 볼 수 있다'라는 규칙을 정해서 여태까지 잘 지켜오고 있습니다.

또 하나의 유튜브 기능 중 하나가 유료 서비스인 프리미엄 기능을 이용하면 일반 영상을 오프라인에서도 볼 수 있다는 것입니다. 오프라인 저장을 하면 로그인이 되어 있는 PC나 모바일 기기에서 인터넷 연결 없이도 영상을 볼 수 있는 것이지요. 이 기능을 외출용으로 사용해보세요. 여행을 가서도 노트북이나 태블릿에 미리 영상을 저장해놓으면 평소와 같이 '나만의 재생목록' 등의 영어 영상을 시청할 수 있습니다.

저는 이 기능을 흘려듣기용으로 사용하고 있습니다. 태블릿에 아이가 요즘 보고 있는 유튜브 영상의 재생목록이나 아이가 좋아하는 디즈니 OST 재생목록을 저장해놓고 차에서 들려주는 것이지요. 아이는 차 타는 시간이 길어질 때 자신이 보았던 영어 영상의 소리만 들어도 지루하지 않게 여행할 수 있습니다. 읽었던 책과 보았던 영상의 소리를 들으며 영어 노출 시간을 채우는 흘려듣기는 오프라인 저장 기능을 이용하면 정말 쉽습니다.

우리 아이는 청각형 아이일까?

저는 음악 듣기를 좋아하긴 하지만 클래식 음악에는 관심이 없었어요. 하지만 아이를 위해서라면 이야기가 달라집니다. 임신 기간 동안 읽었던 어느 책에서 아이에게 단조로운 클래식 악기 음악을 들려주면 좋다고 하기에 아이가 누워있을 때부터 하루에 한두 번씩 음악을 들려주었습니다.

여러 종류의 악기가 사용된 웅장한 음악보다는 한두 가지 악기가 사용된 단조로운 음악이 좋다고 해서 유튜브에서 'piano, piano ost, cello, cello ost' 등의 검색어를 입력해서 소리를 들었습니다. 다른 악기보다 피아노와 첼로 정도는 저도 함께 들을 만하다고 느꼈거든요. 소나티네 몇 악장을 누가 연주했는지까지 눈에 들어오지는 않았지만 유튜브 알고리슴이 이끄는 내로 듣기에도 팬찮고 한 빈쯤 들이본 적이 있는 것 같은 유명한 연주곡들을 들었습니다.

따로 비용을 들이지 않고도 블루투스 스피커나 태블릿PC 등 우리 집에 있는 기기를 이용해서 아이에게 음악을 들려줄 수 있습니다. 집 안에서 보내는 시간이 많은 유아기 아이와 부모가 할 수 있는 좋은 문화생활이지요. 아이가 클래식에 하루라도 일찍 노출되어 음악에 조예가 깊은 사람으로 자라기를 바라는 마음 따위는 없었고 그저 단조로운 일상 속에서 다양한 소리와 리듬을 즐겼으면 하는 마음에 열심히 틀어주었습니다.

아이가 만 3세 이전까지는 엄마가 무엇을 들려주어도 아이가 거부하지 않는다는 것이 가장 큰 장점입니다. 아직 영상 노출을 시작하지 않았고, 기호가 뚜렷하지 않은 시기였기 때문에 아침에 일어나서 오전내내 부드러운 피아노 소리를 틀어두어도 군말 없이 잘 들어주었습니다. 오히려 귀를 쫑긋 세우고 집중하거나 몇 번 반복해서 들은 음악을 반가워하는 듯한 반응을 보이기도 했습니다. 아이도 확실히 '소리'를 듣고 있다는 것을 느낄 수 있었어요.

그런데, 무언가를 '듣는' 습관을 들인 것을 정말 잘했다고 느낀 것이 바로 본격적으로 엄마표 영어를 시작하고 나서였습니다. 대부분의 아이는 3등신의 몸으로 뒤뚱뒤뚱 걷는 첫 돌 전후에 장난감에서 흘러나오는 듣기 힘든 음질의 짧은 음악에도 흥이 넘치는 반응을 보입니다. 본능적으로 엉덩이를 들썩들썩, 무릎을 끄덕끄덕, 고개를 도리도리, 몸을 들썩들썩하는 아이들의 모습은 조부모님 앞에서 부릴 수 있는 최고의 재롱이 되기도 하지요.

아이의 본능적인 흥이 깨어나는 바로 그때부터, 아이는 엄마가 들려주기 시작한 영어 동요를 편견 없이 들어주었어요. 유튜브에 있던 무료 영어 동요들은 물론 본격적으로 '노부영' 노래를 들려주기 시작했을 때에는 저도 '우리 아이가 영재인가?'라는 생각을 할 수밖에 없었습니다. '우리 아이, 예사롭지가 않네?'라는 감탄이 터져 나오는 시기, 모두 겪으셨죠?

그렇게 영어 동요를 들려주고 나니 아이는 제법 제대로 된 영어 문장으로 된 영어 노래를 술술 부르게 되었습니다. 서너 살 아이가 리듬을 타며 영어 노래를 따라 부를 때, 그 뜻을 다 아는지 아이에게 따져 물을 필요는 없습니다. 우리 부부는 그저 이 작은 아이가 노래를 부른다는 사실, 제법 박자가 맞는다는 사실에 감탄하며 열심히 호응해 주었습니다.

귀로 들어오는 청각적 정보에 효과적으로 반응하는 아이를 '청각형 아이', 혹은 '청각형 학습자'라고 합니다. 치밀하게 계획해서 키운 것은 아니지만 우리 아이는 어렸을 때부터 영상 노출은 최대한 늦추고 단조로운 악기 소리와 동요를 많이 듣고 자라서 청각형 아이로 자란 것 같다는 생각을 합니다.

아기 때부터 우리말과 영어를 구분하지 않고 많은 책을 읽어준 것도 아이에게는 '듣는' 활동이었어요. 모국어뿐만 아니라 외국어 노출 계획이 있으시다면 어려서부터 적당한 청각적 자극을 주는 것이 효과적이라고 생각합니다. 타고나는 감각도, 길러지는 감각도 있지요. 하지만 아이가 타고난 성향을 단정 짓고 해당 영역에만 초점을 맞추거나 혹은 부족한 영역을 채우려고 노력할 필요는 없습니다. 본격적인 학습의 단계로 넘어가기 전인 유아들은 부족한 점을 더 많이 채워주어야 하는 존재가 아니라 있는 그대로의 모습이 받아들여져야 하는 존재이기 때문입니다.

엄마표 영어를 즐겁게 지속하고 있는 현재까지도 아이가 가장 좋아하는 영어 활동은 '듣기'입니다. 음악이 없이는 차로 외출하기가 힘들 정도이지요. 장거리든 단거리든 아이는 차에 타자마자 가장 먼저 "엄마, 노래 틀어주세요!"를 외칩니다. 자주 타는 엄마 차가 아니라 아빠 차를 타게 되어 늘 듣던 노래가 담긴 USB가 없을 때에는 핸드폰을 이용해서라도 '들을 만한 음악'을 대령해야 하지요. 큰 목소리로 따라 부르는 노래도 있고, 조용히 감상만 하는 노래도 있습니다. 확실한 것은 책 읽기와 영상보기에 더해 영어 노래 '흘려듣기'를 몇 년간 지속해온 것이 우리집 엄마표 영어의 가장 중요하고 효율적인 듣기 활동이었습니다.

많이 들은 노래의 가사, 뜻, 발음, 심지어 악기 소리까지 모든 요소를 익혀서 그대로 따라하고, 일상생활에서 자주 노래의 가사를 말로 읊어내는 모습을 즐겁게 관찰할 수 있는 기쁨을 누리고 있습니다.

영어 유치원에 대한 고민

제가 운영하는 블로그를 통해 다섯 살에 ORT 3~4 단계를 유창하게 낭독하고, 장난감을 가지고 놀면서 끊임없이 영어로 말하는 저희 아이를 보시고는 비슷한 나이의 아이를 키우는 부모님들이 댓글이나 메시지를 보내주기도 합니다. 태어나자마자 엄마는 아이와 영어로만 소통을 했는지, 하루에 영어 영상을 몇 시간 틀어주는지, 특정 책들은 언제 사면 좋을지에 대한 질문들입니다. 그중 가장 많은 질문이 영어 유치원에 대한 이야기입니다. 영어 강사 엄마는 영어 유치원에 대해서 어떻게 생각하는지, 아이를 영어 유치원에 보낼 계획이 있는지 많이 궁금해 하셨어요.

결론부터 말하자면 처음부터 영어 유치원은 저희 부부의 선택지에는 없었습니다. 우선, 영어 유치원이 많지 않은 작은 도시에 살고 있기 때문에 통학이 편리하지 않으며, 두 번째로는 영어 유치원의 높은 수업료를 지불할 생각이 없었기 때문입니다. 저희 아이는 5살 때부터 인성 교육과 자유로운 놀이 환경이 만족스러운 일반 유치원에 다니고 있습니다.

예전에는 일부 고소득층과 연예인 자녀들이 영어 유치원에 다닌다고 알고 있었는데 현재는 출산율 저하 추세에도 불구하고 그 수가 점점 늘어나서 전국에 보편화된 교육기관이 되었습니다. 취학 전의 아이들이 대학교 등록금보다 더 높은 수업료를 내고 2년 혹은 3년을 다니게 되는 영어 유치원은 유치원에 갈 나이의 아이들이 전일제로 다니는 유아 영어 학원입니다. 그렇기 때문에 유아교육을 전공하지 않은 사람도 교사로 채용이 가능하고 외국인 교사와 한국인 교사가 팀을 이루어 담임을 맡는 형태가 대부분이며 일반적인 유치원보다는 운영 방식이 매우 자유롭습니다.

한 번은 제가 사는 지역 맘카페에 이런 글이 올라왔습니다. 부모가 영어를 잘하지 못하고 매일 숙제를 봐줄 여유가 없어서 아이 영어 유치원 숙제를 도와주기가 힘드니 숙제 선생님을 구한다는 내용이었습니다. 매일 오후 5시 이후에 한 시간 정도 집에서 아이와 복습을 하고 영어 유치원 숙제를 함께 해줄 수 있는 경력 있는 선생님을 구하고 있었어요. 저는 유치원생 아이들의 숙제가 아이 스스로 완성하지 못하거나 부모가 돕지 못할 수준과 양인지 궁금해졌습니다. 검색을 해보니 각 지역 카페마다 영어 유치원 숙제 선생님을 구하는 분들이 많은 것을 알 수 있었고 유명 프랜차이즈 어학원에 다니는 6, 7세 아이가 숙제를 하는 시간이 매일 한 시간 정도 소요된다는 결과를 보았습니다.

높은 교육비를 지불하는 학부모의 기대와 결과물을 보여야 하는 영어 유치원 사이에서 어린아이가 어떤 경험을 하게 될까요? 학부모들이 SNS와 인터넷 카페에 올려둔 사진을 보면 실제로 유치원생들이 파닉스 교재를 통해 공부를 하고, 초등학생용 독해 문제집을 풀고 있는 모습을 볼 수 있습니다. 영어 단어를 외우는 스펠링 대회를 하기도 하지요. 영어 공책 가득 영어 문장을 반복해서 쓴 숙제도 눈에 띕니다. 해당 기관을 졸업할 시기의 아이들은 영어로 프레젠테이션을 하고 영문 에세이를 쓸 수 있다고 홍보를 하기도 합니다.

우리 아이는 낯을 많이 가리는 편이고, 한 달에 한 번 찾아뵙는 할머니, 할아버지 댁에서도 다섯 살 때까지는 한 시간 정도의 적응 시간이 필요했습니다. 유치원에서도 새 학기를 맞이할 때마다 마스크 너머로 목소리가 크게 나오기까지 적응 기간이 꼭 필요했습니다. 활동에 적극적으로 참여하기는 하지만 교실에서 존재감을 크게 드러내지 않는 조용한 아이이지요.

또래보다 손의 힘이 약해서 오랫동안 필기구에 관심을 보이지도 않았습니다. 당연히 끄적이기와 그리기에 흥미도 없었습니다. 손에 힘을 많이 주지 않아도 그릴 수 있는 무른 색연필을 준비해 주고 거실 테이블에는 항상 연필과 종이를 놓아두었지만 아이는 쓰고 그리는 것에 오랫동안 관심이 없었습니다. 유치원 친구들과 언니들이 주는 편지와 쪽지들을 다 읽을 수 있었으면서도 답장을 쓰고 싶은지 물으면 심드렁한 표정을 지었어요.

이런 성향의 아이를 영어로 쓰고, 읽고, 말하기라는 결과물을 요구하는 영어 유치원 환경에 집어넣었다면 당연히 적응하기에 많이 힘들었을 거예요. 어렵게 적응을 하더라도 조잘조잘 떠들고 발표하기를 좋아하는 아이들 사이에서 지속적으로 위축감을 느끼게 되겠지요. 나는 왜 저 아이들처럼 큰소리로 발표하지 못하는지 좌절하거나 쓰기를 좋아하는 아이들이 주어진 과제를 휘리릭 써내는 모습을 바라보며 그 사이에서 낑낑대고 있었을 것입니다. 거기다 매일 기다리는 숙제까지 있다면 아이의 마음이 어떠할지 짐작할 수 있습니다.

집에서 쉴 새 없이 조잘거리고, 유치원 친구들과는 원만하게 잘 지내며, 놀이터에서 땀에 젖도록 신나게 뛰어노는 아이이기에 우리 부부는 아이의 소심한 기질에 대해서는 큰 걱정을 하지 않습니다. 저 역시도 초등학교 저학년 때까지 엄마 뒤에 숨어 가끔 만나는 친척에게 인사도 제대로 하지 못하는 소심한 어린이였지만 몇 년 후에는 학급 반장도 할 수 있을 정도로 성격이 바뀌기도 했으니까요. 아이가 또래 중에 생일이 가장 늦은 편에 속하는 것도 걱정거리가 아니었습니다. 저희 부부는 둘 다 이른 생일 때문에 남보다 일찍 유치원에 가고, 일곱 살에 학교에 입학했거든요. 영유아검진 목록의 평균적인 발달 속도에 맞추어 자라고 있다면 아이 성격이나 기질을 크게 우려하거나 고쳐주려고 애쓰지 않아도 된다는 양육방식에 동의했고, 시간이 지날수록 그 믿음은 더욱 확고해지고 있습니다.

수줍음 많은 아이를 도울 수 있는 방법은 할아버지 할머니께 큰소리를 인사하지 않는다고 아이를 다그치는 것이 아니라 낯을 가리는 아이에 대해서 가족과 주위 사람에게 자연스럽게 반응해 달라는 양해를 구하고 자신의 속도대로 새로운 사람을 받아들일 수 있도록 기다려주는 일이었습니다.

저희 부부는 사기 이름 외에는 연필로 끄적이는 것을 싫어하는 아이의 있는 모습 그대로를 받아들였어요. 한글이나 수학을 다루는 유아 워크북을 할 때에는 스티커 위주로 하고, 아이가 거부하는 페이지는 흔쾌히 그냥 넘어갔습니다. 또래보다 손에 힘이 부족하고 손으로 하는 활동이 느린 아이라면 학습을 위한 기관에 보내는 것이 아니라 아이가 가장 편안함을 느끼는 활동을 돕는 것이 좋다고 판단했습니다.

다섯 살 때까지 쓰기와 그리기는 절대 하지 않던 아이는 숙제 없이, 꼭 해내야 하는 상황 없이, 아는 것을 써 보라는 선생님이나 부모의 재촉 없이 즐겁게 다섯 살 1년을 보냈습니다. 그리고 여섯 살이 되니 자신만의 속도로 쓰기를 시작했습니다. 오히려 꽤 적극적인 모습을 보여주었지요. 그리기와 색칠하기를 싫어하던 아이가 지금은 자신이 좋아하는 도구로 한참을 앉아 그리기에 몰두합니다.

아이의 이런 발전을 지켜보는 것은 인내심이 꽤 필요한 일이기도 했지만 또한 즐거운 일이기도 했습니다. 아이는 엄마와 책을 읽는 시간을 통해 한글과 영어에 대한 이해가 깊어지고 있었고, 자신이 원할 때에 유창하게 한글책, 영어책을 읽어냈고, 하고 싶은 말을 영어로 하며 자신이 좋아하는 놀이를 했습니다. 책은 엄마가 준비해 주지만 숙제나 목표량 없이 자신이 원할 때에만 이어온 독서로도 무난하게 한글책, 영어책 읽기 수준을 높여갔습니다.

물론 영어 유치원이 필요한 아이도 있습니다. 영어권에서 살다왔거나 부모 중 한 사람이 영어 원어민인 아이, 부모가 열심히 영어 환경을 만들어주어 이미 영어 소리가 익숙하고 인풋이 가득한 아이, 쓰기에 남다른 관심과 소질을 보이는 아이, 조잘조잘 남 앞에서 말하기를 좋아하는 아이들에게 영어 유치원은 신나게 자신의 영어를 뽐내는 장소가 될 것입니다. 결과물을 내야 하는 교육기관의 특성상 많은 학습과 쓰기 과제가 있는데 그것들을 감당해낼 수 있을 만큼 적극적인 기질을 가진 아이들이겠지요.

어릴 때부터 영어책을 많이 읽고 영어로만 영상을 본 아이들은 6, 7세에 금방 평범한 수준의 어른보다 영어로 말을 더 잘하게 됩니다. 영어 환경에 충분히 노출되어 원어민 나이또래 수준의 영어 영상을 보는 아이들에는 영어로 진행되는 수업들이 아이에게 꾸준한 언어 자극을 주는 장소가 될 것입니다.

요즘은 놀이식, 학습식으로 영어 유치원의 종류를 나누기도 합니다. 어느 쪽이 되었든 유아 시기에 영어 몰입교육을 하는 기관을 택하는 것은 그 시기에 아이들이 누릴 수 있는 다른 활동을 못하게 되는 것입니다. 5, 6, 7세의 시간에 다른 것을 제쳐두고 영어에 몰입할 것인지를 잘 따져보고 선택해야 합니다.

집에서 엄마표 영어를 하기로 하신 분들은 '영어유치원에 간 아이들은 벌써 서런 걸 하는데…' 하고 좌절하고 실망하지 않기를 바랍니다. 영어 유치원을 선택한 이들을 부러워하거나 비난할 필요도 없습니다. 교육에 대한 기대와 소비는 각자의 기준과 선택이니까요. 다만 집에서 영어 환경을 적극적으로 만들어주어도 충분히 나이에 맞는 영어를 즐길 수 있다는 걸 알아주세요. 좋은 교육은 반드시 비용에서만 나오는 것은 아닙니다. 내 아이에게 가장 필요한 것만 선택하고 각자의 상황에서 아이에게 줄 수 있는 가장 좋은 교육을 고민하면 좋겠습니다.

셋째, 영어 영상으로
진짜 영어를 많이 듣기

기초 어휘를 한꺼번에 많이 수집하는 방법

부모나 선생님이 《아기 돼지 삼 형제》 동화책을 아이에게 읽어주는 상황을 떠올려 보세요. 아이들은 이야기를 들으면서 '돼지, 삼 형제, 늑대, 집, 벽돌'과 같은 어휘를 듣게 되지요. 그러면서 아이들은 붉은색의 네모난 저것은 집을 지을 수 있는 벽돌이라는 사실을 알게 되면서 자연스럽게 어휘를 수집합니다. 매일같이 듣는 부모의 말이나 그림책 내용을 통해서 새로운 말을 배우고 익히게 되는 것입니다. 아이들은 책 읽기보다 가족, 선생님, 친구들의 입에서 나오는 말을 통해 나오는 어휘를 통해서 많은 양의 어휘를 수집합니다. 눈을 뜨고 있는 동안은 다양한 대화에 끊임없이 노출되기 때문이지요.

어린아이는 부모가 보여주는 그림책을 수동적으로 보고 듣습니다. 부모와 함께 읽는 첫 영어 그림책을 통해 낯선 어휘가 머리에 쌓이고 쌓여 자신만의 영어사전이 만들어지지요. 단어를 자꾸 보고, 읽고, 쓰며 암기하는 것보다 이야기 속에서 문맥 안에 녹아든 어휘에 반복해서 노출되는 것이 더 효과적인 어휘 습득 방법이라는 것은 모두가 다 잘 알 것입니다. 하지만 책을 통해 어휘를 한꺼번에 많이 수집하기는 사실 힘듭니다.

아이가 모국어를 습득하는 과정을 경험해 본 부모들은 아실 거예요. 아이마다 각자의 속도로 언어에 눈을 뜨는 시기가 다르다는 것을요. 언제 다 깨우쳤는지 모를 정도로 많은 어휘를 습득하고, 이해하고, 말을 합니다. 말을 하지 못하는 시기에도 어른들이 하는 말을 다 알아듣고, 두 가지 이상의 지시를 해도 어렵지 않게 알아듣는다는 사실은 정말 놀랍습니다.

모국어가 완성되어가는 5세쯤에는 아이의 호기심은 더 넓고 깊어집니다. "이건 뭐예요?" 같은 질문이 끊이지 않습니다. 금방 잊어버리는 것도 있지만 반면에 자신의 관심사나 좋아하는 것이라면 금방 외워버립니다. 접한 지 얼마 되지도 않은 애니메이션의 캐릭터 이름을 외우고 있는 모습을 보면 정말 놀랍기만 합니다.

아이들은 인생에 다시없을 언어 천재의 시기를 보내고 있습니다. 이때 영어로 된 영상을 보면 영어 어휘를 한꺼번에 많이 습득할 수 있습니다. 대가족 육아를 하거나 형제가 많은 집의 아이들이 주어진 환경으로 인해서 비교적 다양한 어휘를 이용해 말을 쉽고 빠르게 배우는 것처럼, 아이 수준에 맞는 노래 영상이나 애니메이션 영상으로 영어 어휘를 쉽게 배울 수 있습니다. 부모와 함께 그림책을 읽거나 기관에서 약간의 영어 수업을 경험해 본 유아들이 영어 영상을 만나면 영어를 홀짝홀짝 맛만 보는 수준을 넘어 영어의 바다에 온몸을 내던져 풍덩 빠지는 효과를 볼 수 있습니다. 영상을 보다 보면 화면 속의 그림(의미)과 소리가 같이 들리기 때문에 영어 소리에 익숙해지고, 익숙해지면 영상이 더 재미있게 느껴지고, 흥미를 느낄수록 자신도 모르는 사이에 영어를 쏙쏙 흡수하는 것이지요.

부모가 하나하나 짚어가면서 그림책 속 단어를 읽어주는 과정도 물론 필요하지만 5~6세 이상의 아이라면 영상보기를 통해 영어 노출을 시작하는 것도 좋다고 하는 이유입니다.

영어 영상을 보여주기 전에

우리나라 최고의 아동 전문가로 꼽히는 오은영 박사님께서는 만 24개월 이하 아이에게는 영상 노출을 하지 않는 것이 좋다고 말씀하시죠. 국제보건기구나 미국소아과협회 기준으로도 만 3세 이전의 아이에게는 미디어 노출을 제한할 것을 권고합니다. 영어 노출이라는 좋은 이유가 있기는 하지만 저 역시도 이 기준을 따랐습니다. 아이에게 영어책을 많이 읽어주면서 자연스럽게 아이의 이해 수준을 관찰하였고 만 3세가 되어서야 영상을 보여주기 시작했습니다.

어른도 유튜브 알고리즘에 빠지면 쉽게 중독되어 시간 가는 줄 모르지요. 내가 좋아할 만한 콘텐츠가 끊임없이 이어지니 당연한 것일지도 모르겠습니다. 아이들은 전자 기기에 정말 쉽게 적응하고, 스스로 조작하고 싶어 하기 때문에 유튜브로 영어 영상을 보여주는 것이 쉽지 않다고 말하기도 합니다. 그럴 때는 조금 수고스럽더라도 유튜브 영상을 다운받아서 보여주는 것이 좋습니다. 아이의 흥미와 수준에 맞는 서너 가지 선택지를 주고 그중에서 아이 스스로 선택하게 해주세요. 아이에게 영상을 보여줄 때는 '안 된다'는 제약을 많이 하지 않는 환경을 만들어야 합니다. '부모가 정한 영상만, 바른 자세로, 정해진 시간에만!' 이런 기준은 아이의 욕구를 끊임없이 제한당하는 기분이 들게 해서 영어 영상에 대한 흥미를 이어가기 어렵습니다. 아이에게 맞는 영상을 고를 수 있도록 몇 가지의 선택지를 주고 고르게 하고, 소파나 아이용 의자에 앉아서 편안한 자세로, 간식을 먹으면서 보는 등 아이에게 맞는 너그러운 기준이 필요하겠지요.

영상을 전혀 접한 적이 없는 아이라면 영어 영상 노출 시작 전에 우리말 영상을 보여주지 않는 것이 가장 이상적이고, 조금 큰아이들이라면 잘 설명한 후 이해시켜서 지금까지 보던 우리말 영상은 중단하는 것이 좋습니다. 우리말 영상을 계속 보여주면 아이 입상에서는 영어 영상을 봐야 하는 동기가 사라지기 때문입니다.

또한, 디즈니에서 나온 영상은 처음부터 어른과 아이를 동시에 타깃으로 했기 때문에 영상 자체가 굉장히 화려합니다. 아이들을 굳이 화려한 영상에 일찍 노출시킬 필요는 없습니다. 귀보다 눈이 먼저 뜨여서 소리가 들리지 않을 거예요.

어린아이는 부모가 조금만 노력한다면 습관을 고치기 쉬우니 배우자, 그리고 아이들과 대화해서 꼭 협의를 하세요. IPTV를 해지하거나 우리집 TV는 이제 영어로만 영상이 나올 거라고 알려주는 등 우리집에서 적용할 수 있는 방법을 고민해야 합니다. 아이들에게 영어 노출을 하고 싶은 동기가 있다면 현재 아이의 나이가 몇 살이든 지금 현재가 아이들의 습관을 바꾸기에 가장 빠른 때라는 것을 잊지 마시고요.

영상 보는 시간은 정해져 있고, 내일 다시 볼 수 있다는 것을 잘 설명해주세요. 저의 경우에는 영상을 끄고 나서는 바로 먹을 수 있도록 간식을 준비해 주거나 다른 놀이를 준비해 주어서 아이의 주의를 환기해주기도 했습니다. 하지만 영상을 끌 때 많이 힘들어하고 떼를 쓰는 상황이 자주 온다면 아직은 영상 노출을 할 나이가 되지 않았다고 생각하고 영상 보여주기를 몇 개월 뒤로 미루는 것이 좋습니다.

저는 가족과 이웃, 그리고 기관에서 하루 종일 우리말 환경에 노출되었기 때문에 우리 아이에게 우리말 영상을 보여줄 필요는 없다고 생각했어요. 가끔 아이가 유치원에 다니면서 친구들 사이에 유행하는 만화를 알지 못해서 소외되지 않느냐는 질문을 받는데 그런 일은 전혀 없었습니다. 친구들 사이에 유행하는 캐릭터 이름을 금방 외우고 노래를 배워와서 부르기에 캐릭터 상품을 사준 적은 있습니다.

최근 몇 년간 유치원의 거의 모든 여자 친구들이 '캐치티니핑'이라는 만화를 보고 티니핑 캐릭터 놀이를 했지만 우리집에서는 그 영상을 보여주지 않습니다. '캐치티니핑'의 시청 연령은 시즌 1이 12세 이상 관람가, 시즌 2와 3 역시 7세 이상 관람가입니다. 제가 몇 개의 에피소드를 보았는데 제법 성숙해보이는 10대 주인공들이 등장하고 연애 감정도 슬쩍 다루고 있기에 아직 어린아이에게 보여줄 필요를 느끼지 못했습니다. 티니핑을 보고 싶다고 말하기에 티니핑 장난감과 스티커를 사 주었고, 우리집에는 티니핑이 나오지 않는다고 말해주었습니다. 부모가 아이들이 보는 영상물 내용에 조금이라도 관심을 가지고 있으면 아이의 영상 시청에 관여할 수 있으니 더 좋겠지요.

어른들은 TV와 스마트폰을 제한 없이 보면서 아이들에게 영어 영상만 보게 하는 것은 사실 힘든 일입니다. 하지만 영상 보여주기도 자녀 교육의 일부입니다. 그러니 아이들에게 영상을 보여줄 영상물의 종류, 시청 시간, 방법에 대해서 배우자와 협의가 꼭 필요합니다. 배우자가 아이에게 영어로 영상 보여주는 것에 대해서 동의가 되지 않았다면 꼭 그 타당성을 설명하시고 협조해 줄 것을 부탁하세요.

하지만 아이들이 말을 배울 때를 생각해보면 처음에는 말을 잘 못 알아듣지만 긴 시간 어른들과의 대화에 귀를 기울이면서 말을 배워갑니다. 유창하게 말을 하기도 전에 어른들의 간단한 지시를 해낼 수 있는 정도가 되지요. 아이들이 영어 영상을 볼 때 다 알아듣지 못한다고 해서 의미 없는 시간이 아니라는 것을 배우자에게도 꼭 알려주세요.

저희 집에서는 만 3세까지 영상 노출을 제한했기 때문에 영어 영상 보여주기가 더 수월했습니다. 아이는 아주 어렸을 때부터 우리말 동요와 영어 동요를 함께 듣고 엄마가 두 가지 언어의 책을 읽어주는 환경에서 자랐고, 자신만의 속도대로 귀와 입이 트여 구분 없이 두 가지 언어로 떠드는 수다쟁이가 되었습니다.

영어 영상을 보여주는 방법

영상 노출 시기에 대한 결정이 끝난 후에는 아이에게 영어 영상을 어떻게 보여줄 것인지에 대한 고민이 시작됩니다. 큰 갈래로 나누자면 DVD를 구매하거나 인터넷으로 영상을 볼 수 있는 OTT 서비스를 이용할 수 있습니다. OTT는 유튜브, 넷플릭스, 디즈니플러스 등이 있고요.

모든 가정에 같은 방법이 통하지는 않을 것입니다. 어떤 집은 부모님이 중심을 잡아준 대로 수월하게 흘러가기도 하겠지만 어떤 집은 이것저것 다 시도를 해봐야 할 수도 있겠지요. DVD와 OTT 서비스

DVD	
장점	· 광고와 연관 영상에 노출되지 않는다. · 부모가 보여주고 싶은 영상만 보여줄 수 있다. · 휴대용 DVD 플레이어를 이용해서 집 밖에서도 볼 수 있다.
단점	· DVD를 꾸준히 구매해야 한다. · 실물 DVD를 정리, 보관해야 한다. · DVD 구매 후 아이가 잘 보지 않을 수도 있다. · 구매할 수 있는 DVD가 한정적이다.
OTT서비스	
장점	· 월 1만 원 대의 가격으로 다양한 영상을 즐길 수 있다. · 유튜브는 음원과 영상을 무료로 다운 받아 소장할 수 있다. · 콘텐츠 종류가 다양하다. · TV, PC, 태블릿 PC 등 다양한 수단으로 시청할 수 있다.
단점	· 연관 영상에 노출된다. · 모든 영상이 교육적인 것은 아니다. · 부모의 지속적인 감독이 필요할 수도 있다. · 콘텐츠가 정리되어 있지 않아서 무엇을 봐야할 것인지 수준별 영상 선택이 필요하다.

의 장단점을 따져보고 각 가정에 맞는 방법을 찾아서 활용해보세요.

어린이용 영어 DVD와 OTT 서비스의 장점을 골고루 가진 서비스가 '리틀팍스*'라고 생각합니다. 리틀팍스는 '애니메이션 영어 동화 도서관'입니다. 책을 읽어주는 다른 온라인 영어도서관 프로그램들과는 다르게 영어 동화를 영상으로 볼 수 있습니다. 2023년 상반기 기준 5300편 이상의 영어 동화가 있고, 매주 업데이트되고 있습니다. 디즈니 영화들만큼 화려하지는 않지만 아이의 흥미를 자극하는 재미있는 영상들이 많습니다. 로켓걸, 서유기 등 성별을 불문하고 마니아층이 있는 콘텐츠들도 있지요.

리틀팍스는 12개월 가입 시 매달 1만 원대의 사용료가 있지만 광고나 유해한 콘텐츠가 없다는 장점이 있어요. 또 단계별로 잘 정리되어 있어서 반복해서 보여주기에 편리하고 영상 콘텐츠가 많아 꾸준히 활용할 수도 있고요. 영상 전체를 프린트할 수 있는 프린터블북, 흘려듣기용 음원 다운로드, 단어장, 게임 등 다양한 학습으로 활용이 가능하다는 것도 큰 장점입니다.

어떤 영상을 보여줘야 할까?

10여 년 전에 아이들을 키운 선배 엄마들은 '까이유Caillou, 맥스 앤 루비Max & Ruby, 위 씽 투게더Wee Sing Together, 세서미 스트리트Sesame Street'

---

*   리틀팍스 홈페이지 https://www.littlefox.co.kr/

같은 영상들을 추천했었습니다. 유튜브도 없었고 영어로 나오는 영상을 구하기도 힘든 시절이라 그때의 부모님과 아이들에게는 너무나 귀하게 사용되었을 영상이지만 지금은 21세기가 시작된 지도 벌써 20년이 넘게 시났습니다. 그러니 어린이 영어 노출 필수 영상이라고 불리는 영상들을 유튜브나 DVD로 재생시켜 보면 만들어진 지 20~30년이 훨씬 넘어 화질이 떨어지고 현시대와 동떨어진 소재들도 보입니다.

까이유를 예로 들어볼까요? 까이유는 1997년 영어와 프랑스어로 출시된 캐나다 어린이 프로그램입니다. 남자아이가 주인공이며 일상을 쉽고 재미있게 소개했기 때문에 유아 교육물의 대표작으로 인정받았고 미국 공영방송인 PBS 간판 프로그램이었다고 합니다. 우리나라에서는 EBS에서 《호야네 집》이라는 제목으로 번역판이 방송되기도 했으니 어린이 교육 영상으로서 인정을 받은 것이지요.

까이유는 일찍이 우리나라에서 DVD로 소개되었으며 어린이 영어 영상의 대표 명사로 자리 잡았습니다. 저도 10여 년 전에 어학원에서 까이유 DVD로 스크린 영어 수업을 진행해 본 적이 있습니다. 초등학교 1~2학년 아이들과 함께 신나게 까이유 주제곡을 불러야 했지요. 선생님이 같이 노래를 부르며 흥을 돋워주면 아이들이 정말 좋아하거든요.

지금도 영어 전문 서점에서 까이유 DVD를 구매할 수 있고 유튜브에서도 많은 에피소드를 볼 수 있습니다. 하지만 저는 대머리만 유지하고 있는 까이유의 비주얼과 20여 년 전에 만들어진 그래픽의 수준, 각 이야기마다 할머니가 오늘의 이야기를 들려주며 시작하는 설정이 너무 촌스럽다고 생각했어요. 그래서 내 아이의 유아기에 보여주고 싶은 영상 목록에서는 제외되었습니다. 2020년대에는 까이유를 대신

할 좋은 유아 영상물이 정말 많기에 아쉽지는 않았습니다.

　스마트 TV와 모바일 기기가 보편화된 현재에는 유튜브야말로 접근성이 가장 뛰어난 플랫폼이라고 할 수 있습니다. 유튜브의 자유로움이 장점이자 단점이 될 수도 있지만 가정에서 지킬만한 몇 가지 원칙만 정해둔다면 어렵지 않게 사용할 수 있을 것입니다.

놓치지 말아야 할 첫 영어 유튜브 채널 베스트

제가 뽑은, 유아들이 영어 영상을 처음 접할 때 보면 좋을 유튜브 채널 베스트는 '슈퍼심플송'Super Simple Songs, '코코멜론'Cocomelon, '넘버블록스'Numberblocks, '알파블록스'Alphablocks, '페파피그'Peppa Pig, '뽀로로'Pororo 등입니다.

　아이의 취향은 존중받아 마땅하지만 한두 번의 노출로 판단하기는 어려워요. 아이는 매일 자라는 존재이고, 기분이나 상황에 따라 호불호가 갈리기도 하며, 불과 한 달 전에는 싫어하거나 좋아했던 콘텐츠를 어느 날 갑자기 좋아하거나 싫어하게 될 수도 있거든요. 그러니 처음 영어 영상을 시작하는 아이라면 이 채널들을 꼭 보여주세요. 이번 달에 안 보면 두세 달 뒤에 다시 보여줘도 되고요.

　자극적이지 않으면서도 재미있고 교육적인 콘텐츠로 인정받은 이 시리즈들은 집중력이 짧은 유아의 특성을 고려해서 에피소드 하나의 길이도 짧습니다. 콘텐츠 양이 많아서 지속적인 노출이 가능한 것도 큰 장점이고요. 영상의 양이 많고 시즌별로 구성되어 있어서 꾸준히 보게되면 관련 어휘와 표현이 자연스럽게 아이에게 스며들지요.

이 채널들에는 유아의 마음을 사로잡을 귀여운 캐릭터가 있습니다. 아이들은 역할 놀이를 하면서 좋아하는 캐릭터를 따라 하고 자신을 동일시하기도 합니다. 캐릭터가 하는 말에 귀를 기울이고, 억양과 말투를 듣고는 그대로 따라합니다. 캐릭터가 내 아이만의 원어민 선생님이 되어주는 것입니다. 아이는 혼자서도 쉽게 상상의 시공간에서 놀 수 있기 때문에 마치 내가 좋아하는 캐릭터와 함께 앉아서 노는 것처럼 놀기도 합니다. 아이들이 처음 만나는 영상은 이렇게 일상생활과 놀이에 영향을 줄 수 있기 때문에 제가 선정한 첫 영상 베스트에는 자극적이지 않고, 갈등 상황이 깊거나, 판타지적 요소가 있는 것들은 제외하였습니다.

이 영상들은 정확한 발음과 적당한 속도의 영어를 들을 수 있습니다. 너무 빠르거나 많은 정보를 전달하지 않기 때문에 영어 소리와 처음 친해지는 데에 좋은 역할을 합니다. 또한 이 시리즈들은 DVD, 책, 인형, 장난감 등의 상품을 쉽게 구할 수 있어서 아이가 '덕질'을 할 수 있는 기회도 많습니다. 아이가 좋아하는 영상의 책이나 장난감을 사주면 아이는 더욱더 그 영상에 빠져들고 좀 더 적극적으로 영어 영상 속 친구들과 사귈 수 있습니다.

제가 소개한 영상 중에 한두 가지 정도를 좋아하지 않는다고 해도 걱정마세요. 아이가 좋아하는 것 위주로 적극적으로 노출해주시면 됩니다. 무엇을 좋아하고, 무엇을 꾸준히 볼지는 아이가 결정할 거예요. 부모의 역할은 아이가 영상을 볼 수 있는 여유로운 시간과 환경을 준비해 주는 것입니다.

슈퍼심플송은 비영어권 아이들에게 영어를 쉽고 재미있게 가르치기 위해 만들어진 동요 채널입니다. 귀엽고 사랑스러운 캐릭터와 함께 영어 노래를 쉽고 재미있게 따라 부를 수 있으며 전래동요인 머더구스 Mother Goose나 할로윈, 크리스마스 등 영어권 문화가 담긴 노래도 많이 있습니다.

저는 오래전부터 어학원과 학교 강의에서 슈퍼심플송을 활용해왔는데 시간이 흘러 제 아이를 키우면서 보니 이보다 좋은 유아 영어 재료가 없다는 사실을 다시 한 번 깨달았습니다. 두말할 것 없이 쉽고 재미있고, 단순한 바탕과 그림으로 자연스럽게 새로운 어휘와 문장을 인지할 수 있으며, 귀여운 캐릭터는 아이 마음을 사로잡지요. 그래서 아이는 같은 노래도 자꾸자꾸 다시 보고 듣고 싶어 합니다.

슈퍼심플송의 최대 장점은 콘텐츠가 정말 많다는 점입니다. 이미 많은 콘텐츠가 있는데도 불구하고 현재까지노 새로운 노래를 꾸준히 발표하고 있지요. 정말 다양한 주제가 있기에, 준비할 것이 많아서 독후활동이 싫다는 부모님들도 쉽게 이용할 수 있습니다.

동물에 대한 책을 읽고 나면 유튜브 검색창에 super simple songs 뒤에 animal를 추가하여 검색해보세요. dance나 dinosaur를 검색해도 되고요. 한 가지 주제에도 정말 다양한 노래 영상이 있습니다.

초등학교 교실에서 저학년 아이들과 'can'을 배우고 나서 슈퍼심 플송의《Yes, I can》영상을 활용했습니다. "Can you fly? Can you stomp? Can you swim? Can you climb?"이라며 무엇을 할 수 있는지 묻는 문장 과 "Yes, I can, No I can't"라는 대답을 반복해서 들을 수 있어요.

멜로디가 단순해서 쉽게 따라 부를 수 있고, 영상을 보며 직관적으 로 동물의 이름과 동작을 맞춰볼 수 있기 때문에 흥얼흥얼 따라 부르 는 동안 저절로 "Can you~?"문장과 그에 맞는 대답을 익힐 수 있어 요. 어떤 수업에서든 아이들이 좋아하고 저절로 잘 외우는 노래라서 저는 슈퍼심플송에서 이 노래를 가장 사랑한답니다.

⟨Yes, I can⟩

Little bird, little bird, Can you clap? No, I can't. No, I can't. I can't clap.

Little bird, little bird, Can you fly? Yes, I can. Yes, I can. I can fly.

Elephant, elephant, can you fly? No, I can't. No, I can't. I can't fly.

Elephant, elephant, can you stomp? Yes, I can. Yes, I can. I can stomp.

아이와《Yes, I can》영상을 보며 "Can you fly?"가 무슨 뜻인지 우리말로 해석해주거나 아이가 그 뜻을 알고 있는지 확인할 필요는 없습니다. 노래는 한두 번만 들어도 바로 따라 부를 수 있을 만큼 쉬우니 영상에서 작은 새가 나올 때 아이와 함께 날개를 펴고 나는 동작을 따라 하고, 날 수 없는 코끼리가 귀를 펄럭거리며 아쉬운 표정을 지으면 아이와 얼굴을 마주 보고 똑같이 아쉬운 표정을 지으며 고개를 가로저으면 됩니다.

노래를 좋아하고 반복을 좋아하는 유아들은 다른 책에서 코끼리를 만나거나 'can'이 사용된 문장을 만났을 때 《Yes, I can》 노래를 떠올릴 수 있습니다. 공책에 같은 단어를 몇 번씩 적으며 외우던 부모 세대의 학습법을 반복하지 않아도 아이는 영어를 습득할 수 있는 것입니다.

영어 노래를 듣는 것은 영어를 잘하지 못하는 부모에게도 좋은 방법입니다. 영어 그림책을 한 권 통째로 외우기는 힘들어도 아이와 함께 듣고 보았던 짧은 영어 노래는 함께 외워서 부를 수 있기 때문입니다. 반복해서 듣다보면 노래의 발음, 가사가 저절로 익숙해져 영어 듣기 능력을 올려줍니다.

슈퍼심플송 채널에는 가사가 단순하고 즉석에서 부모가 율동을 지어낼 수 있는 쉬운 노래가 많습니다. 아이에게 한글책과 영어책을 많이 보여 주고 있었던 저는 만 3세까지는 영상 노출을 하지 않았기 때문에 프로그램을 이용해서 유튜브 음원을 다운받았습니다. 유튜브 채널 음원을 다운받아서 개인적인 용도로 사용하는 것은 불법이 아니니 꼭 음원만 들려주는 시간도 가져보세요.

홈페이지: www.supersimple.com

슈퍼심플송 이렇게 활용하세요!

① DVD를 구매하거나 유튜브 영상을 다운받으면 반복 시청에 도움이 됩니다.

② 홈페이지를 활용해보세요. 캐릭터를 활용한 색칠, 퍼즐, 파닉스 등 다양한 학습자료를 무료로 제공합니다.

③ 'super simple songs' 뒤에 주제별 영어 단어를 입력해서 검색해보세요. 다양한 영어 동요를 찾을 수 있습니다.

  예) 자장가(lullaby), 알파벳송(ABC songs), 핼러윈(Halloween), 크리스마스(Christmas), 음식(food), 동물(animals) 공룡(dinosaurs), 생활 습관(healthy habits), 도형(shapes), 색깔(color), 요일(days), 월(months), 날씨(weather), 반대말(opposites)

④ 음원만을 다운받아서 흘려듣기 할 수 있습니다.

코코멜론은 1억 명 이상의 구독자를 가지고 있는 영어 동요 채널입니다. 슈퍼심플송이 다양한 캐릭터 위주의 채널이라면 코코멜론은 부모와 세 명의 아이로 이루어진 주인공 가족과 어린이집 친구들, 의인화된 동물들이 등장해서 행복한 가족의 모습과 아이들의 다양한 일상을 보여줍니다. 모든 등장인물이 동글동글 귀여운 3D 캐릭터로 이루어져 있고 어린이집 교실 장면을 보면 피부색이 다양한 아이들이 함께 둘러앉은 모습도 볼 수 있습니다.

슈퍼심플송	짧고 간결한 문장의 반복이 많아요 .
	《My favorite color is blue》 My favorite color is blue, how about you, how about you? My favorite color is blue, how about you, how about you? Red! My favorite color is red. I like red, I like red. My favorite color is red. I like red, I like red colors colors, what's your favorite color? colors colors, what's your favorite color?
코코멜론	원어민들의 일상 대화를 그대로 노래로 옮겨놓았어요.
	《Jello color song》 Colors are so wonderful, shining bright and beautiful. Red orange yellow and blue with green and purple too. Let's make jiggly jello with three primary colors. Primary colors? Yes, red blue and yellow are primary colors. Because we use them to make all the other colors. Ah-ha! Let's make jiggly jello with three primary colors. Let's make yummy jello of red and blue and yellow. Red is bold and merry. Blue is deep and cool. Yellos is warm and bright like the sunny light.

코코멜론은 가족과 형제, 친구들 사이에서 일어나는 일을 스토리텔링 방식으로 전달합니다. 배경도 좀 더 일상생활에 가깝고요. 기본적인 색깔을 소개하는 노래의 경우를 봐도 엄마나 선생님과 아이들이 대화하는 것이 노랫말로 이루어져 있습니다.

아이들이 가장 사랑하는 영어 동요채널인 슈퍼심플송과 코코멜론에서 색깔이 주제인 노래로 두 채널의 표현방식을 비교해보세요.

코코멜론은 부드럽고 정확한 발음으로 긴 문장을 노래합니다. 영상과 가사가 간단하게 잘 조화되는 인지형 문장의 슈퍼심플송과 비교하자면 가사가 긴 편이기도 하지요. 때문에 부모님들은 코코멜론을 처음 볼 때에 '아이에게 이렇게 긴 문장의 영어 노래를 들려주어도 되는 건가?'라는 의구심을 가지기도 합니다. 하지만 걱정마세요. 아이들은 우리말 문장을 들을 때와 같이 영어 동요를 들을 때도 그림을 보며 각자 알아들을 수 있는 만큼 알아듣습니다. 아직 알파벳이나 파닉스를 전혀 몰라도 귀엽고 사랑스러운 캐릭터의 몸짓과 표정을 보며 그들의 이야기에 푹 빠져 듣다 보면 영어 소리에 즐겁게 많이 노출될 수 있습니다.

군이 나누어보자면 슈퍼심플송은 영어를 외국어로 배우는 아이들을 위해서, 코코멜론은 영어를 모국어로 배우는 아이들을 위해 만들어진 콘텐츠로 보이지만 어려서부터 영어 소리에 많이 노출된 아이들, 노래를 좋아하는 아이들이라면 상관없이 충분히 재미있게 즐길 수 있습니다.

코코멜론 역시 영어 콘텐츠의 양이 정말 많으며 현재까지도 꾸준히 새로운 노래를 업데이트 하고 있다는 것이 큰 장점입니다. 갈등 상황이나 위험한 요소가 거의 없는 행복한 아이들과 가족의 모습을 따뜻한 색감으로 표현해낸 유아용 영상입니다.

넘버블록스는 수 세기부터 기초 수학을 가르쳐주는 영국의 TV 프로그램입니다. 1은 블록 한 칸, 2는 블록 두 칸 등 숫자의 크기와 같은 블록들이 저마다의 개성을 뽐내고 있습니다. 숫자 7은 무지개색에 맞는 일곱 개의 블록으로 이루어져 있고 숫자 8은 다리가 여덟 개인 문어를 연상시키는 'Octoblock'이라는 닉네임을 가지고 있으며 숫자 11은 'ten and one!'을 거듭 외치며 11이 10+1이라는 개념을 강조합니다. 11이 등장하는 장소는 11명의 선수가 필요한 축구장이고요. 아이들은 재미있게 보기만 해도 수의 순서와 특징에 대해 알 수 있습니다.

단순한 배경에서 수와 양을 직관적으로 보여주며 유아에게 효과적으로 수를 가르칩니다. 신나는 노래와 챈트로 함께 수를 세고, 더하기와 빼기를 하며 함께 따라 말할 수 있습니다. 영어로 수학을 배우지만 학습적인 냄새가 나지 않는다는 것이 큰 매력이에요.

시즌 1에서 나오는 한 자리 숫자 영상들부터 차근차근 보여주세요. 수 개념을 알고 시작하면 좋기 때문에 다른 영상과는 달리 순서대로 보면 가장 좋습니다. 아이가 잘 봐준다면 넘버블록스 채널 안에서 아이와 함께 여러 가지 영상을 경험해보면 됩니다.

한 자리 숫자 블록의 이야기를 따라가다 보면 아이는 자연스럽게 수와 양의 일치를 깨우칩니다. 그렇게 더 큰 수인 두 자리 숫자들과 만나게 되는데 11은 10+1, 12는 10+2로 이루어져 있다는 것을 블록들의 모양과 색깔로 보여주어 두 자리 숫자의 개념을 익히게 됩니다.

2가 두 개 모이면 4, 4가 두 개 모이면 8이 되는 모습, 7과 7이 만나면 "double 7"을 외치며 14가 되는 모습을 보여줍니다. +와 -, 〉, 〈, = 등 기초 수학의 등호도 자연스럽게 노출합니다. 넘버 블록 9가 세 개 쌓여 숫자 27의 정육면체가 되는 과정을 보여주며 큐브 모양의 넘버 블록이 완성되기도 합니다.

곱하기의 개념을 이미지로 전달하며 기호와 수식이 없이 구구단의 2단을 2 times table로, 3단을 3 times table로 소개하는데 저희 집 아이는 작은 블록을 갖고 놀다가 블록을 다섯 개씩 모아서 1×5는 5, 2×5는 10, 3×5는 15… 이렇게 영어로 중얼거리는 모습을 보여 주었습니다. 시간이 지나서는 5분 단위로 숫자가 적힌 시계 교구를 봤을 때는 정말 흥분하며 "엄마, 여기 시계에 five times table이 있어요!"라고 아는 척을 하기도 했어요. 대여섯 살 아이에게 시계 보는 방법이나 구구단을 억지로 가르칠 수는 없다고 생각해요. 하지만 유아의 수준에 딱 맞는 영상으로서의 수학 개념 노출은 엄마와 아이 모두에게 좋은 방법이 아닐까요?

넘버블록스는 2017년에 시작되어 유튜브 채널에 다양한 콘텐츠가 꾸준히 업로드되고 있으며 2023년 현재 시즌 5까지 볼 수 있습니다. 유튜브 채널 재생목록을 보면 시즌별로 잘 정리가 되어 있으니 7세 이하 아이가 있다면 꼭 보여주세요. 재미있게 보면서 수학 개념까지 잡아주는 영상은 학습지 푸는 것보다 훨씬 효과적입니다.

재미있는 읽을거리가 가득한 넘버블록스 잡지도 놓치지 마세요. 'Numberblocks Magazine' 혹은 'Numberblocks Annual' 이라는 이름으로 판매되고 있는데 온라인 서점에서 쉽게 만날 수 있습니다.

알파블록스는 각 알파벳 글자를 대표하는 블록을 사용하여 어린아이에게 알파벳을 가르치기 위해 만들어졌습니다. 각 알파벳들은 자신의 대표 소리를 내면서 돌아다니는데 'c'는 "크크크…", 'a'는 "애애애…", 't'는 "트트트…"하고 다니다가 서로 손을 잡고는 "cat!"이라고 단어를 읽어주는 거예요.

알파블록스는 미취학 아이들이 알파벳과 알파벳의 소리, 철자, 읽기, 쓰기에 관심을 가질 수 있도록 도와줍니다. 반복해서 보는 것만으로도 알파벳과 파닉스 대표 소리를 익힐 수 있어서 매우 유용합니다. 단계에 따라 단모음과 장모음, 이중 자음 등의 조합도 자연스럽게 노출할 수 있고요.

알파블록들의 생김새를 잘 관찰해보세요. 각 알파벳의 대표 단어를 생김새로 표현하고 있는데 b는 밴드band의 맨 앞 글자답게 기타를 들고 다니고, d는 밴드에서 드럼drum을 맡아 "드드드" 하는 소리를 내며 드럼을 연주합니다. 개성 있게 생긴 알파벳들은 저마다 성격이 달라서 아이들의 마음을 단숨에 사로잡지요.

알파블록스는 분명 좋은 콘텐츠이지만 파닉스 음가와 기초 파닉스 단어를 일정 기간 안에 떼겠다는 목적을 가지고 노출하지는 마세요. 아이가 반복해서 영상을 보면서 각자의 소리가 모여서 단어를 읽게 되는 아주 기초적인 원리만 재미있게 익힐 수 있으면 좋습니다.

유튜브 채널에 들어가서 '알파블록스'와 '넘버블록스'를 검색해봐도 어디서부터 봐야 할지 모르겠다는 분들이 많아서 정리된 재생목록을 첨부합니다. 아래 QR 코드를 활용하면 찾기 쉬워요!

넘버블록스 레벨별 보기 바로가기

알파블록스 레벨별 보기 바로가기

홈페이지 : www.learningblocks.tv

페파피그는 영국에서 만들어져 많은 나라에서 사랑받고 있는 유아 에니메이션입니다. 사랑스럽지만 자기주장이 강한 주인공 여자아이 페파와 남동생 조지, 엄마와 아빠로 이루어진 돼지 가족의 이야기입니다. 사람처럼 옷을 입고 일을 하며 살지만 페파 가족들은 항상 "쿵쿵!" 하는 돼지소리를 냅니다. 돼지들인 만큼 진흙 웅덩이에서 노는 것을 가장 좋아하고요.

페파피그는 페파네 가족과 이웃, 아이들의 친구와 놀이에 대한 에피소드로 가득합니다. 아기자기하고 평화로우며 무해한 내용들 뿐이지요. 한 에피소드당 5분 내외로 굉장히 짧고 쉬운 내용이라서 처음으로 스토리가 있는 영어 영상을 보여주려 할 때 적당합니다. 부드러운 남자 목소리의 내레이션도 듣기에 편안합니다. 한 에피소드의 길이가 짧고 단순한 그래픽으로 이루어져 있어서 화려한 영상에 노출되기 전의 유아에게 알맞습니다.

아이들이 캐릭터를 좋아할 때에는 관련된 책이나 장난감을 마련해 주면 좋은데 페파피그의 가장 큰 장점은 캐릭터 상품이 많다는 점입니다. DVD는 물론이고 책과 장난감을 쉽게 구할 수 있습니다. 페파피그 영상을 그대로 옮겨놓은 그림책, 스스로 읽기를 도와주는 리더스 북, 워크북, 토이북, 장난감이 굉장히 많습니다.

저희 아이가 네 살 무렵에 페파피그 가족 인형을 사주었더니 아이는 온종일 "킁킁!" 콧소리를 내면서 역할 놀이를 했습니다. 유치원에서 발레를 배우고 와서는 페파피그에 나온 발레 레슨 이야기를 영어로 이야기했고 휴가길에 비행기를 탔을 때에는 페파가 비행기 안에서 불렀던 노래를 똑같이 부르고는 했지요. 그 모습을 보며 저는 '우리 아이는 이미 페파와 가장 친한 친구가 되었구나.'라고 생각했습니다.

페파피그는 이미 시리즈가 많이 나와 있어요. 그래서 아이가 좋아한다면 앞으로 볼 영상이 많은 것도 장점입니다. 시즌을 거듭하며 오랫동안 사랑받아왔기에 DVD로 소장하는 분들도 많지요. 단, 주제가 조금씩 다양해지기는 하지만 시즌이 더해간다고 해서 영어 수준이 높아지지는 않습니다. 하지만 유아기 아이에게 적어도 2년 이상은 꾸준히 볼만한 콘텐츠가 있으니 한 번 좋아하게 되면 긴 시간 동안 우리 아이의 좋은 영어 친구가 되어줄 겁니다.

홈페이지 : www.peppapig.com/en-us

한국에서 아이를 키우면서 뽀로로를 마주치지 않은 부모가 있을까요? 아이가 자주 가는 소아과, 약국, 마트와 빵집에서도 뽀로로를 만날 수 있습니다. 펭귄 뽀로로와 동글동글 귀여운 친구들 캐릭터는 우는 아이도 뚝 그치게 하는 '뽀통령'이라는 이름으로 잘 알려져 있지요.

뽀로로는 한국 태생의 우리 캐릭터이지만 영상과 캐릭터 상품이 전 세계에 수출되고 있습니다. 실제로 십여 년 전 제가 호주에 있었을 때에 현지 아이들은 TV로 뽀로로를 보고 있었습니다. 우리나라와 비행기로 10시간 떨어진 먼 나라에서 파란 눈의 외국 아이들이 뽀로로를 보고 있는 장면은 무척 신기했어요. 현지 부모들은 아이들이 페파 피그 만큼 뽀로로를 좋아한다고 했습니다. 아시아의 작은 나라 대한민국의 캐릭터이지만 원어민이 사용하는 생활 영어로 말하기 때문에 영어 원어민 부모들도 아이에게 거부감 없이 뽀로로를 보여주고 있는 것이지요.

유튜브에서 뽀로로는 한국어 채널과 영어 채널이 분리되어 있습니다. 영어 채널의 이름은 〈Pororo the little penguin〉입니다. 시즌을 거듭할수록 2~3등신의 귀여운 캐릭터들은 유아기 아이들이 즐길 수 있는 재미있는 내용을 표현하고 있지요.

우리 아이는 다섯 살이 되는 해에 뽀로로 영어 영상을 처음 보게 되었는데 아직도 뽀로로가 우리말을 한다는 사실을 모르고 있습니다. 그만큼 쉽고 재미있는 영어로 이루어진 영상입니다. 아이에게 자연스럽게 영어 영상을 접하게 할 수 있는 뽀로로를 아이들 첫 영어 영상으로 추천합니다.

천천히 시작하는 순한 맛 추천 영상

다음에 소개하는 유튜브 채널은 내용이 모두 쉽고 발음이 명확하고 내용이 교육적이에요. 등장하는 캐릭터들도 귀엽지요. 추천 베스트 영상보다 콘텐츠 양은 적지만 영어를 처음 시작하는 아이도 충분히 즐길 수 있는 재미있는 유아용 영어 영상입니다.

취향이 분명한 아이를 위한 단짠단짠 추천 영상

첫 영어 유튜브 채널 베스트와 수준이 비슷하거나 그보다 조금 높은 영상들입니다. 등장인물 수가 많고 입체적입니다. 다루고 있는 소재와 영상의 수준으로 5세 전후, 5세 이상 추천 영상으로 나누었지만 아이

유아용 영어 영상

A CDE

① Boey Bear (보이베어): 귀여운 곰 인형 보이베어와 함께 하는 영어 놀이 시간

② Masha and the bear (마샤와 곰): 천방지축 소녀 마샤와 덩치 큰 곰의 우당탕탕 숲 속 이야기

③ Super simple ABCs (슈퍼심플 ABC): 슈퍼심플송 캐릭터들과 함께 알파벳과 파닉스를 익힐 수 있는 쉽고 재미있는 채널

④ Captain Seasalt and the ABC Pirates (씨솔트 선장과 ABC 해적들): 씨솔트 선장과 해적들과 함께 떠나는 알파벳 탐험 이야기

⑤ Treetop family (트리탑 패밀리): 나무 위에 사는 다람쥐, 참새, 생쥐 가족의 이야기

⑥ Carl's car wash (칼의 세차장): 어떤 자동차가 와도 기발한 방법으로 말끔하게 씻어주는 칼의 세차장

⑦ The bumblenums (범블넘스): 동글동글 귀여운 몬스터 범블넘들과 함께하는 쿠킹 타임

⑧ Catie's classroom (케이티 선생님의 즐거운 교실): 케이티 선생님과 함께 노래, 율동, 체험, 만들기 활동을 할 수 있는 미국 유치원 교실 체험

⑨ Catie's Field Trip (케이티 선생님과 현장 학습): 케이티 선생님과 함께 농장, 해변, 숲, 전시관, 체험관으로 떠나는 현장 학습 체험

⑩ Preschool prep (프리스쿨프랩): 알파벳, 파닉스, 사이트 워드, 수학을 배울 수 있는 클래식 홈스쿨링 영상

① Scratch Garden (스크래치 가든): 언어, 파닉스, 수학, 과학 등 다양한 주제를 이 야기하는 채널

② Robocar Poli (로보카 폴리): 아이들이 좋아하는 경찰차, 소방차, 구급차, 구조 헬리콥터 등이 나오는 히어로 이야기

③ Tayo the little bus (꼬마버스 타요): 도시를 신나게 누비며 사람들을 돕는 꼬마 버스 타요와 친구들의 생활 이야기

④ Titipo titipo the little train (띠띠뽀): 꼬마 버스 타요와 세계관을 공유하는 스 핀 오프(spin-off) 작품으로 꼬마 기차 띠띠뽀의 이야기

⑤ Ben and Holly's little kingdom (벤 앤 홀리): 요정 왕국의 요정과 엘프가 친구 가 되는 유아용 판타지 애니메이션

⑥ Paw patrol (퍼피 구조대): 어려움에 빠진 친구들을 도와주는 강아지 구조대의 활약 이야기

⑦ Chloe's closet (클로이의 요술 옷장): 요술 옷장에서 옷을 꺼내면 다양한 직업과 시대를 만나게 되는 체험기

⑧ Little Princess (리틀 프린세스): 왕관은 썼지만 조금은 지저분하고 제멋대로인 공주 같지 않은 공주 이야기

⑨ Mr. Monkey, Monkey Mechanic (정비공 멍키): 다양한 손님들의 탈것들을 뚝 딱 고쳐주는 정비공 멍키의 이야기

⑩ Super simple Draw (슈퍼 심플 드로우): 슈퍼심플송에 등장하는 캐릭터들을 그 리는 방법을 쉽게 배우는 그리기 채널

① Simon Super Rabbit (까까똥꼬 시몽): 발랄한 개구쟁이지만 조금은 소심하기도 한 토끼 사이먼과 가족의 일상 이야기

② Rainbow Ruby wildbrain (레인보우 루비): 평범한 소녀 루비가 테디베어 초코와 함께 레인보우 빌리지를 돕는 이야기

③ True the rainbow kingdom (트루와 무지개 왕국): 따뜻한 마음, 영리한 머리, 무한한 에너지가 있는 주인공 트루가 레인보우 왕국을 돕는 이야기

④ Octonauts (옥토넛): 동물 탐험대원들이 해저 기지인 옥토포드에서 생활하며 바다 생물들을 도와주는 이야기

⑤ Super wings (슈퍼 윙즈): 택배 비행기 호기와 친구들이 지구촌 곳곳의 친구들을 만나는 이야기

⑥ Bread Barbershop (브레드 이발소): 천재 이발사 브레드와 그의 조수 윌크가 빵과 디저트들을 맛있게 꾸며주는 브레드 이발소

⑦ 44 Cats (44마리 고양이): 우당탕탕 악기를 연주하며 노래하는 네 마리 고양이들이 펼치는 모험 이야기

⑧ Blippi (블리피): 아이 같고 호기심 많은 블리피 아저씨와 함께하는 재미있는 체험 이야기

⑨ My little Pony (마이 리틀 포니): 화려하고 개성 넘치는 포니들이 친구의 소중함을 일깨워주는 이야기

⑩ Art for Kids Hub (아트 포 키즈 허브): 네 아이의 아빠가 아이들에게 친절하게 그림그리기를 알려주는 채널

의 선호도에 따라 선택할 수 있습니다. 판타지적 요소나 여러 특별한 배경 설정도 있기 때문에 이해력도 조금은 필요합니다. 영어 그림책이나 동요 등으로 어휘를 많이 익힌 아이들이 위에 언급했던 '첫 영어 유튜브 채널 베스트'를 본 이후에 보기 시작하면 좋습니다.

영국 발음 애니메이션 걱정하지 마세요

아이에게 보여줄 영어 콘텐츠를 고를 때 영국 발음에 대해서 지나치게 걱정하는 부모님들이 계세요. 하지만 영국 발음 애니메이션을 보며 자란 아이가 영국식 발음으로 굳어질까, 미국식 영어를 구사하지 못할까 두려워할 필요는 없습니다.

자녀가 앞으로 대한민국에서 학교생활을 하고 입시까지 치를 계획이라면 아이가 공부하게 되는 거의 모든 영어 자료에서 t를 부드럽게 발음하는 미국식 발음을 듣게 됩니다. 저도 20대에 호주에 가기 전까지는 영국식 영어를 들어본 경험이 거의 없었어요. 영화《해리포터》를 제외하면요.

발음은 지극히 개인적인 영역입니다. 영어가 모국어가 아닌 아이는 성장하는 과정에서 듣게 되는 수많은 영어 소리 중에서 자신이 원하는 발음을 선택하게 될 것입니다. 어떤 발음이 본인이 듣기에 매력적인지, 구사하고 싶은지는 본인이 선택할 수 있어요. 이것은 부모가 어설픈 발음으로 영어 그림책을 읽어주어도 되는 이유가 되기도 합니다. 아이가 평생 영어를 들을 기간을 볼 때 부모가 읽어주는 영어 소리를 들을 시간은 굉장히 짧고, 영어로 된 학습 자료와 콘텐츠를 소비할 시간은 그와 비교할 수 없을 정도로 길어요. 지금 아이가 보는 영상이 영국 발음이라고 해서 일부러 피할 이유는 전혀 없습니다.

현재 아이의 영어 발음이 좋지 않은 것은 그저 지금까지 아이가 접한 영어 누적량이 적기 때문입니다. 부모의 발음으로 책을 읽어주었기 때문이 아니지요. 아이들은 수준에 맞는 바른 영어를 많이 들으면 바른 발음을 쉽게 습득합니다. 그리고 사실 취학 전의 아이들은 우리말 발음도 완벽하지 않습니다. 발음에 너무 크게 집중하지 않아도 된다는 이야기입니다. 그리고 우리 미취학 연령의 아이 중, 우리말 발음도 아주 완벽한 아이는 많지 않습니다. 매일 꽉 차게 노출된 모국어도 발달에 따라 미완성된 발음을 구사하는데, 외국어인 영어 발음에 완벽을 바랄 수는 없습니다.

우리는 굳이 원어민 선생님을 모시거나 해외 유학을 가지 않아도 우리 아이의 발음을 책임져 줄 수 있는 편리한 도구가 많은 시대에 살고 있습니다. 세이펜, 유튜브, TV, DVD 등 무엇이든 아이가 재미있게 영어 소리를 들을 도구를 제공해주기만 하면 됩니다.

제 아이는 영국 발음의 영상을 보고 나서 twenty를 [트웬티-]라고 발음하더라고요. 대부분은 [트웨니-]라고 발음하는 것이 더 '있어 보인다'라고 생각하겠지요. 북미식 발음이니까요. 그런데 저는 그것을 지적하지 않았어요. 하지만 제가 아이의 발음을 늘 고쳐주려고 했다면 아이는 엄마의 지적에 신경이 쓰여서 영어책을 소리 내어 읽거나 하고 싶은 말을 영어로 자유롭게 말하지 못했을 거예요.

이제 막 영어 소리에 귀가 트이고 영어 영상을 재미있게 보고 나서 스스로 말해보려 하는 네다섯 살의 아이에게 그런 지적은 무의미합니다. 저희 가족은 이민 계획이 없고, 아이는 우리나라에서 학창 시절을 보낼 예정이니 앞으로 들을 대부분의 영어는 미국식 영어일 것입니다. 그러니 지금 아이의 영국식 영어 발음이 걱정되어도 잠시 접어두세요. 나이가 들면서 자연스럽게 해결될 부분이니까요.

아이에게 그림책을 읽어주다 보면 발음뿐 아니라 영국식 스펠링을 발견할 때도 있어요. 아이들이 사랑하는 그림책 작가 중 영국인 앤서니 브라운Anthony Browne이 있습니다. 그의 대표작《My mum》이라는 책은 '엄마'라는 단어 'mom'을 영국식 스펠링인 'mum'으로 표기하고 있습니다. 물론 북미지역 출간용으로《My mom》으로 표기된 책도 있고요. 혹시 앤서니 브라운의 그림책이나 페파피그 그림책 같은 것들을 보다가 'mum, mummy'라는 단어를 발견하셔도 오타일까 걱정하지 않으셔도 됩니다.

영국에서는 아이들 책에서 엄마를 mummy라고 쓰기도 하지만 영어권에서 'mummy'는 이집트 스핑크스 안에서 붕대를 칭칭 감은 채 발견되는 '미라'를 가리키는 말이기도 해요. 할로윈 그림책에서 다시 만날지도 모릅니다. 리더스북의 하나인 ORT에는 유모차를 가리키는 단어로 'stroller' 대신 영국에서 많이 쓰는 'pram'이라고 나와요. 우리나라 사람 대부분은 모르는 단어이며 특별히 중요하지도 않기 때문에 낯선 단어가 나왔을 때에는 부모님이 아이와 함께 사전을 찾아보며 '이것도 맞고 저것도 맞다'는 정도로 알려주면 됩니다.

아이들은 이런 과정을 통해 언어는 다양하다는 것과 무한히 변형될 수 있다는 사실을 스스로 깨닫습니다. 아이에게 모든 것을 정확하게 알려주어야 한다는 긴장감을 낮추고 그저 재미있게 영어책을 읽어 보세요.

오래전 EBS의 한 다큐멘터리 프로그램에서 반기문 전 UN 사무총 장의 영어 연설 영상을 한국인과 원어민에게 보여주고 그 반응을 보는 실험을 했습니다. 그의 이름과 직책은 가린 채로 말이지요. 반응은 극과 극이었습니다. 한국인들은 그의 한국식 발음을 꼬집으며 "여러 사람 앞에서 연설을 할 정도의 영어는 아닌 것 같다. 영어 실력이 형편 없다."라고 했지만 원어민들은 그의 연설 내용에 주목하여 "수준 높은 연설이었다!"라고 평가했어요.

금발의 미국인이 우리나라 사람들 앞에서 우리말로 하는 연설을 듣는다면 어떨까요? 우리 역시 그의 어색한 한국어 발음보다는 그가 외국어인 한국어로 연설한다는 것에 감탄하며 무슨 말을 하는지에 관심을 기울였을 것입니다.

이쯤이면 눈치 채셨겠지만, 영어를 못하는 사람만이 발음에 관심을 가집니다. 남의 눈을 많이 의식하는 우리나라 사람들의 특징이라고 생각합니다. 유창한 발음보다 내 자녀의 의사소통, 의사전달 능력을 갖추게 하는 것이 더 중요한 일임을 잊지 마세요.

온라인 영어도서관 프로그램 꼭 필요할까?

앞서 언급했듯이 2020년대인 지금은 집에서도 영어를 배울 수 있는 도구들이 정말 많습니다. 그중 하나가 바로 온라인 영어도서관 프로그램입니다. 집에서 영어 환경 만들기를 실천해오면서 저도 이 서비스들에 항상 관심을 두고 있습니다. 1~2주 정도로 제공되는 무료 체험 서비스를 경험해보기도 했고, 제가 가르치는 학생들과 함께 직접 사용해보기도 했습니다. 그렇게 내린 결론은, 유아기 엄마표 영어를 하는 모든 가정에 온라인 영어도서관이 필요한 것은 아니라는 것입니다.

우리 아이에게 꼭 필요할 것만 같은 책과 영상을 보유했다는 화려한 광고 문구들이 엄마들의 마음을 설레게 한다는 것, 너무나 잘 알고 있습니다. '영어 유치원 다니는 아이들도 한다던데, 우리 아이는 영어 유치원을 다니지 않으니 이거라도 해볼까? 마침 공동구매가 열려서 저렴하게 할 수 있다는데…'라는 동기도 일어날 테고요.

아이가 영어를 배울 때 책이 많으면 참 좋겠지요. 하지만 영어 습득에 필요한 많은 책을 모두 다 소장할 수는 없습니다. 온라인 영어도서관은 많은 영어책을 주제별, 레벨별로 기획하고 분류해놓았기 때문에 구매하거나 빌려볼 수 없을 때 다양한 장르의 책을 집에서도 손쉽게 찾아서 읽을 수 있다는 장점이 있습니다.

또한 영어도서관 서비스에는 책만 보고 끝나는 것이 아니라 아이가 원하는 부분을 읽어주고, 반복해주고, 따라 읽거나 녹음까지 할 수 있는 기능도 있습니다. 읽고 있는 글자의 색이 바뀌거나 커지면서 문자에 집중하게 해주는 역할도 합니다. 책을 읽고 나서 문제를 풀면서 책 내용을 정확히 파악했는지 테스트해볼 수도 있지요. 아이가 좋아하는 영어 영상을 함께 제공하는 곳도 있습니다. 연 5만 원에서 20만 원 이상까지 가격대는 다양합니다. 영미권에서 만들어진 프로그램들이 좀 더 저렴하기는 하지만 국내 이용자의 편의에 맞게 책과 영상의 분류가 잘 된 쪽은 국내에서 만든 프로그램들입니다.

하지만 저는 영어 노출 경험이 적은 6세 이하의 아이들에게는 영어도서관 이용을 권하지는 않습니다. 영어 소리를 2년 이상 꾸준히 들어서 영어로도 사신 나이 수준에 맞는 독서를 할 수 있고, 관심사가 넓어졌을 때에 영어도서관을 활용하면 가장 좋습니다. 실물 책을 충분히 즐기고, 이야기의 재미를 갈구하는 아이들이라면 더 말할 것 없이 간편하게 책을 보는 기분을 내며 활용할 수 있기 때문입니다.

영어 노출이 2년 이상이 된 6~7세 이상 아이들에게는 좋겠지만 이전 연령에서는 큰 효과를 기대하기 어렵습니다. 어린 나이에 온라인 독서를 시작하면 스스로 시간을 통제하기 힘들어서 부모와 실랑이를 벌일 수도 있고, 때로는 동기나 흥미가 충분하지 않은 아이에게 억지로 프로그램을 권하느라 불필요한 에너지를 빼앗길 수도 있습니다.

저는 우리집을 대신해 책을 잘 정리하고 보관해주는 지역 도서관을 적극적으로 활용하고 있습니다. 당장 구매하기 고민되는 책들은 우리 지역 도서관에 있는지 확인해 보세요. 나의 대출을 기다리며 얌전히 그 자리에 있는 책들은, 어디에 어떤 책이 얼마큼 있는지 알아만 두면 시기에 맞게 활용하기 정말 편리합니다. 지역 도서관은 대부분 가족 구성원 모두의 대출카드를 만들 수 있으며 대출 기간이 2주이기 때문에 한 달에 두 번만 도서관에 방문해도 다양한 책을 실컷 볼 수 있습니다.

듣기 중심 엄마표 영어 1단계

목표 설정

- 매일 한글책, 영어책 읽어주기 습관이 잡힌 엄마
- 엄마와 책 읽는 시간을 좋아하는 아이
- 영어 동요 듣고 따라 부르기는 좋아하는 아이
- 3년 후, 영어 소리가 편안하게 들리는 아이

준비

- 책에 관심을 가질 수 있는 환경 만들기 - 책 구입, 전면 책장 활용, 우리 가족에게 맞는 독서 시간 확보
- 다양한 영어 소리를 들려줄 수 있는 영어 재료 준비하기 - 세이펜, 영어 음원, 영어 영상 등

실행

- 영어책, 한글책 읽어주기 하루 30분 이상
  - 그림 집중 듣기 하기 좋은 그림책 (82-85p)
  - 영어와 친해지는 초기 엉이 그림책 (102 104p)
  - 단순한 그림과 짧은 문장으로 이루어진 리더스북 (97p)
- 영어 영상 30분~1시간
  - 천천히 시작하는 순한 맛 유튜브 채널 (189p)
  - 첫 영어 베스트 유튜브 채널 베스트 (174-188p)
- 흘려듣기 30분 이상

듣기 중심 엄마표 영어 2단계

목표 설정

- 내 아이 취향의 콘텐츠 찾기의 고수가 된 엄마
- 영어 소리 듣기에 익숙해져 영어 영상을 잘 보는 아이
- 영어 입 근육이 발달해 자연스럽게 영어로 노래하고 말해보는 아이

준비

- 영어에 몰입할 수 있는 환경, 시간과 공간 준비 - 아이의 일과 속에 매일 영어에 노출될 수 있는 시간 찾기
- 아이 나이와 정서, 흥미에 맞는 적절한 영어 재료 준비하기 - 영어 콘텐츠 꾸준히 준비해 주기

실행

- 영어책, 한글책 읽어주기 하루 30분 이상
  - 다독으로 영어를 흡수하는 영어 그림책 (105-107p)
  - 지식, 재미, 감동이 있는 영어 그림책 (108-109p)
  - 단순한 그림과 짧은 문장으로 이루어진 리더스북 (97p)
- 영어 영상 1시간
  - 첫 영어 베스트 유튜브 채널 베스트 (174-188p)
  - 취향이 분명한 아이들을 위한, 단짠단짠 영상 추천 (190-191p)
- 흘려듣기 30분 이상

듣기 중심 엄마표 영어 3단계

목표 설정
- 엄마표 영어를 바탕으로 아이와 좋은 관계를 유지하는 엄마
- 간단한 영어책을 스스로 읽을 수 있는 아이
- 모국어 수준만큼 영어로 인지, 생각, 표현할 수 있는 아이

준비
- 당장의 결과물이 보이지 않아도 꾸준히 엄마표 영어를 실행할 수 있는 마음가짐
- 모국어 독서를 1순위에 두고 아이가 너무 바쁘지 않게 시간 관리 돕기

실행
- 읽을 수 있어도 영어책, 한글책 읽어주기 30분 이상
  - 다독으로 영어를 흡수하는 영어 그림책 105-107p
  - 지식, 재미, 감동이 있는 영어 그림책 108-109p
  - 이야기를 기반으로 한 재미있는 리더스북 97p
- 영어 영상 1시간
  - 취향이 분명한 아이들을 위한, 단짠단짠 영상 추천 190-191p
- 흘려듣기 30분 이상
  꼭 필요하다면 파닉스 교재, 온라인 영어도서관, 화상영어 활용하기

EngLish

PART 3

영어 몰입 교육,
하지 않습니다

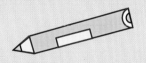

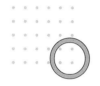

우선순위를 정하세요

영어보다 더 중요한 것은 모국어 독서

코로나19 발생 이후 집에 머무는 시간이 길어졌을 때, 학생들은 스스로 공부를 해야만 했습니다. 교사는 물론 학생에게도 학부모에게도 익숙하지 않은 급작스러운 변화였습니다. 당황하는 부모들을 위해 시장은 때를 맞춰서 학부모를 위한 책들을 쏟아내었습니다. 과목별 공부법, 학습법, 부모 코칭에 대한 책들이 수시로 베스트셀러 목록에 올랐고 교육 관련 유튜브 채널도 이때 정말 많이 생겼습니다. 이제는 각 분야 교육, 입시 전문가의 이야기를 유튜브에서도 쉽게 만날 수 있게 되었지요.

저도 강사이자 예비 학부모이기에 이런 콘텐츠의 범람이 반갑기도 했습니다. 그런데 뻔하게도 모든 전문가는 학교 공부를 비롯해 성공적인 입시를 치르기 위한 가장 큰 줄기가 독서에 있다고 말합니다. 영어와 수학, 암기과목을 비롯해 모든 학습의 뿌리는 읽고 이해하는 힘, 즉 문해력이 먼저라는 것이지요.

저 또한 지난 10년 이상 학교와 어학원, 과외 등의 다양한 현장에서 아이들을 만나보았습니다. 그런데 유아기에 부모와 함께하는 독서의 즐거움을 느끼지 못한 채로 초등학생이 된 아이들이 많습니다. 초등학교에 입학한 후에는 많은 아이가 방과 후의 시간을 학원에 할애하고 있고요.

그런데 본격적으로 학습의 양이 많아지는 초등 고학년 이전에 즐겁고 자발적인 독서의 경험이 적은 아이들은 학습에서 큰 효율을 내기가 힘이 듭니다. 받아들일 수 있는 지식의 양이 많아지고 생각의 깊이가 깊어져야 하는 시기에 자발적이고 깊이 있는 사고 경험이 없는 아이들은 주어진 정보를 자기 것으로 만드는 것조차 힘들어합니다. 교과서만 읽어도 공부를 잘하는 아이와 교과서에 문제집, 학원 수업까지 들어도 공부를 잘하지 못하는 아이의 차이겠지요.

사실 아이들은 공부를 잘하고 싶어합니다. 공부를 잘하면 선생님과 친구들에게도 인정을 받고, 무엇보다 사랑하는 엄마 아빠에게 칭찬을 받으니까요. 고학년 정도 되면 공부를 잘했을 때 친구들과 선생님께 인정받고, 다양한 기회가 열리고, 공부를 못하는 아이보다 학교생활이 쉬워지기도 한다는 것을 알게 됩니다. 그런데 시험 범위를 열심히 공부해야 시험점수가 잘 나오고, 공부를 잘하려면 문해력이 필요한데 문해력이라는 것이 어느 한순간에 익힐 수 있는 것이 아니라는 것이 문제입니다.

영어와 우리말의 어순이 다르다고 하더라도 외국어는 모국어라는 그릇에 담길 수밖에 없습니다. 영어책만 많이 읽는다고 해서 이해력과 지식이 함께 넓어지지는 않지요. 내가 쓰는 모국어로 소화가 가능한 만큼 영어를 받아들일 수밖에 없습니다.

저는 아이들과 수업을 하면서 요즘 무엇을 읽고 있는지 물어봅니다. 그런데 어떤 유튜브를 보는지 물어보면 말할 거리가 줄줄 나오는 아이들도 어떤 책을 읽고 있는지 물어보면 할 말이 없어 입을 꾹 다물고는 합니다. 아이들은 많은 학원과 각종 숙제로 인해 수고한 자신에게 유튜브 시청이라는 보상은 꼭 하면서, 정작 학원과 숙제보다 더 중요한 독서 시간은 챙기지 못하는 모습을 보이는 것이지요.

그렇기에 저는 아이에게 영어몰입교육을 하지 않습니다. 영어 잘하는 엄마이지만 집에서 영어로만 대화하지도 않습니다. 오히려 한글책 읽기에 더 많은 시간을 보내고 있습니다. 학원에서 사용하는 미국 교과서, 독서 후에 문제를 풀어야 하는 온라인 영어도서관, 외국인과 영어로 대화하는 화상영어 서비스들 모두 조금의 관심과 비용을 들이면 쉽게 접근이 가능하지만 그것들에 많은 시간을 투자하지 않습니다. 이것들이 나쁜 것이 아니라 내 아이의 자발적이고 여유 있는 독서 시간에 방해를 받기 때문입니다.

어린아이가 또래보다 영어를 조금 더 잘하는 것은 장기적으로 봤을 때에는 크게 중요하지 않다는 것을 잘 압니다. 그러기에 저는 모국어의 그릇을 키워서 지식을 습득하고, 깊이 있는 생각을 할 수 있도록 집중하는 것이 더 필요하다고 말합니다.

저는 영어 선생님으로 살고 있지만 부모님들께 영어 독서보다 한글 독서를 더 많이 권합니다. 영어 독서도 반드시 필요하지만 시간과 에너지가 한정적이라면 한글 독서에 비중을 더 많이 두는 것이 중요하다고 말입니다.

유아기 나이에 맞는 영재성을 길러주는 반복 독서

만 3세 이전의 아이들은 대부분 특정 책에 집착을 보일 정도로 반복해서 읽는 것을 좋아합니다. 유아기에는 반복 독서가 정말 중요하기 때문에 아이가 특정 책만 좋아하는 것 같다고 해서 걱정할 필요는 전혀 없습니다. 자연스러운 발달 과정을 거치는 중이니까요.

물고 빨아도 괜찮은 헝겊 책부터 잘 구겨지지 않는 보드북, 글이 한두 줄밖에 없는 책까지 만 3세 이하 아이들에게 보여줄 수 있는 책은 무궁무진해요. 아이들은 집에서 쉬운 책을 많이 반복해서 보면서 모국어의 소리와 어휘를 차곡차곡 쌓게 됩니다.

저는 말 한마디 못하던 어린아이에게 한글책과 영어책을 가리지 않고 읽어주었어요. 아이는 부모의 목소리를 듣고, 책 속의 다양한 사람과 동물의 표정을 보는 그 시간을 정말 좋아했어요. 책에 관련된 좋은 기억을 쌓아준 후 관련된 책을 펼치면 자신이 알고, 재미있어하는 내용이 나왔기에 자꾸자꾸 펼쳐보고 싶게 했습니다. 많은 양의 언어를 습득하던 만 2세 전후에 아이는 몇 번이나 읽었던 책을 계속 반복해서 읽어달라고 했습니다. 읽어줄 때마다 정말 재미있어하면서요.

책 내용을 통째로 외울 정도로 많이 읽어주는 것은 아이의 단순한 일상에서 몇 되지 않는 욕구를 채워주는 과정이라고 생각하고 열심히 읽어주었습니다. 그래서인지 아이는 이후로도 꽤 오랫동안, 한 번 읽고 마음에 드는 책은 꼭 연달아서 한 번 더 읽어달라고 했습니다. 두, 세 번째 읽을 때에는 이야기를 파악하느라 미처 다 살펴보지 못했던 그림책의 요소들을 보느라 마치 처음 책을 읽는 것처럼 보았지요.

만 2세가 지나서도 반복 독서는 계속되었습니다. 네다섯 살 때는 자연 관찰 전집 중에서도 달팽이, 개미, 해바라기 책을 특히 좋아했어요. 외울 정도로 열심히 본 책들이 아이의 배경지식이 되어서 밖에서 개미를 만나면 개미 책의 내용을 줄줄 읊기도 했는데 이것은 이 나이대에만 볼 수 있는 순수한 영재성입니다. 저희 아이는 책을 통해 새로운 내용을 발견하고, 반복해서 읽으면서 저절로 외워져 체화하고, 그 배경지식을 바탕으로 새로운 호기심의 가지가 뻗어가는 것이 눈에 보였습니다.

창작 책을 반복해서 읽은 것은 말할 것도 없지요. 아이가 특히 좋아하는 창작 그림책의 특징은 정말 다양해요. 어떤 책은 그림이 예뻐서, 어떤 책은 긴장감이 있어서, 어떤 책을 깔깔 웃음이 나오는 재미있는 내용이어서 좋아합니다. 그림책을 반복해서 읽어가며 아이는 미적 감각을 키워가고 다양한 감정을 느끼고 유머를 배웁니다. 한두 번 읽고 지나치는 것이 아니라 반복해서 보았기에 가능한 것이지요.

저희 아이는 처음부터 자연 관찰 책을 좋아하지는 않았어요. 아이가 자라면서 관심사가 확장되고 집 밖의 자연도 경험하면서 동물과 식물 등 우리가 살아가는 자연에 대해 관심을 가지게 되었습니다. 징그럽다는 식으로 곤충 그림을 잘 보지 못하다가, 나이를 먹으면서 자연스럽게 관찰하게 되기도 하고요. 아이가 지금 당장 잘 보지 않더라도 전면책장에 책을 전시도 하고, 동물원에 다녀온 날 저녁에 동물 책을 꺼내보기도 하면서 자연스럽게 노출을 해주었더니 점점 흥미를 갖고 책을 펼쳐보게 되었습니다.

전집을 사면 완독을 몇 번은 해야 한다며 읽은 책에 스티커를 붙이거나, 아이가 반복해서 같은 책을 가져오면 읽지 않은 책을 가져오라고 하는 부모도 있다고 해요. 하지만 반복 독서를 막지 마세요. 유아기의 독서는 같은 책을 반복하는 것도 다독으로 봐주어야 하거든요. 반복 독서는 책의 내용과 그림과 정서를 내면화하여 상상력과 창의력이 자라는 시간입니다. 심리학자이자 발달 연구가인 콜버그에 의하면 학교에 들어가서 사회의 규칙을 습득할수록 상상력과 창의력은 급격하게 줄어들며 잠재되어 있던 영재성도 서서히 소멸한다고 합니다.

아이의 성향은 자주 바뀝니다. 제 아이는 무섭다는 이유로 꽤 오랫동안 괴물, 악어, 공룡이 나오는 책을 보지 않았어요. 하지만 당장 이런 종류의 책들을 모조리 치우지는 않고 가끔 꺼내서 보여주었어요. 싫어하면 치우고요. 그랬더니 다섯 살쯤 되어서 악어와 공룡 책을 편하게 보기 시작했고, 우스꽝스러운 괴물이 나오는 책을 까르르 웃으면서 보았습니다.

제가 아이에게 영어책을 처음 읽어주던 날, 아이는 엄마의 입에서 흘러나오던 익숙한 우리말이 아니라는 걸 깨닫고는 바로 책을 밀어버리더군요. 하지만 저는 아이가 영어책을 싫어한다고 단정 짓지 않았어요. 그러고는 며칠 뒤에 다시 아이와 함께 펼쳐보았지요. 어떤 날은 처음부터 끝까지 노래인 영어책을, 어떤 날은 아기 그림이 있는 영어책을 보여주었습니다. 그렇게 시간이 갈수록 아이의 눈빛은 달라졌고 아이가 좋아하는 영어책의 범위가 자꾸자꾸 넓어지는 것이 눈에 보였습니다.

부모가 아이의 변화를 알아채려면 집에 책이 있어야 해요. 우리집에 잠시 스쳐 지나가는 도서관 대여 책으로는 되지 않습니다. 앞에서 말씀 드렸듯이 도서관을 통해서는 다양한 책을 접할 수 있는 경험을 쌓는 것으로 이용할 수 있지만 그에 앞서 아이가 '내가 좋아하는 책'이라는 경험을 하려면 집에 책이 있어야 합니다. 그래야 아이가 책에 흥미를 갖고 스스로 꺼내서 읽기도 할 테니까요.

한 번은 유명 작가의 그림책을 한 권 샀는데 한동안 눈길도 주지 않았고 읽어주려 하면 싫다고 하더니 우연치 않게 한 번 읽고 나서는 엄청나게 좋아하게 된 일도 있습니다. 《우리는 언제나 다시 만나》라는 책이었는데 책의 감정을 오롯이 느끼려는 듯 책장을 넘기지도 못하게 한 후 그림을 오랫동안 바라보고, 특정 부분을 반복해서 읽어달라고 하기도 했어요. 아이가 나오는 부분은 꼭 자신의 이름으로 바꾸어 읽어달라고 했고 책의 마지막에서 엄마가 안아주는 장면에서는 우리도 꼭 끌어안아야 했습니다. 마치 엄마와 자꾸 끌어안는 마지막 부분이 좋아서 책을 반복해서 읽는 것 같다는 생각이 들었습니다. 앤서니 브라운의 《My Mum》과 《My Dad》 역시 책의 마지막 부분에 아이와 부모가 꼭 끌어안는 장면이 나오는데 아이가 우리말을 잘하지 못하던 때부터 이런 책들을 좋아했거든요.

아이가 책을 통해 감정을 배워가는 모습을 보니 마음이 뭉클했습니다. 그렇게 아이는 엄마의 말투와 느낌을 그대로 따라하며 자신의 삶에 스며든 책들을 혼자서 읽는 척하고는 했어요. 스스로 글자를 읽지는 못하지만 엄마가 반복해서 읽어준 책의 내용을 마치 읽는 것처럼 책장을 넘기며 말하고는 했습니다. 그렇게 자주 본 글자 위주로 소리를 내며 읽기 시작했더니 한글도 쉽게 떼었고요.

집에 어느 정노는 책이 있어야 책이 쉬운 물건이 됩니다. 마음대로 책장에서 빼서 방바닥에 널어놓기도 하고, 장난을 치면서 발로 밟기도 하고, 그렇게 놀이를 하면서 책 표지를 자꾸자꾸 보는 경험이 아이를 자라게 합니다. 아이가 책을 많이 꺼내서 보고 있을 때 거실이 지저분하니 정리해가면서 보라고 하는 부모님은 없으시겠죠? 아이가 책을 좋아하고, 혼자서 푹 빠져서 볼 때 다른 걱정 없이 책에 몰입할 수 있는 환경만 만들어주세요. 유아기의 아이들은 진도 걱정도, 숙제 걱정도 없습니다. 다른 아이와 비교할 것도 없고요. 그저 여유 있는 시간에 책과 편안한 공간을 만들어주면 아이가 금세 몰입하는 모습을 볼 수 있습니다.

잘 읽는 아이는 인생이 편하다

"잘 읽는 아이는 인생이 편하다."

이 문장을 보고 고개가 끄덕여지시나요? 오랜 시간 동안 아이들을 가르치면서 저는 절실히 느꼈습니다. 모든 아이는 타고난 기질, 성장환경, 배움의 속도, 좋아하고 싫어하는 것, 그리고 잘하는 것이 모두 다르지만 잘 읽는 아이가 살아가기에 편하다는 사실은 변함이 없습니다. 그리고, 잘 읽는다는 것은 다독과 정독의 경험을 쌓아 내용을 잘 파악하고 책을 자기 것으로 만드는 데에 익숙한 것을 말합니다. 다독하는 아이는 교과서나 참고서를 보아도 자신에게 필요한 정보를 능숙하게 골라낼 수 있습니다.

잘 읽는 아이는 읽기의 재미를 아는 아이입니다. 초등학교에 입학하여 첫 교과서를 받아들기 이전부터 책에 대한 좋은 경험을 많이 했을 것입니다. 책에서 만나는 다양한 인물의 서사와 유머, 교훈을 습득합니다. 책과 자신만이 존재하는 시공간의 몰입을 경험하지요. 그래서 잘 읽는 아이는 많이 읽습니다.

유년기에 자연 속에서 뛰어노는 몸 놀이만큼 중요한 것이 생각 놀이입니다. 나이에 맞는 그림책을 보며 감탄하고 생각하고 감동하는 사이 상상력과 창의력이 자랍니다. 아이들은 누가 시키지 않아도 '내가 공룡이라면, 내가 날 수 있다면, 온 세상이 핑크색이라면…' 하는 상상 놀이를 할 수 있습니다. 그런 놀이의 첫 재료가 그림책이라면 어떨까요? 생각이 깊어지려면 많은 경험이 필요한데 그림책은 그런 경험의 폭을 넓혀줄 수 있는 최고의 도구입니다.

잘 읽는 아이는 말귀를 잘 알아듣습니다. 간단한 메모이든 긴 글이든 주어진 글 안에서 핵심을 읽어내고 이해하는 능력이 빠릅니다. 초등학교에 일제고사가 없으니 시험 문제에서 출제자의 의도를 잘 파악해야 하는 것은 조금 먼 이야기처럼 느껴진다고 하더라도, 잘 읽는 아이는 당장 학교 칠판에서 매일 옮겨적어야 하는 알림장의 내용도 주어진 시간 안에 잘 베껴 쓰고 부모님께 잘 전달하지요. 학교 선생님의 이야기나 친구들과 벌어진 상황을 부모님께 잘 전달할 수 있고 친구들과 소통하는 것도 원활하게 잘 합니다.

잘 읽는 아이는 스스로 배우기도 합니다. 잔소리를 많이 듣거나 호된 꾸중을 들은 아이보다 책을 통해 스스로 배운 아이가 좋은 인성을 갖게 되는 것은 설명할 필요도 없지요. 옳고 그른 것을 분별하고 타인을 이해하기 때문입니다.

그런 아이들은 중, 고등학생으로 자라면서 주어진 많은 양의 정보 중에 나에게 필요한 정보만을 잘 골라냅니다. 모든 책을 정독할 필요도 없어요. 자신에게 필요한 정보를 빠르게 발췌독 할 수 있는 능력은 자주 읽고, 잘 읽고, 잘 이해한 아이에게만 있는 특기입니다.

결국 잘 읽어낸 아이가 표현도 잘합니다. 좋은 문장을 많이 읽은 아이는 필요한 순간에 적절하고 훌륭하게 잘 표현합니다. 자신이 가진 생각을 잘 표현해내는 뛰어난 작가나 영화감독들도 하나같이 자신의 힘은 독서라고 말하고요. TV 프로그램에서 인정받는 진행자 대부분도 독서가들입니다. 자신의 메시지를 전달하여 많은 사람의 마음을 움직이는 사람들은 대부분 말을 잘합니다. 조리 있는 말하기는 수없이 많은 문장의 습득과 사고력으로 이루어진 것입니다. 유튜버도 대본을 잘 다듬어 써야 완성도 높은 영상을 제작할 수 있고, 물건을 판매하려고 해도 상세페이지를 잘 써야 합니다. 가장 첫 글쓰기인 일기 쓰기에서조차 많이 읽은 아이가 쓸 것도 많아요. 내 이야기와 생각을 글로 어떻게 표현해야 하는지를 잘 알기 때문입니다.

잘 읽는 아이는 교과서도 잘 읽고, 말귀도 잘 알아듣고, 표현도 잘합니다. 그 결과는 꼭 좋은 성적을 받아 좋은 대학교를 가는 것뿐만이 아니라, 옳고 그름을 잘 구별하고 적절한 때에 맞는 말을 잘하는 성인이 되어 누구나 사귀고 싶고, 같이 일하고 싶은 사람이 됩니다. 추진력 있게 자신의 생각을 구체화할 수 있고, 논리적으로 생각하고 말하며, 설득력 있는 사람이 되는 것이지요.

잘 읽는 아이가 가장 완벽한 사람이 된다는 말은 아닙니다. 하지만 잘 읽는 아이는 삶을 즐길 수 있는 방법을 더 쉽게 찾고, 어느 누구와도 소통하는 데에 무리가 없으며, 많은 것을 보다 쉽게 배웁니다. 공부를 하든 장사를 하든, 혹은 예술가나 유튜버가 되든 자신의 삶을 주도적으로 이끌어 나갈 수 있는 것이지요. AI가 우리 삶의 많은 부분을 해결해준다고 하더라도 우리는 인간만이 할 수 있는 고유한 영역을 지켜낼 수밖에 없습니다. 기계와 프로그램보다 먼저 고차원의 생각을 하는 사람이 가치가 뛰어난 일을 할 수 있습니다.

학원을 다니지 않고 집에서 교과서와 책을 읽으며 공부를 했을 뿐인데 수능 만점을 받았다는 우등생의 이야기는 근거 없는 이야기가 아닙니다. 과목별 최고의 전문가들이 개념을 정리한 교과서를 정독하는 것이 고득점을 이끌었다는 것이고, 잘 읽을 수 있는 능력이 발휘된 것입니다.

잘 읽는 아이가 되려면 한글을 일찍 떼어야 하는 것은 아닙니다. 잘 읽는 아이가 되려면 책을 자주 만나야 하고, 책을 읽고 생각할 수 있는 여유 있는 시간과 체력이 필요하지요. 유년기의 시간을 학원이나 학습의 시간으로 채우기보다는 마음껏 뛰어놀고도 책을 읽을 시간과 체력이 남아있어야 합니다. 어른이 세운 계획대로 채워진 일정을 소화해야 하는 아이는 스스로 책을 읽을 마음이 들지 않을 것입니다. 아이를 위한다고 예체능 학원, 각종 문화 센터, 학습이나 숙제량이 많은 영어 학원 등을 다니느라 시간과 체력이 늘 부족한 나날을 보내고 있는 아이가 스스로 책장을 넘길 수는 없을 테니까요.

가장 편한 공간인 집에서, 자신이 원하는 놀이를 실컷 하고 나서 책장에 꽂혀있는 책을 읽어달라고 부모에게 조를 수 있도록 여유 있는 시간과 체력을 꼭 확보해주세요. 그리고 아이가 읽고 있는 책에 조금이라도 관심을 꼭 보여주시고요.

영어 아웃풋이 나오지 않는 세 가지 이유

아이에게 영어 그림책을 읽어주고 영어 영상을 보여주면서 부모는 자연스럽게도 아이가 영어로 말하기를 기대하고 기다리게 됩니다. 처음에는 영어 노래를 따라 부르는 것만으로도 신기하고 대견했는데 SNS 속 또래 아이들이 영어로 줄줄 말하는 모습을 보면 '내가 잘못하고 있는 건가…'라는 생각이 들면서 마음이 조급해지지요.

영어책을 많이 읽어주었더니 제법 사이트 워드도 눈에 익혀 간단한 책을 읽는 데까지는 왔지만 자연스러운 대화를 하면서 말하기는 다른 영역인 것만 같고요. 역시 부모가 집에서 영어로 대화를 해줄 수는 없으니 원어민을 만나게 해주어야 하는지, 그렇다면 화상영어라도 시켜야 하는지 누가 결정해서 알려주었으면 좋겠다는 마음이 듭니다.

집에서 영어 음원을 들려주고 있고, 아이가 입을 벌려 영어로 말을 하기를 기다리는 분들에게 도움이 될 수 있도록 우리 아이가 영어를 습득한 순서를 들려드리자면 다음과 같습니다.

① 영어 노래를 외워서 부르기 시작한다. 자주 읽었던 쉬운 책을 혼자서 읽는 척한다.

② 영어 영상에서 나온 문장을 생활 속에서 그대로 따라서 말한다.

③ 쉬운 단어와 사이트 워드로 이루어진 책을 읽는다. 이때에는 파닉스 규칙을 어느 정도 깨달은 것처럼 보였다.

④ 하고 싶은 말을 영어로 자유롭게 한다. 영어 문자에 관심을 많이 가지고 영어책 밖에서 보이는 영어를 자신 있게 읽는다.

위 내용에서 '영어'를 '우리말'로 대체해서 읽어도 전혀 이상하지 않습니다. 모국어를 습득할 때도 가족들의 말이나 자주 읽고 들은 책과 노래를 가장 많이 따라했고 귀와 입이 트인 지 한참 만에 문자에 관심을 가졌습니다.

저는 아이와 생활영어를 거의 하지 않습니다. 지금도 아이가 영어책을 읽거나 역할 놀이를 하면서 영어로 말할 때만 맞장구를 쳐주는 편입니다. 시간으로 따져보아도 하루 10분 미만이에요. 아이가 어렸을 때는 제 몸이 힘들어서 하지 못했고 아이가 영어 영상을 보기 시작하니 영상 속 캐릭터들이 저보다 훨씬 정확하고 빠르게 많이 말해주기 때문에 굳이 제가 애를 쓸 필요가 없었습니다.

영어 노래나 책을 통째로 외우는 경험 또한 반드시 필요한 과정이기는 하지만 우리가 기대하는 영어로 말하는 아웃풋은 영어 노래 따라 부르기가 아닌 모국어만큼 편하게 영어 영상을 보면서 알아듣고 원할 때 영어로 자유롭게 말하게 됩니다. 하지만 영어로 말을 할 동기가 충분하지 않으면 잘 알아듣는 아이도 말을 하지 않을 수 있습니다.

우리집 아이는 영어 그림책과 영상이라는 영어 재료에 지속적으로 노출이 되자 영어로 이런 문장들을 말하기 시작했습니다.

I made this castle. (내가 이 성을 만들었어요.)

It didn't work. Help me. (장난감이 작동하지 않아요. 도와주세요.)

How do we get there? (저기까지 어떻게 가요?)

I don't know what it is. (이거 뭔지 모르겠어요.)

This is the best chocolate cake, ever! (초코케이크 진짜 맛있어요!)

Is anybody in this room? (여기 아무도 없어요?)

It's a bit tricky. (실이 잘 풀리지 않아요.)

부모가 원어민이 아니고, 집에서 영어 대화를 거의 하지 않았음에도 끊임없는 영어 음원 노출만으로 이렇게 말하게 된 것입니다. 물론 아이들은 전부 다르고, 같은 인풋이 들어갔다고 해서 같은 아웃풋을 보여주지는 않습니다. 하지만 영어 노출을 하고 있는데 아이가 말을 하지 않는 경우는 다음 세 가지 이유 때문일 수 있습니다.

① 두 번째 언어를 발화하기에 아이가 너무 어리다.

아이가 서너 살이 되면 우리말을 아주 잘하기 때문에 대여섯 살 되는 아이가 영어 노출 몇 개월만 해도 영어로 말을 잘하게 될 것이라고 기대하게 됩니다. 하지만 아이의 영어 나이는 아이가 꾸준히 영어 듣기를 처음 시작한 시점부터 세어야 해요. 다섯 살에 영어 듣기를 시작했다면 그 아이의 영어 나이는 0세입니다.

매일 매일 우리말 듣듯이 영어 듣기를 2~3년 이상은 해야 영어로 입을 뗄 수 있습니다. 너무 어릴 때 엄마표 영어를 시작하면 부모의 마음이 지칩니다. 언어가 빠른 다른 아이들과 비교하게 됩니다. 기대를 갖고 아이를 바라보면 아이가 더디게 느껴지고 책과 영상을 보여주는 엄마표 영어 과정을 자꾸 의심하게 됩니다. 자꾸 학습을 추가하게 되고 영어 학원에 보내고 싶은 마음이 듭니다. 하지만 책상에 앉아 읽기와 쓰기를 배우는 영어 공부는 학습할 준비가 된 초등 이후에 해도 절대 늦지 않습니다.

엄마표 영어를 하신 분들은 하나같이 "우리 아이의 영어는 학습이 아니라 습득이었다."라고 말합니다. 모국어를 배우듯이 자연스러운 과정으로 영어를 습득할 수 있도록 영어 재료를 공급했을 뿐이라는 이야기이지요.

짧은 시간 안에 아이가 영어로 읽고, 쓰고, 말하기까지 기대하는 것은 흙 아래에 있던 씨앗이 움터 흙 위로 올라오기까지의 시간을 기다리지 못하고 흙을 파헤쳐 살짝 고개를 들고 있는 새싹을 손으로 잡아 끌어올리는 격입니다. 서로에게 큰 스트레스가 될 뿐이지요.

아이 나이가 7세라고 해서 영어 나이 7세는 아니겠지요. 유아에게 영어 소리를 노출하기 시작했다면 영어 나이 2~3세가 될 때까지는 아웃풋에 대한 기대를 하지 않는 것을 권합니다. 어찌어찌 입을 뗐다고 하더라도 아이의 성향에 따라 말하기 아웃풋은 천차만별 다를 수밖에 없다는 것도 꼭 인지해야 하고요.

② 충분한 양의 영어 소리를 듣지 않았다.

우리나라는 인위적으로 언어를 노출하지 않으면 영어 소리를 듣기 힘든 환경입니다. 아이의 영어 귀가 트이려면 아이가 아는 소리를 많이 들어야 합니다. 읽었던 책이나 보았던 영어 영상의 음원, 노래 등을 많이 들어야 합니다.

제가 《확신의 엄마표 영어》 책을 통해서 1단계 영어 그림책 듣는 독서, 2단계 흘려듣기, 3단계 영어 영상으로 진짜 영어를 많이 듣기를 강조했는데 이 방법을 천천히 실행하면서 아이의 생활 루틴이 되게 하는 것이 가장 좋습니다.

아이가 5~7세일 때에 충분한 영어 듣기의 양은 얼마 정도일까요? 기준을 세울 수 있게 정해드릴게요. 하루 한 시간 이하로 영어 영상을 볼 수 있는 시간을 확보해주세요. 흘려듣기 30분을 확보하고 아이가 좋아했던 영상, 읽었던 책의 음원을 들려주세요. 이 정도의 시간도 없다면 아이의 일과를 조금 더 단순하게 할 방법을 찾는 것이 좋습니다.

③ 짧고 쉬운 영어책이 집에 없다.

집에는 아이가 골라서 읽을 수 있을 정도의 짧고 쉬운 영어책이 있어야 합니다. 그림도 단순하고 내용도 쉬운 그림책, 아이가 외울 수도 있을 법한 만만한 내용의 리더스북, 너무너무 웃기고 재미있는 책들까지 다양하면 좋지요. 다른 사람이 추천해서 공동구매한 책 말고 내 아이가 좋아하는 내용의 책이 집에 있어야 합니다.

영어 듣기 초반에는 아이들이 좋아하는 주제의 책이 필요합니다. 아직 취향이라는 것이 분명하지 않은 5세 이하 아이에게는 덩치 큰 전집 한 세트 혹은 영어 그림책 한두 권으로 아이의 취향을 파악하려고 하기 보다는 아이와 함께 도서관을 방문해서 빌려오거나 한두 권씩 구입하면서 여러 가지 주제의 책을 노출해보세요.

이번 달에 안 보면 다음 달에 또 보여주면서 아이의 취향을 찾아가고, 새로운 주제의 책도 더해가면서 보여주면 쉽습니다. 처음 구매하는 영어책은 짧고 쉬워서 부모가 읽어주기 편한 걸로, 노래가 있어서 외우기도 쉬운 것으로 준비하면 실패가 적습니다.

그림책을 어떻게 골라야 할지 모르겠다면 온라인 원서 쇼핑몰의 베스트셀러 코너를 둘러보세요. 많은 아이와 부모에게 인정받은 베스트셀러 표지와 내용설명을 둘러보세요. 베스트셀러 중에서 우리 아이가 좋아할 만한 책을 고르면 됩니다. 쿠팡에서 장을 보는 것만큼 어렵지 않아요. 일단 사보면 됩니다.

영어 그림책이 집에 별로 없는데 자꾸 "우리 애는 영어를 낯설어하고 싫어해요. 어떻게 해야할지 모르겠어요."라고 말할 수는 없습니다. 저희 아이는 그림책도 많이 좋아했지만 짧고 쉬운 리더스북을 정말 좋아했어요. 노부영 JFR과 노부영 런투리드를 중얼중얼 따라 부르고 스스로 읽는 척을 했습니다. 서너 살 쯤의 아이가 어설픈 손놀림으로 책장을 과격하게 휙휙 넘겨도 도서관에서 빌린 책이 아닌 내 책이고, 아이가 영어책과 친해지는 과정이었기 때문에 괜찮았습니다. 거실에서 놀다가도 자꾸 전면책장에서 표지가 보였던 책, 아이가 좋아하는 캐릭터가 나오는 책들이 결국 아이가 가장 사랑하는 책이 되었습니다.

순서나 체계가 없어도 괜찮아요

저는 아이에게 책을 많이 읽어주는 엄마였지만 하루에 몇 권을 읽어주어야 한다는 규칙 같은 것은 세워두지 않았습니다. 하루에 한두 권을 읽는 날도 있었지만 서른 권이 넘는 책을 읽어준 적도 있습니다. 물론 하루에 서른 권이 넘는 책을 읽은 날은 당연히 정말 얇고 짧은 책이었을 것입니다.

아이가 첫 돌이 지날 무렵부터 한글책과 영어책을 구분 없이 읽어주기 시작한 것은 정말 잘한 일이었다고 생각합니다. 저는 아이에게 책을 읽어주는 시간을 엄마의 습관, 해야 할 일, 하루의 루틴으로 삼았습니다. "영어책 보자!"라든지 "이건 영어로 뭐야?"와 같은 말을 하지 않았기에 다섯 살이 되어 유치원에서 영어 선생님을 만나 영어 수업을 하게 될 때까지 아이는 '영어'라는 단어조차 몰랐습니다.

"영어 강사 엄마라서 다른 엄마들보다 훨씬 더 체계적으로 엄마표 영어를 할 수 있겠다!"라는 이야기를 듣지만 실상은 전혀 그렇지 않습니다. 엄마표 영어야말로 체계가 없어도 됩니다. 유아 영어 영역에서 '체계적인'이라는 단어를 붙이는 곳은 프로그램 개발비 때문에 지나치게 높은 가격을 책정하고 있는 유아 영어 프로그램 회사와 영어 유치원뿐입니다. 수백만 원의 비용을 들여서 유아 영어 프로그램을 사고, 그들이 말하는 체계적인 프로그램만 따라가면 아이의 영어가 완성될 것 같은 광고 문구에 어머님들 마음이 흔들립니다. 하지만 이것은 무언가를 판매해서 수익을 내야 하는 사람들의 이야기입니다.

아이들의 언어 발달 수준과 문자에 관심을 갖는 시기는 모두 다릅니다. 그렇기에 특히 유아들은 수업 시간에 사용하는 획일화된 교재로 모든 아이가 같은 효과를 보기 힘듭니다. 재미도 없고요. 우리말을 배울 때도 내 가족이 쓰는 말을 가장 먼저 배우듯이 영어도 환경에 따라 좌우됩니다. 옥토넛을 좋아하는 아이와 공주 이야기만 좋아하는 아이가 있다면 각자가 좋아하는 분야의 단어들을 더 빨리 잘 익히게 되겠지요.

저는 가까운 거리를 여행할 때도 낯선 나라를 여행할 때도 지도 보는 것을 좋아합니다. 부분보다는 전체를 보면서 동선을 생각하고, 내가 가고 싶은 곳의 구석구석을 미리 알고 싶은 마음 때문이지요. 실수나 오차가 없는 완벽한 여행을 바라는 것은 아니지만 그렇게 해야 내 마음이 편안하다는 것을 깨달은 경험의 결과입니다. 책을 읽기 전에도 저는 책의 목차를 꼼꼼히 읽습니다. 목차는 책의 지도와 같은 역할을 하니까요. 책을 구입하기 전에 서문을 먼저 읽어보기도 합니다. 목차와 서문을 살피면 글쓴이의 의도와 앞으로 읽게 될 책의 전체적인 내용을 가늠해볼 수 있기 때문입니다. 나에게 필요한 정보인지, 내가 이 책에 기대할 것은 무엇인지 생각하면서 책 읽기를 시작할 수 있어요. 그런데, 자녀 교육을 할 때도 이런 지도나 목차가 있으면 좋을까요? 유아 교육 전문가들이 쓴 책의 목차대로 아이를 교육하면 육아는 더 쉬워질까요? 초등학교 영어 교과서를 살펴보면 학습 과정이 정해져 있긴 하지만 영어의 습득과정은 그렇게 레벨과 학년이 정해져 있지 않습니다.

우리집 영어는 굉장히 단순했습니다. 어릴 때부터 영어책과 한글책의 수준과 양을 비슷하게 보여주었습니다. 간단한 단어가 나오는 책부터 시작해서 점점 아이가 이해할 수 있는 수준으로 넓혀갔습니다. 전집으로 구매한 책을 한 권도 빠짐없이 활용하기 위해서 전집 진도표를 따르는 독서법은 하지 않았고, 하루에 꼭 읽어야 할 분량을 정하지도 않았습니다. 육아와 일만 해도 너무 벅찬 저는 독후활동을 해서 기록으로 남기거나 매일 독서 인증샷을 찍지도 않았습니다. 매일 아이가 읽은 책을 기록하고 사진으로 남기는 어머님들의 부지런함이 부럽기는 했지만 하루에 몇 권 읽었고 어느 활동을 했는지가 중요한 것이 아니라 조금씩, 꾸준히 해나가는 것이 더 중요하다고 생각했기 때문입니다.

체계가 없는 것은 엄마표 영어의 가장 좋은 점이라고 생각합니다. 정해진 단계와 다음 진도가 기다리지 않기 때문에 아이는 자유롭게 언어를 습득하는 모습을 보여줍니다. 학습시키지 않고 습득을 도왔기에 아이는 스트레스 없이 영어를 지속해올 수 있었고요. 아이가 아는 것을 확인하고 싶기도 했지만 그러지 않았습니다. 좀 더 길어진 글밥의 그림책을 잘 듣고 있는 아이의 모습을 보거나, 재미있게 영어 영상을 보는 모습으로 영어 수준을 짐작했을 뿐입니다.

아이가 5세가 되면서 저는 《브레인 퀘스트》Brain Quest Deck 라는 질문 책을 통해 아이에게 영어로 질문을 하는 시간을 갖기 시작했습니다. 사실 일상생활에서 비원어민인 부모가 영어로 묻고 답할 수 있는 대화는 한정적일 수밖에 없는데 《브레인 퀘스트》는 영어에 자신이 없는 부모라도 어렵지 않게 질문을 하고 아이는 그림을 보며 대답할 수 있는 책이에요. 카드를 넘기며 주어진 질문을 하고 아이는 소리를 듣고, 그림을 보면서 답을 말해볼 수 있기 때문에 엄마와 함께 게임을 하는 식으로 활용하기 좋습니다. 단계별로 나와 있어서 아이의 실제 나이가 아니라 영어 나이를 생각해서 고르면 되고요.

꼭 짜인 커리큘럼이 없어도, 이렇게 다양한 방법을 이용하면 서로 스트레스 받지 않으면서도 집에서 영어를 익힐 수 있습니다. 그리고 학습지나 교재, 또는 수업으로 일주일에 몇 시간씩 잠깐 만나는 영어가 아니라 아이의 삶의 일부가 되어버린 엄마표 영어가 아이를 영어의 바다에 빠지게 했습니다.

엄마의 '라이프 미니멀'

요즘 '미니멀 라이프'라는 말이 유행이지요. 미니멀 라이프라는 말을 들었을 때에는 아마도 제일 먼저 모델 하우스처럼 텅 빈 공간에 간결하게 꾸민 집을 떠올리셨을 것 같습니다. 모두가 꿈꾸는 정돈된 집의 모습이죠. 물건과 공간을 미니멀하게 만들어 삶의 스트레스를 줄이는 미니멀 라이프를 한 번쯤 꿈꾸어 보신 분들 많으실 거예요. 불과 몇 년 전의 저는 정리를 잘 하지 못해서 어떤 물건이 어디에 있는지 모르고 분명히 집에 있는 물건인데 또 구매하는 일도 있었습니다. 당연히 그에 따른 스트레스도 따라왔고요. 하지만 저에게 있던 진짜 문제는 물리적인 공간을 정리하는 것에 그치는 것이 아니었습니다. 제 마음이라는 공간이 항상 시끄럽고 비좁고 외로워서 작은 스트레스에도 일상이 무너지고 달콤한 모든 것에 쉽게 중독되어 있었습니다.

저는 근무 시간이 길고 출장이 잦은 남편 때문에 제가 아이를 낳게 되면 독박 육아를 할 것이라는 사실을 이미 알고 있었어요. 하지만 독박 육아라는 것은 예상했던 것보다 훨씬 더 매운맛이었고 어려움을 만날 때마다 저는 이리저리 쉽게 흔들렸습니다.

　외로움과 괴로움이 섞인 설명할 수 없는 마음으로 남편이 퇴근하기만을 기다렸고, 일하느라 지친 남편이 현관에 들어서자마자 무지막지하게 쏟아냈습니다. 어떤 날은 울음을, 어떤 날은 욕을, 어떤 날은 얼음장처럼 차가운 말들을요. 돌아보면 긴 시간 일하고 돌아와서 늘 우울한 아내를 만나야 하는 제 남편이 더 고역이었겠다는 생각을 하지만 그때는 그런 생각을 할 여유가 전혀 없었습니다. 저와 동갑인 남편이 직장에서 승진을 하고 연봉도 오르는 동안 아이와 집에만 있어야 하는 내 모습을 마주하기가 힘들었습니다. 아이가 두 돌이 지나서 제가 다시 새로운 일을 막 시작했을 때에는 갑자기 코로나가 찾아왔고 결국 저는 제 의지와 상관없이 더 심한 고립에 처했습니다.

　아이는 순한 기질을 타고나서 먹기, 놀기, 잠자기에 큰 어려움이 없었어요. 그런데도 저는 아이가 조금만 저를 힘들게 하면 말도 못 하는 어린아이 앞에서 때때로 소리를 지르고, 울고, 차마 아이를 때리지는 못해서 제 몸을 치며 괴로움에 몸을 떨었습니다. 아이를 마구 때리는 상상도 여러 번 했습니다. 어린아이의 자유로운 행동과 사소한 요구에도 자연스럽게 반응하지 못하고 삐걱대는 나, 쉽게 불안해하는 나, 아이의 조그만 거절에도 쉽게 상처받는 나. 어려운 것도 아닌데 아이의 요구를 들어주기 힘든 나의 모습을 스스로도 이해할 수 없었지요. 그러는 중에도 나의 체력이 괜찮은 낮 몇 시간 동안에는 아이가 너무 사랑스러워 하루 종일 아이의 사진을 찍고, 책을 읽어주고, 노래를 불러주었지요. 스스로 생각해도 다중인격자 같았습니다.

저의 문제는, 과거에서부터 시작되어 있었습니다. 맞벌이하는 부모님 아래에서 삼 남매 중 첫째로 자란 저는 어머니께서 어린 막냇동생을 돌봐야 한다는 이유로 초등학교 1학년 이후로 머리를 기르지 못했어요. 머리를 기르면 아침마다 머리를 묶는 데에 시간이 걸리기 때문이었겠지요. 미용실에 가서 "짧은 단발로 잘라주세요."라고 말하는 어머니를 보며 저는 무력감을 느꼈고, 기본적이고 사소한 나의 욕구를 표현할 수 없는 분위기에서 자랐습니다. 식당에 외식을 하러 가더라도 나의 기분이나 먹고 싶은 것을 말로 표현하기보다는 모두의 평화를 위해 부모님께서 정해주신 음식을 정해준 만큼 먹어야 했지요.

어린 저는 원하는 것을 말하지 못하고 어른의 명령에 순응하는 아이로 살았습니다. 평범해보이는 가정에서 자랐지만 배려받지 못한 상처받은 내면 아이를 그대로 지닌 채 어른이 된 것이지요. 사회생활을 하면서 나의 상처받은 내면을 감추는 것은 어렵지 않았습니다. 내면을 다 보여주지 않아도 친구나 동료와 잘 지낼 수 있었고 사람들과 섞여서 주어진 일을 해낼 수 있었습니다. 하지만 나의 본성과 의지를 내려놓아야 하는 양육자의 입장이 되고 나니 내가 다 돌보지 못한 채 시퍼렇게 살아있던 내면의 어린아이가 슬며시 고개를 들었습니다. 잊었다고 생각했던 상처와 우울한 기억들도 살아났습니다. 항상 억울했고 우울했던 내면의 어린아이가 있었습니다. 나의 상처는 주머니 맨 아래에 뾰족한 가시로 존재했지만 저는 오랫동안 알아차리지 못하고 살아왔던 것입니다.

저는 제 아이도 제가 그랬던 것처럼 주는 대로 먹고, 부모가 하자는 대로 움직이기를 바랐습니다. 내가 부모에게 굴복 당했던 만큼 나도 아이를 굴복시키고 싶은 본성이 나도 모르게 올라왔습니다. 내가 우울할 때는 약자인 아이에게 쏟아내고 싶은 욕구가 일었지요.

아이를 키우면서 자꾸 나오는 어렸을 때의 기억으로 아이에게 상처를 주는 것은 물론이고 저의 정신 건강에도 해로운 것 같아서 무서웠습니다. 그리고 이런 모난 마음을 영원히 가지고 살 수는 없다고 생각했습니다. 엄마는 아이의 절대적인 세계이자 우주가 되는 존재인데 나를 치유하지 못한 채로는 아이에게 같은 상처를 주며 나와 같은 존재를 한 명 더 만들어내는 것 같았어요. 그런 일은 절대 일어나지 않게 해야겠다고 다짐했습니다.

내 부모와 나의 유년 시절을 이해해보려고 많은 시간 혼자 고민하며 끙끙 앓았습니다. 결국 저는 이 문제를 가지고 심리 상담을 받았습니다. 상담 선생님들과 이야기를 나누며 스스로의 마음을 읽어보았습니다. 상담 선생님께서는 본인이 실제로 가정 폭력을 당하지 않았어도 어릴 적 느낀 수치심과 분노가 나도 모르게 폭력의 욕구로 표현될 수도 있다고 하셨습니다. 상담을 통해 하나뿐인 아이를 정말 사랑하면서도 아이의 자유로운 행동과 사소한 요구에 순간적으로 욱하는 감정이 올라왔던 것은 어릴 적 제 자신이 온전히 받아들여지는 경험을 해보지 못했기 때문이라는 것을 알았어요.

저는 관련 책을 읽고 지속적으로 상담도 받으며 스스로를 적극적으로 돌보았습니다. 부모님이 싸우실 때 내 잘못이 아닌데도 죄책감을 느낀 것, 작은 일에도 쉽게 불안을 느끼는 것, 가족에게 따뜻한 말을 건네지 못하는 것은 내가 경험한 세계만큼 나의 무의식에 새겨진 것들이 표출되는 것일 뿐 나의 단점이나 잘못이 아니라는 걸 알게 되었습니다.

이후에 저는 마음의 평온을 찾을 수 있었고 그 후로는 육아가 참 편해졌습니다. 누군가 저에게 "아이가 온순하니까 집에서 책도 읽어주고 영어도 가르쳐줄 수 있는 것 아닌가요?"라고 물었습니다. 하지만 그렇지 않다는 것을 스스로 잘 알고 있습니다. 늘 이유와 과정의 확실함을 원했고 '마음 먹기 나름'이라는 말을 제일 싫어했던 제가 '마음 관리'를 해보니 너무 좋았습니다. 내 삶과 마음을 조금만 더 미니멀하게 가꾸면서 나도 모르는 나의 지난 상처와 무의식을 돌아보고 감정을 선택하며 매 순간의 감동과 감사를 느낄 수 있게 되었습니다. 아이를 낳고 나서 제가 겪은 어려움을 극복한 것을 저는 '라이프 미니멀'이라고 이름 붙였습니다. 늘 과거에 매여 있던 복잡한 제 삶은 훨씬 단순하고 명료해졌지요.

저는 아이가 네 살이 되던 해에 시간과 에너지와 비용을 지불하면서 그동안 제가 애써 모른 척하고 살아가고 있던 어둠을 꺼내어 쓰다듬어 주었습니다. 나의 존재 자체를 하루아침에 완전히 바꿀 수는 없었지만 노력의 시간이 지나니 꽤 홀가분해지는 기분을 느꼈습니다. 더이상 과거에 얽매이지 않기로 결심하고 스스로 감정을 선택하기로 했지요. 그동안 쌓인 부정적인 에너지는 내 잘못이 아님을 인정하게 되었고 스스로에게 연민이 아닌 축복을 건넸습니다. 남편에게 "네 잘못이 아니야."라고 말해달라고 부탁하기도 했습니다. 그렇게 내 인생 전체를 관통했던 '죄책감', '불안'이라는 감정의 짐을 많이 내려놓을 수 있게 되었습니다.

이후의 육아는 예전에 비하면 굉장히 편해졌습니다. 이제는 아이가 채소와 과일을 먹지 않아도, 내가 만든 반찬을 거부해도, 낯을 많이 가려 할머니를 섭섭하게 해도, 이웃을 마주쳤을 때 인사를 하지 않아도 죄책감에 시달리지 않습니다. 욱하는 마음이 갑자기 올라와서 아이가 미워 보이지도 않습니다. 아이의 어떤 모습도 엄마인 저의 잘못이 아님을 잘 알기 때문입니다.

제 자신을 미워하고 괴롭히는 것을 멈추기로 하고 나니 아이를 무조건 사랑할 수 있게 되었습니다. 내가 존중받고 싶었던 만큼 아이를 존중하기로 했던 저는 부드러운 어조로 존댓말을 섞어가며 아이와 대화합니다. 아이도 저에게 존댓말을 많이 하는 편이고요.

육아서를 읽으면서 아이들은 혼내는 것이 아니라 가르쳐줘야 한다는 걸 배웠습니다. 정말로 아이에게 차분하게 설명해주니 더 이상 소리 지르거나 혼낼 일이 거의 생기지 않더라고요. 아이의 습관이나 성격 중에 마음에 들지 않는 부분이 있어도 억지로 수정하게 하지 않고 기다려주었습니다. 그랬더니 자신만의 속도대로 특정 습관을 고쳐가는 아이를 볼 수 있었습니다.

나를 돌보고 나니 애써 누군가에게 인정받으려 하거나 눈치를 보게 되는 관계를 미련 없이 정리할 수 있게 되었습니다. 사람과의 관계에서 정서적인 소모를 많이 겪어왔던 제가 이 영역을 정리하고 나니 하루하루는 감사할 거리로 넘쳐났습니다. 내가 매일같이 편안히 누울 수 있는 침대가 있다는 사실에도 감사했습니다. 내가 나의 모습 그대로를 인정하고, 남의 모습 그대로를 존중하니 쓸모없는 질투는 사라졌습니다. 누군가 나를 질투해도 기분 나쁘거나 하지 않습니다. 남이 나에게 질투할 만한 거리가 있다는 사실이 오히려 자랑스럽게 느껴지기도 합니다.

어떤 책에서 '돈은 인격적인 존재라서 내가 돈을 미워하면 돈이 나를 따라오지 못한다.'라고 하는 글을 봤습니다. 처음에는 코웃음을 쳤지만 지금은 그 말을 인정합니다. 지금 저는 늘 '없다, 부족하다'에만 초점을 맞추어서 꼭 필요한 소비를 할 때에도 죄책감을 가지던 지난날의 제 모습에서 벗어나는 중입니다. 예전에는 덩치 큰 소비는 하지 못한 채 자잘하고 예쁜 쓰레기들을 서랍 가득 모으면서 잠깐의 기분을 냈었지만 현재는 열심히 일하는 남편과 내가 있다는 사실에 대해 감사하게 되었고 그리고 나니 '인격이 있다'는 돈을 인정하게 되었습니다.

아이를 낳고 외벌이가 되어 2년 이상의 시간을 보내게 되었는데 그 규모에 가정생활이 맞추어졌고, 맞벌이를 하게 된 이후에 들어오는 제 수입은 모두 저축하게 되었습니다. 함부로 새로운 물건을 사지 않게 되었고, 대체할 것은 없는지, 예쁜 쓰레기는 아닌지, 지금 꼭 구매해야 하는지를 따지게 되는 현명한 소비를 하게 되었지요. 신혼집을 떠나 두 번째 보금자리는 평수는 넓어졌지만 필요 없는 가구는 오히려 더 줄어서 공간을 누리며 사는 것이 무엇인지 이해하게 되었습니다. 방은 세 개인데 두 개의 방에는 짐을 쌓아두고 살았던 과거에는 누려보지 못했던 마음의 여유를 얻었습니다.

워킹맘이 되면서 지출도 함께 늘리기만 했다면 내가 일할 수 있는 것에 대한 감사도 없이 또 다른 소비의 굴레에 빠졌을지도 모릅니다. 아이가 어렸을 때부터 꾸준히 부부의 소비를 관리하고 저축을 해본 경험은 누구도 가르쳐줄 수 없는 우리만의 귀한 경험이자 앞으로를 살아갈 수 있는 힘이 되었습니다. 신용카드를 사용하지 않고 살면서 우리 가정의 예비비만 사용했지만 아이에게 보여주고 싶은 책을 많이 구입할 수 있었습니다. 감당하기에 비싼 책은 중고로 구매하고, 중고로 구매하기 힘들지만 꼭 필요한 것은 일시불로 구매했지요.

나를 돌보지 못했던 자신과의 화해가 있고 난 후 저는 언제나 불안하기만 했던 감정까지 미니멀하게 정리가 되었습니다. 물론 완벽하지는 않습니다. 지금도 자주 흔들립니다. 하지만 더 이상 그것들이 나를 다 삼킬 때까지 주저앉아 당하지만은 않게 되었고, 남편과 건강한 대화를 할 수 있고, 더 이상 다른 사람 탓을 하지는 않게 되었습니다.

사랑하고 아끼는 아이를 키우는 것이 어려운 이유는 아이를 키우면서 반드시 자신의 상처를 만나게 되는 지점이 있기 때문이라고 합니다. 제가 음식을 남기는 세 살 아이를 참을 수 없었던 이유는 음식을 함부로 대한다고 생각했기 때문이었어요. 또한 제 기분과 상관없이 무조건 주어진 밥을 다 먹게 했던 부모님에 의해 음식에 대한 상처가 있었고요.

엄마표 영어에 관심을 둔 양육자가 영어 그림책을 읽어주기 힘든 이유는 무척 다양합니다. 양육자의 마음속에는 부모와 독서 시간을 갖지 못했던 것에 대한 상처, 영어 공부를 열심히 했지만 실력이 오르지 못했거나 영어 때문에 무시를 당했던 경험, 혹은 영어 때문에 승진에 실패했던 경험, 책을 살 때 필요한 돈에 대한 상처가 있을 수도 있고요. 애써 무시하며 살아왔던 정리되지 못한 과거의 모습을 이겨내지 못해서 아이를 키우는 내 삶이 엉망인 것만 같은 기분이 들지요. 제가 그랬습니다.

　"저는 시간이 없어서 엄마표 영어를 못 해요."라고 말하는 부모님도 있겠지만 사실은 부모의 삶과 마음이 너무나 복잡하면 아이에게 책을 읽어주기조차 힘들 걸 수도 있습니다. 아이를 존재 자체로 바라보기도 힘이 들지요. 그럴 때에는 나의 마음과 공간을 미니멀하게 만드는 것만으로도 충분히 효과가 있습니다. 저처럼 과거의 상처에 갇혀 아이의 아이다움을 받아들이지 못해 속이 썩어들어가는 분도 있겠고, SNS나 유튜브, 쇼핑에 중독되어 시간을 낭비하고 있는 분도 있겠고, 아이의 학습적인 면에 지나치게 민감하거나 둔감한 분도 있을 수 있습니다. 하지만 괜찮습니다. 나의 약점, 상처, 상황을 인지한 것만 해도 절반은 극복한 것이나 다름없습니다.

　타인과 비교하는 마음으로 힘든 분이라면 SNS 어플을 삭제하거나 소모적인 모임에 나가지 않는 간단한 행동으로도 삶의 미니멀을 찾을 수 있고, 집에 너무 많은 물건을 가지고 살아가는 분이라면 공간 정리 전문가의 컨설팅을 받을 수도 있습니다. 저처럼 깊은 상처를 치유하고 자신과의 화해가 필요한 분들은 상담 전문가의 도움이 필요할 수도 있고요. 비용을 지불해서 대면 상담을 받을 수도 있고 책과 유튜브, 영상 강의 등 다양한 매체를 활용해도 좋습니다.

　현재 저희 집 거실에는 TV도 있고 여느 집과 마찬가지로 장난감과 책이 나와 있습니다. 흔히 '책 육아 인테리어'라고 하는 서재형 거실도 아니고 모든 것이 정돈된 깔끔한 집은 아니지만 내 삶과 마음의 공간이 미니멀해졌기 때문에 육아는 아주 많이 편해졌습니다. 아이와의 관계도 좋습니다. 나의 상처를 치유하고, 아이를 잘 키우고 싶어서 출발한 나의 '라이프 미니멀'은 공간, 시간, 관계, 소비, 양육에까지 영향을 미쳤습니다.

아이를 낳아 키우면서 우리는 삶의 전 영역에 대한 고찰이 일어나게 됩니다. 나는 어떤 사람인가, 나는 무엇을 추구하고 무엇을 두려워하며 아이를 어떻게 키울 것인가에 대한 고민이 생깁니다. 이런 고민의 시간은 힘들고 회피하고 싶지만 꼭 필요합니다. 아이를 키운다는 것은 한 사람의 몸과 마음을 동시에 잘 키워내야 하는 중요한 과업이니까요.

아이 양육법에 관해서는 반드시 부부가 함께 대화하기를 권합니다. 조금 더 성숙한 한 사람이 배우자를 위로하고 끌어올려줄 수도 있습니다. 육아는 원래 비효율적이고 나의 본성을 거스르고 힘이 들지만 이런 과정을 통해 당신의 육아가 조금 더 편해지셨으면 좋겠습니다.

성공하는 책 육아맘의 공통점 따라 하기

요즘은 책은 물론이고 블로그나 인스타그램, 유튜브 등을 통해서 다른 가정이 어떻게 육아를 하는지 엿볼 수 있습니다. 엄마표 과학 놀이, 미술 놀이, 몬테소리 등 엄마들의 활약은 정말 대단하지요. 대부분은 아이도 좋아하고, 교육적이기도 하고, 아이와 시간을 보내기에도 참 좋습니다. 저도 스마트폰의 스크롤을 쭉쭉 내리며 많은 게시물을 살펴보다가 내가 할 수 있을 만한 것 열 가지를 저장하고, 그중 한 가지를 겨우 따라하고는 합니다.

많은 사람이 이제는 저처럼 온라인 이웃들의 육아 방법을 참고하여 실행해보는 데에 익숙합니다. 특히 자녀의 독서와 학습에 대한 정보를 블로그와 SNS로 꾸준히 공유하는 엄마들이 있고, 저도 그런 선배 엄마들을 많이 팔로우하고 있습니다. 그런 엄마들의 글은 오히려 아동학이나 교육학 박사가 아닌 평범한 주부들이 쓴 현실적인 이야기이고 전문용어 없이 쉽게 쓰인 글이어서 읽기도 쉽고 배울 점이 더 많다고 느끼기도 합니다. 그리고 엄마표 영어와 책 육아를 통해 훌륭한 열매를 맺은 분들은 하나같이 아이와의 관계도 좋았습니다. 사춘기 나이의 자녀와 부러울 정도로 잘 지내는 분들이 많았어요.

제가 엄마표 영어에 대해서 처음으로 알게 되고 저희 아이에게 실행할 수 있었던 이유도 이런 선배 엄마들의 기록과 책들 덕분입니다. 제가 이런 선배 엄마들의 블로그와 책을 보면서 공통점을 발견했습니다. 최소한 이런 것은 지키더라, 이것은 절대 안하더라 하는 것들이요. 저도 늘 이것들을 기억하고 지키려고 노력하고 있습니다.

① TV 흘려듣기를 하지 않습니다.

아이들이 집에 있을 때는 TV 소리를 배경 음악으로 틀어놓지 않습니다. 양육자의 눈과 귀가 TV로 향해 있는데 아이는 스스로 책을 읽을 거라는 기대를 할 수는 없습니다. TV는 설탕과 같아서 나도 모르는 사이에 내 생각과 신경에 녹아듭니다. 의식하지 못한 채 중독되기 쉽고, 나의 관심사가 보이거나 들리기라도 하면 완전히 마음을 빼앗겨버리지요.

어린아이를 키우는 집에서 늘 고요함을 유지하라는 말이 아닙니다. TV는 백해무익하니 절대 없어야 한다는 뜻도 아닙니다. 하지만 책 읽는 아이로 키우려면 부모도 책 읽기에 성의 있게 동참해주면 더 좋습니다. 하루 중 언제든지 아이의 관심사가 책으로 넘어올 때 기꺼이 읽어줄 준비가 되면 더욱 좋고요. 아이 책을 전부 미리 읽어보거나 내용을 전부 다 알고 있어야 할 필요는 없지만 영어에 자신 없는 부모가 아이에게 처음 영어 그림책을 보여줄 때는 책을 미리 한 번쯤은 읽어두면 더 좋겠지요.

어떤 분들은 어른을 위한 TV를 틀어놓아도 아이가 큰 관심을 두지 않아서 괜찮다고 말하기도 합니다. 하지만 TV 시청의 자유로움을 만끽하는 부모를 보며 자란 아이들은 자신에게 꼭 필요한 독서 환경, 영어 영상 노출 환경을 만들기 위해 TV 보기를 제한했을 때 억울함을 느낄 수 있습니다.

또한 TV를 켜놓으면 아이들이 듣고 보지 않아도 되는 광고에도 노출이 됩니다. TV를 잘 켜지 않는 제가 본격적으로 아이에게 유튜브 영어 영상을 보여주겠다고 마음먹었을 때에 가장 먼저 한 일은 광고를 없애는 것이었습니다. 유튜브는 매우 유용한 영어 노출 기구이지만 어린이 영상에 딸린 장난감 광고까지 그대로 보여주기는 싫었기 때문입니다.

집에서 영어 환경을 만들기 위한 계획이 있다면 어른들도 아이 앞에서는 일반 TV 프로그램 시청 시간을 조절하는 것이 좋습니다.

② 아이의 시간을 소중하게 보냅니다.
유아기 아이들은 모든 것이 자기중심적입니다. 내가 좋아하는 놀

이, 내가 지금 집중하고 있는 눈앞의 물건이 더 중요할 뿐 엄마의 친교를 위한 모임, 부모가 좋아하는 카페 나들이 등은 관심이 없지요. 5세 이하의 아이들은 같은 공간에 친구가 있어도 함께 어울려서 노는 시간은 매우 짧습니다. 엄마들은 아이가 혼자서 집에만 있으면 사회성이 발달하지 않을까 염려하지만 전문가들은 미취학기의 아이들은 부모와의 관계에서 충분히 사회성을 발달시킬 수 있으며 집 안에서의 놀잇감과 배움으로도 충분하다고 말합니다.

아이 인생 전체를 두고 볼 때 주 양육자가 하루 중 긴 시간을 아이에게 집중할 수 있는 시간은 그리 길지 않습니다. 아이의 유년 기간을 놓고 보아도 짧은 편이지요. 많은 사람을 만나지 않고 내 아이와 하루를 보내면 엄마는 아이에게 온전히 집중할 수 있습니다.

아이를 어린이집에 맡기고 다시 일을 시작한 지 3개월 만에 코로나19의 발생으로 인해 다시 아이와 함께 집에 있게 되었습니다. 보육기관이나 문화센터에 가지 못하고 그저 집에서 오롯이 삼시세끼를 챙기며 아이와 함께 했던 그 시간에 아이는 눈에 보일 정도로 쑥쑥 자랐습니다. 모든 매체에서 연일 늘어나는 확진자의 수와 어지러워진 사회의 모습을 보도하고 있었지만 지금 내가 더 집중해야 하는 곳은 이제 막 두 돌이 지나 더듬더듬 말문이 트인 우리 아이였습니다.

친구 집에 놀러 가거나 우리집으로 누구를 초대할 수도 없는 시기라서 거실에는 항상 책을 꺼내두고 책 놀이를 했습니다. 장난감, 퍼즐, 스티커 북, 색칠 놀이, 종이접기, 물놀이 등 아이와 무엇을 하고 놀아줄까 고민했지만 결국 가장 쉬운 놀잇감은 책이었습니다.

책은 준비물이 간단하고 긴 시간 놀 수 있었습니다. 아이와 함께 책을 읽으면서 함께 생각하고, 상상하고, 왜 그랬을까 이야기를 나눠 보며 놀이를 확장시킬 수 있었습니다. 그러고는 아이가 읽은 책과 같은 주제의 그림이나 사진을 인쇄해 마음대로 가지고 놀게 했습니다. 엄마가 정해주는 어떤 규칙의 놀이가 아니라 아이 마음대로 색칠하고, 자르고, 관찰하는 놀이였습니다.

아이와 함께 '집콕'을 하면서 집에 있는 책들을 마음껏 탐구하고, 아이가 좋아하는 책은 무한 반복해서 읽어주고, 읽다 지쳐 낮잠에 들었다가, 깨어나서는 책에 나온 간식거리를 함께 만들어보거나, 장난감 놀이를 하다가 우연히 어제 읽은 책의 독후활동으로 연결하기도 했지요. 아이와 이야기를 나누거나 영상을 보다가도 비슷한 주제가 나오면 얼른 책을 가져와서 펼쳐놓고 만들기를 하거나 그림을 그리기도 했습니다.

이러한 '집콕 책 육아'는 5세 미만일 때만 가능할까요? 사실 아이가 6, 7세가 되면 엄마의 마음은 급해집니다. 아이를 위해서 무언가를 시킨다는 이웃들을 보면서 잔잔했던 마음에 조바심도 덜컥 생깁니다. 요즘은 우리 세대가 자랄 때보다 학습지와 학원의 종류도 굉장히 많습니다. 그런데 유아 사교육을 바라볼 때에는 지금 내 아이의 여유 시간과 체력을 할애할 만큼 긴급하고 중요하거나 혹은 집에서는 절대 대체할 수 없는 것인지, 아이가 정말 원해서 시키는 것인지 등을 돌아봐야 합니다. 부모가 아이의 소중한 시간과 에너지를 꼭 필요한 곳에 사용하겠다는 기준을 가지고 있으면 주위의 소리에 마음이 많이 흔들리지 않습니다.

아이와 다양한 여행지에 다니는 것도 좋지만 집에서 함께 시간을 보내는 것도 소중한 경험입니다. 주말마다 멀리 떠나지 못해서 죄책감을 느끼지 마세요. 놀이동산에 가서 하루종일 시간을 보내거나 다양한 장비를 가지고 캠핑을 떠나야만 아이가 잘 자라는 것이 아닙니다. 부모와 함께하는 시간, 형제와 함께하는 놀이, 집 근처 공원으로 간단한 소풍을 가는 우리 가족만의 추억으로도 아이들은 잘 자랍니다.

카페와 식당에 가면 어린아이를 동반한 부모들을 보게 됩니다. 아이가 뛰어놀기에 적합하지 않은 공간에서 부모들은 "하지 마, 안 돼, 만지지 마!" 같은 부정적인 명령을 많이 하게 됩니다. 새로운 곳에서는 모험심이 강해지고, 자신의 소리를 조절하지 못해 목소리가 커지고, 약간의 불만족이나 불안감에도 크게 울어버리는 것이 아이의 본성인데 그 본성 자체를 계속해서 부정당하는 것이지요.

아이만의 공간이 아니기에 당연히 부모의 제지와 다른 손님들의 눈총을 받게 됩니다. 목소리와 행동이 커지는 아이를 다그치게 되고, 그런 아이를 보면서 부모의 마음도 불편해질 만한 장소에는 자주 가지 않는 것이 좋습니다. 그것이 아이를 위한 일일 수 있습니다. 매순간 새로운 것을 관찰하고 배우는 아이들이 어른들에게 부정당하지 않는 자유로운 시간과 공간을 경험할 수 있게 해야 합니다. '아이들은 낯선 곳에서 쉽게 흥분하고 큰 소리를 낼 수 있다.'라는 전제하게 아이들을 바라보면 한결 마음이 가벼워집니다.

③ 엄마의 시간을 허투루 사용하지 않습니다.

첫 아이를 낳으면 갑자기 '엄마, 아빠'라는 이름을 얻으면서 부모로 신분이 바뀝니다. 나의 본성과 반대되는 일들이 쏟아지기 시작하고, 스스로만 돌보면 되던 자유로운 상태에서 갑자기 모든 욕구를 아이의 상태에 맡길 수밖에 없는 심각한 욕구 불만족 상태가 됩니다.

게다가 맞벌이 부부들은 힘들게 일하고 나서 집으로 돌아와서는 다시 아이를 돌보아야 하는 두 번째 출근을 합니다. 아이의 스위치가 꺼져야지만 부모로서의 하루도 끝나는 것이지요. 이제 부부에게 여유로운 시간은 사치라고 느껴집니다. 월요일이 진짜 쉬는 거라는 웃지못할 농담이 나오기도 합니다. 저는 엄마가 되기 전까지는 '엄마의 삶은 비슷하고, 지루하고, 하기 싫은 것들로 가득하다.'라는 사실을 알지 못했습니다.

저는 엄마가 되고 나서 가장 쉬운 자기계발 수단으로 책을 읽기 시작했습니다. 아이를 낳으면 누구나 초보 엄마가 되지요. 하지만 한 인간을 길러내야 하는 중요하고 귀한 일을 하면서 언제까지나 "나는 초보 엄마야."라는 말을 앞세울 수는 없는 노릇입니다. 내가 겪어보지 못했던 '아이를 키우는 삶'을 책으로 배우는 것은 귀중한 경험이었습니다. 아이를 돌보는 일, 먹이는 일, 놀아주는 일, 교육하는 일 모두 책으로 배웠습니다.

온 마을이 함께 아이를 키우는 시대는 지났으니 이제는 전문가가 쓴 책을 읽거나 또래 아이를 키우는 엄마의 글을 보면서 나의 아이를 키웠습니다. 새로운 육아책 한 권을 집어들 때마다 외롭게 혼자 하는 육아에 조언과 참견을 해 줄 수 있는 전문가를 모신 것처럼 마음이 든든했습니다.

저는 일과 육아를 하느라 바쁜 와중에도 나만의 시간을 확보해야 한다는 욕구가 있었기 때문에 새벽 기상을 해보기도 했지만 꾸준히 하기가 쉽지 않았습니다. 밤에 아이를 재우고 개인적인 시간을 가지려고 해도 하루 동안 쌓인 피로로 인해 생산적인 일을 하기 힘들었습니다. 책을 보려고 해도 눈꺼풀이 무거웠고요. 몇 번의 시행착오를 겪은 후 저의 체력과 상황에는 한 달에 2주 정도의 간헐적 새벽 기상이 맞다는 것을 알았습니다. 그렇게 했더니 체력과 시간의 여유가 없어 허둥대는 삶을 살지 않아도 되었고 일찍 일어나지 못한 날 자괴감을 느끼지도 않았습니다. 꼭 해야 하는 일이나 하고 싶은 일이 있을 때에는 새벽에 일어나기 위해 컨디션을 조절하기도 합니다. 여유 있는 시간이 전혀 없다고 억울해하던 제가 일찍 잠자리에 드는 것만으로도 훨씬 길어진 아침 시간을 온전히 소유하는 기분을 느껴보았고 가끔은 새벽 산책도 하고 있습니다.

한 달에 한 번, 한 주에 한 번씩 새벽 기상을 해서 자신만의 시간을 만들어 보세요. 아이와 함께 있느라 보지 못한 드라마를 봐도 괜찮고 날이 좋을 때에는 집 근처를 걷다 들어와도 괜찮고요. 나의 컨디션을 내가 스스로 통제할 수 있다는 것을 느끼는 것이 중요합니다. 무엇보다 아이에게 화를 내지 않기 위해서 말이에요.

집에 머무르는 시간이 많은 전업맘은 더욱 규칙적인 생활을 유지하기 힘들고 끼니와 수면시간을 잘 챙기지 않게 됩니다. 하지만 일정한 시간에 먹지 않고, 충분한 시간 잠들지 않으면 짜증이 나기 쉽습니다. 하지만 엄마 기분과 컨디션이 좋으면 아이에게 더 잘해줄 수밖에 없다는 사실을 우리 모두가 압니다. 아이를 사랑하고 배려하는 마음은 타고나는 것이 아니라 하루하루의 체력에서 나온다는 사실을 기억하고 규칙적인 생활을 할 수 있도록 노력해보세요.

④ 중고책으로 책 육아합니다.

책 육아를 하다 보면 책 구입하는 비용도 정말 만만치 않습니다. 아이 발달 시기별로 필요한 책은 많은데 새 책만 고집하면 자주 구입할 수가 없고요. 또 큰맘 먹고 값비싼 책을 구매했지만 아이가 전집에 있는 책 전부를 다 읽지 않으면 부모 마음에 실망감이 들기도 합니다. 은연중에 아이에게 전집의 모든 책을 골고루 다 읽어야 한다는 부담감을 줄 수도 있습니다.

저는 선배 엄마들이 추천한 '전집은 중고로 산다.'라는 원칙을 잘 실천했습니다. 대부분 유아기에는 전집을 많이 사게 되고 그 전집을 처리하는 중고시장이 잘 형성되어 있어서 판매와 구매가 수월합니다. 유아기는 짧고, 아이가 읽었으면 좋겠는 책은 많기에 생각보다 상태가 괜찮은 중고 책이 많다는 것도 장점입니다.

어린아이들은 반복 독서를 좋아하기 때문에 매번 책을 빌리는 것보다는 집에 책을 구비해 주었습니다. 그래서 아이가 어렸을 때부터 전집을 많이 구입했어요. 하지만 전집에 있는 모든 책을 아이가 다 좋아할 수는 없습니다. 이 사실을 늘 기억하면 아이가 모든 책을 좋아하지 않아도 부모는 실망하지 않습니다. 저는 전집 안에 있는 수많은 책 중에서 아이가 좋아하는 책이 단 몇 권이어도 중고로 구매했기 때문에 속이 쓰리지 않더라고요.

저는 한 달에 들어오는 아이 양육수당만큼 책을 구매하겠다는 계획을 세웠습니다. 그렇게 중고 전집을 구매해서 읽혔고, 다 읽었다 싶은 것은 또 중고 장터나 나눔으로 내보냈습니다. 중고 전집을 자주 검색하고 구매하다 보니 어느 정도 구매 원칙도 생겼는데, 우선은 인터넷을 통해 후기를 많이 살펴보았습니다. 유명 출판사의 베스트셀러 전집은 후기가 많기에 우리 아이에게 맞을지 아닐지 참고하는 데에 도움이 되었습니다. 반대로 후기가 많지 않거나 홍보성 블로그 체험단 후기들만 가득한 전집은 신중하게 둘러봤고, 실구매 후기가 많지 않은 신간 전집은 함부로 구매하지 않았습니다. 유아 전집은 특별한 이유가 아니라면 개정판이라고 해도 표지 정도만 바뀐 것이 다이기 때문에 꼭 최신 개정판만을 고집해서 구매하지도 않았고요. 부록이나 구성품이 조금 모자란 것은 더욱 저렴하게 구매할 수 있기 때문에 더 좋았습니다.

집에 찾아오는 가까운 이웃들은 저희 가정이 외벌이로 지내는 동안 어떻게 아이 책을 그렇게 많이 구입했는지 물어봅니다. 아이 앞으로 돈이 너무 많이 드는 것이 아니냐고요. 하지만 앞서 말했듯이 전혀 그렇지 않습니다. 아이 앞으로 들어오는 양육수당은 책 구입하는 데에 쓰겠다는 원칙이 있었기 때문에 가계에는 타격이 없었습니다. 한글책의 80%, 영어책의 50% 이상은 중고로 구입했고 교육비로 많은 비용을 지출했다는 느낌 없이 풍족한 책 육아를 할 수 있었습니다.

중고 전집으로 아이를 키우면서 저는 많은 엄마 선배들이 남겨둔 기록대로 저희 아이가 자라는 것을 경험했습니다. 항상 책을 가까이하고, 반복해서 책을 들여다보고, 생각의 가지가 뻗어나가는 것이 눈에 보였지요. 자연스럽게 문자에 관심을 갖게 되었고, 힘들여 공부시키지 않아도 아이는 한글과 영어를 읽고 쓰게 되었습니다. 그리고 무엇보다 말랑말랑한 아이 책을 많이 읽어주면서 엄마와 아이가 함께 공감하고 대화할 줄 아는 사이가 되었습니다.

아이랑 영어 님 (초등 6학년 딸, 4세 딸·아들 쌍둥이)

제가 엄마표 영어를 하게 된 계기는 TV에 나온 다섯 살 꼬마가 유창하게 영어로 말하는 것을 보고서였어요. 신기하게도 그 아이 엄마는 영어를 잘 못했고 그저 아이에게 영어책을 반복해서 많이 읽어준 것이 전부라고 하셨어요.

그때 제 아이의 나이도 다섯 살이었는데 TV를 보고 저도 당장 영어 그림책을 구해서 읽어주기 시작했어요. 엄마표 영어에 대한 조사도 계속 했어요. 'TV에 나온 저 아이만큼은 아니더라도 영어책을 많이 읽으면 반은 따라갈 수 있지 않을까…' 기대하면서 말이에요.

저는 영어를 좋아하기는 했지만 영어를 잘하지는 못해요. 그저 영어 잘하는 사람에 대한 동경이 있었던 것이지요. 영어를 잘하고 싶었지만 마음처럼 되지 않았어요. 그런데 영어 잘하지 못하는 엄마가 엄마표 영어할 때 좋은 점은 아이가 조금만 잘해도 엄청난 칭찬을 해준다는 것 같아요. 그만큼 아이에게 칭찬을 많이 해주게 되더라고요.

제가 영어를 잘하지 못하기 때문에 아이와 같이 공부하는 마음으로 임했어요. 다섯 살 제 아이에게 쉬운 영어 그림책을 읽어주고 한글과 영어가 같이 있는 벽보들을 보여주니 금방 동물, 색깔, 도형 등 많은 단어를 익히게 됐어요. 그림을 손으로 짚으며 영어로 척척 말하는 아이의 모습이 신기해서 매일매일 아낌없이 칭찬해주었고 아이는 우쭐하면서 더 열심히 영어책을 보더라고요.

유아기에 엄마표 영어를 시작하는 분들은 부모가 영어를 못해도 상관없더라고요. 일일이 해석을 해주지 않아도 되기 때문이에요. 그냥 읽어만 주어도 되고, 독후활동도 거의 필요 없어요. 영어를 공부한다는 마음보다는 아이 영어책 보면서 그때그때 필요한 만큼, 영어책에 나오는 만큼만 찾아보고 알아보면 됐습니다.

저는 영어를 문법으로 공부하던 시대를 살았지만, 지금은 아이와 함께 영어책을 읽으며 내용을 유추하니 문법을 따지면서 해석할 때보다 자연스럽게 습득이 되는 것을 느꼈어요. 물론 아이 실력과 속도를 따라가지는 못하지만요.

영어 못하는 제가 실천했던 방법은 꾸준히 영어책 읽어주기, 세이펜 등 음원 활용하기, 재미있는 영어 DVD 꾸준히 보여주기였습니다. 영어책과 DVD 고를 때는 아이의 취향과 수준을 생각하고 추천 도서, 베스트셀러 목록도 참고했습니다.

아이가 어려서부터 나름 책을 많이 읽어줬다고 생각하는데 사실 아이는 책 자체를 사랑하는 아이는 아니었습니다. 그래도 하루에 조금이라도 영어책을 꼭 읽어주자고 마음을 먹었기 때문에 그것만은 지키려고 했어요. 아이가 유치원에 간 시간 동안 오늘 읽어줄 책을 한두 번은 읽어보았고, 제 눈에 뜻이 한 번에 들어오지 않으면 책에 아주 작게 뜻을 적어놓기도 했어요. 딱 그 정도만 해도 되더라고요. 그런데도 제가 영어 그림책 내용이나 글이 전하는 문화 등이 이해가 되지 않을 때에는 읽어주기를 포기한 적도 있어요.

큰아이와 나이 터울이 있는 둘째와 셋째 쌍둥이를 낳아 키우면서는 제가 내용을 다 이해하지 못해도, 해석이 잘 되지 않아도 그냥 뻔뻔하게 읽어주고 있어요. 저 또한 영어책 읽어주기가 익숙해져서 그런 것 같다고 생각해요. 첫째 때 이해가 안 된다고 읽어주지 않은 게 아쉬울 정도이지요. 아이들은 그저 그림과 소리로 알아 듣고 있으니까 그냥 했어도 되었는데…

현재 6학년인 큰아이는 영어 학원에 다니지 않고 오롯이 집에서만 영어를 합니다. 영어 영상은 리틀팍스를 이용하여 꾸준히 보고 있어요. 큰아이를 초등학교 보내보니 '엄마표 영어를 일찍 시작하길 정말 잘했다. 애가 어렸을 때 더 많이 읽어줄걸…' 이라는 생각이 들어요. 여섯 살에 이미 한글과 영어 모두 읽기가 가능했고, 영어책을 통해 습득하는 양이 학원 다니는 아이들보다 훨씬 많았어요. 학원 다니는 친구들이 초등학생 때 힘들게 배우고 시험보는 단어를 우리 아이는 이미 5~6세 때 다 알고 있는 것들이었거든요.

남들은 엄마표로만 진행해서 형제들끼리도 영어로 떠들고 논다는데 제 아이는 외동으로 크다가 늦게 동생들이 생겼고, 또 소극적인 성격이라 영어를 막 내뱉지는 않았습니다. 하지만 아이가 자막 없이 영어 DVD를 보고 다 이해하는 것을 지켜보며 아이의 영어가 꾸준하고 확실하게 자란다는 것을 짐작할 수 있었고 초등학생이 되어 아이의 수준에 맞는 책을 음원과 함께 듣는 집중 듣기를 꾸준히 시켰습니다.

아이는 초등학교 3~5학년 동안 아서 시리즈, 나무집 시리즈, 매직 트리 하우스, 제로니모 스틸턴 등 AR 3~5점 대 챕터북을 읽을 수 있었습니다. 영어 원어민 또래 아이들과 비슷한 수준의 영어 독서를 하고 있지요. 고학년이 되면서는 리딩 독해 문제집을 스스로 풀고 인터넷 강의를 들으면서 혼자 영문법 책을 공부하고 있어요. 이전까지 해온 영어 독서에서 문법을 많이 파악하고 있기에 어렵지 않게 진행하고 있습니다.

집에서 영어 공부를 하지만 일상생활에서는 영어를 듣고 말할 일이 거의 없기 때문에 하루에 20분 정도 책을 소리내어 읽는 연습을 시켰어요. 듣기 양이 많은 아이라서인지 긴 내용의 책을 낭독하기에 큰 어려움이 없습니다. 이미 학교에서 배우는 교육과정의 영어 수준은 훨씬 뛰어넘었고 본인이 영어를 잘한다고 생각하고 있으니 영어만큼은 자기주도 학습으로 슬슬 옮겨가고 있는 중이에요.

현재 4살인 둘째, 셋째는 제가 영어책을 읽어주거나 노래를 불러주면 열심히 따라하는 수준이에요. 집에서 영어 노출을 해보니 아이들이 가장 편안한 집에서 가장 편한 엄마와 영어를 습득할 수 있는 환경을 만들어주는 엄마표 영어 하기를 정말 잘했다는 생각이 들어요. 집에서 하는 엄마표 영어는 내 아이 맞춤형이기에 스트레스가 적고 모국어처럼 자연스럽게 영어를 습득하는 유일한 방법이라고 생각합니다.

소중한 하루 님 (6세 딸)

인터넷을 하다가 정말 어린 아이가 즐겁게 영어 노래를 부르고 영어책을 줄줄 읽는 모습을 본 적이 있어요. 놀라서 그 아이의 영상을 보다가 집에서 엄마표 영어를 했다는 사실을 알게 되었고 그때부터 관심이 생겼어요. 엄마표 영어에 대한 책과 사례를 찾아보았더니 아이가 한글을 모르는 어릴 때부터 자연스럽게 영어 소리를 들려주어도 된다고 하더라고요. 그래서 저는 아이가 만 2세가 됐을 때 영어 노출을 시작했습니다.

사실 국내 유아 영어 프로그램들은 가격이 너무 비싸게 느껴지더라고요. 그래서 저는 여기저기에서 많이 보이는 추천 영어 그림책들을 차곡차곡 모았어요. 노부영이나 유명 작가의 그림책들은 중고로 구하기가 어렵지 않았기에 저는 재미있고 그림이 예쁜 영어 그림책들과 함께 짧은 문장 패턴이 반복되는 리더스북도 많이 준비해 주었어요. 아이의 반응을 살피며 영어책을 구매하다 보니 어느샌가 집에는 영어책이 꽤 많아졌지요.

그런데 아이에게 영어책을 읽어주거나 영어로 몇 마디를 건네 보았는데 처음에는 사실 아이의 반응이 좋지 않았어요. 화를 내고 울기까지 했고요. 아이가 예민한 편이기는 했지만 이렇게 기부할 줄은 예상하지 못했기 때문에 처음에는 굉장히 당황스러웠어요. 하지만 바로 포기하지 않았고 내 아이에게 맞는 우리집만의 방법이 없을까 고민하면서 다양한 방법을 찾으려 노력해보았습니다.

위씽, 슈퍼심플송, 노부영 등 쉬운 영어 노래를 엄마가 먼저 들어본 후 아이가 좋아할 만한 것들을 골라서 아이 기분이 좋을 때 살짝 틀어주었고 틈틈이 불러주기도 했어요. 처음에는 거부 반응을 보였던 아이는 시간이 지나자 점점 노래를 흥얼거리기 시작했어요. 그렇게 우리집의 하루 일과 중 영어책을 읽어주는 시간을 꼭 챙기기 시작했지요. 아이가 조금 큰 후에는 슈퍼심플송이나 튼튼영어 큐플레이 같이 음악이 신나고 함께 춤을 출 수 있는 영상을 보여주었어요. 때때로 엄마와 함께 춤을 추며 놀기도 했고요.

LG U+의 IPTV에서 노부영 노래를 율동과 함께 만든 '또보'는 노부영으로 읽었던 원서를 또보 영상으로 보여주거나 또보 영상을 먼저 본 후에 책을 함께 보는 방법으로 영어 그림책을 읽어주었어요. 아이와 함께 들었던 영어 동요의 가사를 일부러 틀리게 부르면 아이가 얼른 고쳐주는 모습을 보면서 '아이가 잘 듣고 있구나!'라고 생각했지요.

아이가 3~4살 때에는 방바닥에 그림책을 깔아두어서 책 징검다리를 건너며 놀기도 하고, 엄마가 엄청 재미있게 과장해서 읽는 등 아이가 책에 관심을 가질 수 있도록 노력했어요. 잠자리 독서로 한글책과 영어책을 매일 보여주었습니다. 팝업북, 조작북 등 그 자체로 재미있는 책들을 아이가 항상 가지고 놀 수 있도록 준비해 주었고요.

아이가 까이유와 페파피그 영상을 좋아하기에 그 캐릭터가 나오는 책들도 준비해 주었습니다. 여행을 갈 때에도 얇은 그림책은 꼭 챙겨갔어요. 짧고 쉬운 리더스북들은 외우다시피 귀와 입에 익을 때까지 한 단계에 오래 머물렀어요.

여러 엄마표 영어 선배들이 말한 것처럼 아이가 어릴 때부터 6세가 된 지금까지 우리말 영상을 보여주지 않았어요. 한글책과 영어책을 많이 읽어주려고 노력했지만 특별한 독후활동을 하지도 않았고요. 아이에게 보여주고 싶은 책과 관련 있는 주제의 책을 몇 권 더 읽어주는 것만으로도 훌륭한 독후활동이라고 생각했습니다.

다만, 영어책을 읽을 때 제가 모르는 단어나 문장이 나올 수 있으니 읽어주기 전에는 꼭 훑어본 후 단어를 찾아보거나 유튜브 등을 통해서 원어민이 읽어주는 영상을 찾아보기는 했습니다. 그래야 아이에게 책을 읽어줄 때에 당황하지 않을 수 있으니까요.

아이에게 따로 한글 자음과 모음을 가르치지도 않았지만 한글책을 읽을 때마다 큰 글자나 익숙한 글씨를 짚어서 알려주었더니 아이는 5살이 되었을 때 통글자로 한글을 익히게 되었어요. 알파벳도 따로 가르치지는 않았는데 자주 보고, 눈에 쉽게 띄는 단어 위주로 읽게 되었고요.

한글과 영어책을 동시에 읽어주고 영어 영상을 하루 30분 이상 꾸준히 본 것이 아이의 귀를 먼저 뚫었고, 그다음에 문자를 자신만의 속도로 받아들인 것 같다고 생각해요. 차고 넘치는 소리 듣기로 아이와 엄마 모두 힘들지 않게 한글과 영어 읽기가 가능해진 것이 정말 신기했지요.

아이가 어릴 때 영어 소리 노출을 시작해보니 그림과 멜로디가 유아에게 맞추어져 있는 슈퍼심플송과 코코멜론의 영어 동요를 아이가 좋아해주었던 것이 정말 다행이라는 생각이 듭니다. 조금 더 늦게 시작했다면 아이가 누릴 수 있는 이런 쉽고 재미있는 영어 콘텐츠를 100% 활용하지 못했을 것 같다는 생각이 들어요. 만약 저희 아이가 처음 만난 영어가 학원에서 배우는 학습식이었다면 엄마와 아이가 이렇게 집에서 영어로 즐겁게 놀 수 없었을 거예요.

엄마표 영어를 하겠다고 결심한 이후 다른 분들의 블로그를 자주 찾아보고, 아이들 나이를 참고하면서 추천 영상이나 책을 구해서 보게 했어요. 그랬더니 엄마표 영어 선배들이 기록한 대로 저희 아이도 영어 소리를 쉽게 받아들였고요. 아이의 영어가 성장하는 것을 보면서 '집에서도 엄마와 영어를 공부할 수 있구나!'라는 확신이 생겼어요.

엄마표 영어는 선생님이 없어도 집에서 자연스럽게 영어 실력이 자라나는 방법이라고 생각해요. 좋아하는 영어책이 생기고, 상황에 맞는 말을 내뱉고, 영어 영상을 잘 이해하면서 보는 것을 보면 저희 아이에게 나이에 맞는 영어가 자라고 있다는 확신이 듭니다.

엄마가 영어를 잘하든 못하든, 전업맘이든 워킹맘이든 각자의 방식으로 유아기의 아이에게 영어 소리 노출을 해주는 노력은 필요해요. 사실 저 역시도 영어 못하는 워킹맘이에요. 영어를 잘하고 싶어서 영어 회화책을 외워보기도 하고 영상을 보면서 따라서 말해보려고 노력을 하기는 했지만 복직을 하게 되면서 엄마의 영어 공부는 힘들어졌지요. 하지만 저는 엄마표 영어 선배들이 알려주는 이런저런 방법을 찾아서 아이에게 들려주고, 보여주려고 노력했어요. 잠자리에 들기 전에 영어책이든 한글책이든 꼭 읽어주었고요. 제가 할 수 있는 최선은 다했다고 생각해요.

고가의 유아 영어 프로그램을 구매하거나 영어 유치원에 보내야만 아이에게 영어를 알려줄 수 있는 것은 아닙니다. 책상 앞에 앉아서 하는 공부가 아니라 내 아이의 흥미와 수준에 맞는 콘텐츠를 통해서 꾸준히 영어를 노출해주면 아이는 영어 소리를 듣고, 자기 것으로 흡수하더라고요.

　　엄마표 영어에는 어떤 정해진 커리큘럼도 없고, 있다고 해도 그것을 따라가려는 계획도 없습니다. 그저 지금까지 했던 것처럼 아이 수준에 맞는 영어 그림책과 영상을 골라서 아이에게 보여주는 것을 계속할 거예요. 그저 지금처럼 자연스럽게 영어를 받아들이고 즐기는 모습을 지켜보면서 결과물은 온전히 아이에게 맡기려고 합니다. 그저 시간이 많이 흘렀을 때 아이가 영어를 편안하게 습득하게 된 것을 떠올리면서 '노력해 준 엄마에게 감사한 마음을 가졌으면 좋겠다.'라는 작은 소망은 있습니다.

내 아이가 좋아하는 영어재료를 준비해 주었어요.

HY 님 (6세 아들)

친언니가 영어를 전공했고 저와 비슷한 또래의 아이를 키우고 있어서 자주 연락하며 지냈는데 언니가 엄마표 영어에 대한 이야기를 들려주었어요. 그래서 저도 자연스럽게 아이 첫돌 즈음부터 엄마표 영어에 관심을 가지게 되었지요.

사실 아이가 어릴 때부터 영어 소리를 노출해주면 좋다거나 너무 어렸을 때 이중 언어에 노출되면 오히려 역효과가 난다 등 다양한 이야기를 들었었기 때문에 조금 긴가민가한 심정이었고, 저는 영어를 잘하는 엄마가 아니었기 때문에 아이에게 영어로 말해줄 자신도 없어서 시작할 엄두를 내지 못했었어요. 하지만 언니 말로는 아이가 우리말을 완전히 잘하지 못할 때에 영어책을 읽어줘도 된다고 했고, 엄마가 영어를 못해도 아이는 잘 알아듣지 못하니 괜찮다고 했어요. 그래서 저는 용기를 내서 영어 그림책을 읽어주고 영어 동요를 들려주었습니다.

아이는 말을 하기 시작하면서부터 영어와 한글을 동시에 썼어요. 엄마라고 할 때도 있고 mommy라고 할 때도 있었지요. 작은 아이가 mommy, daddy, grandma, uncle 같은 말을 알아듣고 따라서 말하는 것이 너무 신기했는데 자꾸 보여주고 읽어주니 짧은 영어 단어도 꽤 많이 기억하기 시작했습니다.

처음에는 추천 그림책 위주로 읽어주던 저도 영어 그림책의 매력에 푹 빠졌어요. 어른이 보아도 감동이 있고 재미있는 영어책들이 많았거든요. 아이가 특히 잘 보고 좋아하는 그림책 작가, 그림체, 이야기 전개가 무엇인지 알게 되었고 비슷한 책들을 또 구하고는 했지요. 영어와 아무 연관이 없는 삶을 살던 제가 아이에게 영어책을 읽어준다는 사실도 신기했습니다. 요즘에는 세이펜이 되는 책도 많고 그림책에 노래가 입혀진 영어책도 많으니 아이도 재미있어하면서 영어책에 마음을 준 것 같고요.

매일매일 한글책을 읽어주고 한글 동요를 들려주는 것처럼 영어책도 읽어주고 영어 동요도 들려주었습니다. 아이와 주로 거실에서 생활하니 한글책과 영어

책을 구분하지 않고 전면책장, 거실장 아래, 식탁 옆 등 항상 아이와 저의 손이 닿는 곳에 책을 두었습니다. 그리고 하루에 읽을 분량이나 권수를 세지는 않았고 아이가 원하는 만큼 읽어주었어요.

영어를 못하는 엄마이기에 책을 읽어주면서 내가 말하는 영어 발음을 듣는 것이 힘들기는 했습니다. 그럴 때마다 '아이는 엄마의 발음을 흉보지 않는다!'는 사실만 기억하려고 노력했어요. 정말로 엄마 발음이 완벽하지 않아도 아이는 잘 들어주었고요. 책을 읽을 때마다 "한 권 더! 한 권 더!"를 외치는 아이의 모습이 사랑스러워서 저도 모르게 늦은 밤까지 읽어준 적도 많았습니다.

제 아이는 남자아이인데도 말이 빠른 편이었어요. 가족에게서 말도 금방 배웠고 동요를 틀어주면 금방 외워서 혼자 흥얼거리며 부르고는 했습니다. 두세 살밖에 되지 않은 아이의 습득력에 모든 가족이 놀라고 감탄했지요.

신이 난 저도 계속해서 노부영 CD를 틀어주거나 유튜브에서 영어 동요를 찾아서 들려주었습니다. 다양한 책을 보여주고 싶어서 도서관도 자주 이용했고요. 짧고 쉬운 영어책들은 잠자리에서 열 권 넘게 본 날도 많았습니다. 어떤 책은 노래가 좋아서, 어떤 책은 그림이 좋아서 등 아이가 책을 좋아하는 이유는 참 다양했습니다.

엄마표 영어 하시는 분들이 강조하는 대로 저도 영상은 거의 보여주지 않았어요. 아이가 커가고, 영어 소리가 어느 정도 노출이 되었다는 생각이 들었던 세 살 후반이 되어서야 조금씩 영어 영상을 보여주기 시작했어요.

아이는 네 살에 영어 영상 〈넘버블록스〉를 보며 수 개념을 익혔습니다. 매일같이 노래를 따라 부르더니 곧 외워서 불렀고, 숫자 자석을 가지고 "1 더하기 1은 2"를 "One plus one equals two!"라고 외치며 놀았지요.

다섯 살이 되면서는 애니메이션 〈옥토넛〉 영어 버전을 보기 시작했어요. 다른 아이들이 한국어로 더빙된 〈퍼피구조대〉를 볼 때 저희 아이는 영어 버전인 〈포패트롤〉(Paw Patrol)을 보았고요. 옆에 앉아서 같이 화면을 보기도 했지만 말이 굉장히 빨라서 저는 알아들을 수가 없었어요. 그저 가끔 들리는 주인공들 이름을 언급하며 알아듣는 척할 뿐이었지요.

이런 모습을 보면서 남편이나 가까이 사시는 친정 부모님조차 아이가 그림만 보는 것은 아니냐고 물어왔습니다. 아이가 다 알아듣지 못할거라고 의심하는 눈초리였어요. 하지만 제가 관찰한 아이는 스토리를 알고 조잘거리며 따라 웃었고, 잘 봤던 영상의 대사들을 일상생활 속에서 말하기도 했습니다. 아이가 자신만의 방법과 속도대로 영어 영상을 잘 알아듣고 있다는 증거였지요. 끈질기게 한자리에 앉아 영상에 집중하는 모습은 아니었지만 저는 오히려 다섯 살 남자아이의 집중력에 큰 기대를 하지는 않았어요. 영어 소리를 재미있게 들어준다는 것만 해도 신기했습니다.

저는 영어로 반응을 해줄 수도 없고 때로는 아이가 중얼거리는 영어 발음을 다 알아듣지도 못하지만 그저 아이가 영어를 재미있어하는 모습을 보며 끊임없이 칭찬해주었습니다. 그리고 처음에는 제가 영어책 한 권 읽어주는 것도 어렵고 힘들었는데 집에서 영어를 들려주는 시간이 쌓이다 보니 저에게도 간단한 문장이 들리기 시작했고 영어를 다 이해하지는 못해도 아이의 흥에 맞추어서 같이 노래를 부르거나 아는 척을 해줄 수 있게 되었습니다.

아이가 영어 영상을 잘 보기는 했지만 하루에 1시간 이상을 보여줄 수는 없다고 생각했습니다. 그래서 저는 유튜브에서 잘 보았던 영상을 다운 받아서 소리만 들려주었습니다. 아이가 세이펜으로 영어 소리 듣는 것을 좋아하는 것을 보고 세이펜으로 언제든 들을 수 있도록 송카드를 만들어주기도 했고요. 유튜브에 있는 영상을 다운받아서 세이펜으로 들을 수 있도록 송카드를 만드는 것은 예쁘게 디자인하거나 코팅까지 하는 등의 노력도 필요 없어요. A4 용지에 썸네일 이미지를 인쇄하고, 오디오렉 음원 스티커를 붙이고, 투명한 서류 파일에 넣어서 아이가 편하게 들을 수 있게만 하면 끝입니다. 매번 유튜브나 CD를 재생시키지 않아도 세이펜만 쥐어주면 영어 음원을 들려줄 수 있어서 아이보다도 엄마에게 좋은 방법이 되었지요.

장거리 여행을 가거나 차를 타고 이동할 때는 꼭 세이펜을 챙겼어요. 앉아있는 것 외에는 특별히 할 일이 없기 때문에 아이는 세이펜으로 자신이 듣고 싶은 것을 골라서 들으면서 지겨운 시간을 흥미로운 시간으로 바꿨지요. 아이가 세 살 때부터 시작한 송카드 만들기는 여섯 살이 된 지금까지도 계속하고 있습니다. 아이는 좋아하는 영상이 생기면 당연하다는 듯이 송카드를 만들어 달라고 말해요. 엄마의 큰 노력 없이 아이가 좋아하는 영어재료를 만들 수 있으니 기꺼이 만들어주고 있습니다.

아이가 영어 음원과 영상을 좋아하게 되면서는 그 흥미가 생활에서도 끊이지 않도록 해주고 싶었어요. 그래서 〈넘버블록스〉를 좋아할 때에는 영국에서 넘버블록스 콘텐츠를 잡지 형태로 만든 매거진을 사 주었고 〈포 패트롤〉 영상을 좋아할 때에는 캐릭터 리더스북과 잠옷을 사 주었지요. 이런 수고는 솔직히 힘든 게 아니고 즐거운 것이었습니다.

〈포 패트롤〉 캐릭터가 나오는 세이펜 리더스북을 사주었더니 아이는 내용을 다 외웠는지 누가 시키지도 않았는데 더듬더듬 읽는 척을 하더라고요. 너무 놀랐지만 호들갑 떨지 않고 무심한 척 칭찬 한마디를 해주었어요. 하지만 그때 느낀 충격은 엄청났습니다. 정말 느리지만 아이는 자기 속도대로 조금씩 그리고 스스로 영어 문맹을 탈출하는 모습이었거든요.

저희 집 아이는 여느 남자아이들처럼 약간은 산만하고, 땀으로 흠뻑 젖을 만큼 뛰어노는 것을 좋아해요. 키즈 카페에 가면 집에 가지 않겠다고 떼를 쓰기도 합니다. 이렇게 활발한 남자아이에게 영어 공부를 하자며 책상 앞에 앉아서 알파벳을 따라 쓰거나 테스트를 하는 학습적인 영어 교육 방법이 맞았을까요? 저는 천방지축 남자아이에게 되는 건 정말 '집 영어' 뿐이라고 생각합니다.

아이를 키우다 보면 여섯 살, 일곱 살 아이를 영어 학원에 보내기 시작하는 엄마들을 보게 됩니다. '파닉스부터, 체계적으로, 원어민과 함께!' 같은 학원 홍보 문구를 보면 저 또한 가끔 마음이 요동치고요. 하지만 내 아이는 지금 학원 원어민 선생님보다 훨씬 빠르고 다양하게 말해주는 영어 영상을 보면서 즐기고 있다는 사실을 다시 한번 떠올립니다. 그리고 학습식 영어 수업은 최대한 늦추겠다고 다시 한번 다짐합니다.

엄마표 영어는 집에서, 내 아이와 함께, 아이가 좋아하는 책과 영상을 많이 보여주는 것입니다. 그저 내 아이의 성향만 잘 파악하고 있으면 됩니다. 그러면 아이는 혼자서 캐릭터들과 대화를 나누듯 스스로 영어를 말하며 놀고, 그러면서 영어 실력이 성장합니다. 지금은 아이가 언제 영어 학습을 시작하더라도 자신감 있고, 스트레스 없이 학습할 수 있는 바탕을 쌓아가는 중이라고 생각해요.

제 주위에도 여섯 살, 일곱 살에 영어 학원에 다니는 아이들이 있습니다. 유아 영어 학원들은 좋다는 프로그램과 커리큘럼을 자랑하지만 일주일에 짧은 몇 시간만 영어를 배우는 아이들의 습득보다는 집에서 매일 꾸준히 영어 소리를 듣는 것이 더욱 가성비 넘치고 아이를 배려한 영어 습득 방법이라는 생각이 듭니다.

제 아이도 언젠가는 영어 학원을 가게 될 수도 있겠지요. 하지만 지금처럼 아이와 관계를 잘 유지하면서 초등학생이 되어도 영어 습관을 꾸준히 이어갈 수 있도록 환경을 만들어주어야겠다는 다짐을 합니다.

쉽고, 재미있고, 누구나 할 수 있는
《확신의 엄마표 영어》

다섯 살 남아 A는 해맑고 말도 많습니다. 낯선 사람에게 인사도 잘합니다. 말도 또래보다 빨랐고 늘 호기심이 많아 질문도 많았습니다. 한번 들은 것도 잘 기억했고 영어 노래와 영상의 내용을 줄줄 외우기도 했습니다. A는 식구들과 밥을 먹으러 가서도 자신이 방문한 식당이 위치한 층수, 화장실의 위치, 정수기의 사용법 등을 궁금해했고 그것들을 알아내며 즐거워했습니다.

A가 다니던 어린이집은 만 3세인 다섯 살 반도 낮잠시간이 있었는데 이미 세 살이 되던 해부터 낮잠을 자지 않았던 A는 다른 친구들 사이에 누워있기 보다는 밖으로 나가려고 했습니다. 어린이집 담임선생님은 A의 엄마에게 아이가 낮잠을 자지 않는 것에 대해 자주 언급하며 곤란한 표정을 지었고 엄마도 선생님께 늘 죄송했습니다. 그렇게 새학기가 시작된 지 두 달 만에 A 엄마는 어린이집 퇴소를 결심했고

낮잠을 자지 않는 유치원 문을 두드렸습니다. 이미 새학기가 시작되었고 다른 아이들은 적응을 끝낸 후에 합류하는 것이었지만 가족들은 A의 적응을 크게 걱정하지 않았습니다. 하지만 등원한 지 사흘 만에 원장 선생님은 A의 엄마에게 이렇게 말했습니다.

"A는 엉덩이 힘이 약합니다. 선생님의 지시에도 자리에 앉지 않고 자꾸 혼자서 교실을 이탈해요. 학습지 방문교사를 불러 일단 자리에 앉는 것부터 연습시키세요. 집중력 없는 아이들은 일찍 잡아주어야 합니다."

이야기를 들은 저는 A의 엄마에게 이렇게 말했습니다.

"내가 보기에 A는 호기심이 많아서 그런 것 같아. 자리에 앉아야 하는 시간에 자꾸 일어서거나 혼자 교실 밖으로 나가는 건 주어진 공간에 대해서 다른 아이들만큼 충분히 관찰하고 탐색하지 못했기 때문에 그 과정을 지금 거치는 거지. 그런데 그걸 학습지를 해서 책상에 앉혀두고 행동 수정을 해주어야 하는 건 아니라고 생각해. 다섯 살 남자아이가 책상에 앉아서 집중할 수 있는 시간은 정말 재미있는 거 할 때 고작 5분 아니겠어? A는 자신이 만족할 만큼 탐색과정을 거치고 나면 반에 잘 적응할 거야."

그리고 몇 주 후 A는 유치원 선생님으로부터 모든 활동에 적극적이고 기관생활에 잘 적응하고 있다는 칭찬을 받았다고 했습니다.

여섯 살 여아 B는 내성적인 성격을 타고났습니다. 한 달에 한두 번씩 할머니 댁에 가도 다른 사람에게 목소리를 들려주려면 한 시간 이상이 걸렸습니다. 집에 손님이 와도 손님이 돌아가실 때까지 단 한마디도 하지 않는 경우도 있었습니다. 그저 고갯짓이나 손짓으로만 의사

전달을 했습니다.

2021년에 유치원에 입학했는데 한 학기 내내 마스크 밖으로 목소리가 크게 나오지 않았습니다. 담임선생님 두 분과 가까운 친구 몇 명과만 대화했습니다. 집에서는 말도 잘하고 흥이 많은 아이인데 집 밖에서는 여섯 살 초반까지만 해도 '말 안 하는 아이'로 비춰졌기 때문에 B의 부모는 조금 걱정이 되었습니다. 조부모님의 걱정은 말할 필요도 없었고요.

B는 네 살에 수월하게 기저귀를 떼었는데도 유치원에서 옷에 실수를 하는 일이 종종 있었습니다. 내리기 편한 바지를 입히고, 선생님이 화장실까지 손을 잡고 가서 앉히고, 화장실 갈 때 허락받을 필요는 없다고 여러 번 말해주어도 오랫동안 해결되지 않았습니다.

편식도 심했어요. B는 맛, 식감, 색깔, 크기, 그릇, 그날의 기분 등에 따라 음식의 대부분을 마음에 들어하지 않아했습니다. 낯선 음식은 맛도 보지 않고 거절했고 과일도 거의 먹지 않았기에 아이는 줄곧 평균을 한참 밑도는 몸무게를 유지했습니다.

B의 부모는 답답했지만 혼내고 다그치기 보다는 허용해주는 방식을 택했습니다. 그리고 아이 앞에서 아이의 단점을 드러내어 이야기하지 않았고 조부모님과 이웃들에게는 아이를 기다려줄 것을 요청했습니다. 아이가 못하는 것에 집중하지 않고 아이의 흥미에 더 귀를 기울였으며 아이의 실수에는 "괜찮아."라고 말하며 아이를 있는 그대로 사랑해주었습니다.

B는 올해 일곱 살이 되었습니다. 한 해가 바뀌었을 뿐인데 아이는 정말 많이 달라졌습니다. 매일 등원 길에 만나는 청소 아주머니께 소

리 내어 인사를 하고 유치원 선생님은 교실에서 B의 목소리가 크게 들린다고 하십니다. 유치원 화장실에 적응이 되어 이제는 실수하지 않고 편식도 많이 나아졌습니다. 이전에는 입에 대지 않았던 과일을 먹고, 고춧가루가 들어간 반찬을 비롯해 김치도 잘 먹습니다.

A는 저의 조카, B는 제 아이입니다. 어쩌면 이 둘은 어른들 마음에 들지 않는 아이들일 수도 있습니다. 어른들은 아이가 얌전히 앉아 있거나 주어진 것을 끈기 있게 해내면, 어른에게 인사를 잘 하면, 음식을 골고루 먹으면 칭찬합니다. 아직 분별력이 부족하고 호기심이 넘치는 아이의 특성을 기다려주지 못하고 자꾸만 지적하기도 하고요. 하지만 부모는 그들의 미숙함을 끊임없이 인내해주어야 합니다. 아동 심리 전문가 오은영 박사님도 "아이들을 혼내지 말고 친절하게 가르쳐주어야 한다."라고 하셨어요. 분별력이 부족한 아이들을 친절하게 가르쳐주고 스스로 배울 수 있도록 기다려주는 시간이 꼭 필요합니다. 때로는 가르침으로 바뀔 수 없는 타고난 부분을 아이 스스로 조절할 수 있을 때까지 기다려주어야 할 때도 있고요.

육아와 교육의 정보를 인터넷에서 찾아보면 남의 아이들이 쉽게 눈에 들어옵니다. 그들의 좋은 점과 잘하는 모습만 보이고요. 하지만 개개인의 육아는 항상 핑크빛은 아닙니다. 계획대로 되지 않거나, 답답하고 속 터질 때가 훨씬 더 많습니다. 그렇다고 하더라도, 부모의 역할은 따뜻한 쉼터이자, 든든한 지원군이면 됩니다. 같은 부모 아래 자란 형제, 자매 혹은 쌍둥이조차도 성격과 생김새가 다르듯이 모든 아이가 언어를 습득하는 방식과 속도는 다릅니다. 부모는 그저 기다려줄 뿐이지요.

'영어 잘하는 일곱 살 만들기' 같은 것을 목표로 삼지 마세요. 영어 몰입교육을 한다고 해도 미취학 아이들은 말하기, 듣기, 읽기, 쓰기의 모든 영역을 다 잘하게 될 수 없습니다. 듣기 중심 엄마표 영어를 지속하면서 아이는 영어 영상을 보면서 즐거워하고, 점차 영어 귀가 트이는 아이로 키워주세요. 그것이 아이 마음 다치지 않고, 서로 스트레스를 받지 않는 방법입니다.

《확신의 엄마표 영어》에서 제시하는 방법들이 내 아이를 더 세심하게 관찰하고, 더 깊이 사랑하게 되는 도구가 되었으면 좋겠습니다. 내 아이에게 영어 재료들을 준비해서 '듣게' 해주는 일은, 누구나 할 수 있습니다. 학원에 가서 영어 교재를 펼치는 것보다 집에서 영어를 들려 주는 것이 쉽고, 재미있는 방법이라는 확신을 가지고 아이와 함께 영어의 바다에 빠져보시기를 바랍니다!

짧고 쉬운 영어책과 유튜브로 자라는 우리집 영어

확신의 엄마표 영어

펴 낸 날 1판 1쇄 2023년 10월 20일

지 은 이 김지혜
펴 낸 이 고은정

펴 낸 곳 루리책방(ruri-books)
출판등록 2021년 01월 04일

전   화 070-4517-5911
팩   스 050-4237-5911
이 메 일 ruri-books@naver.com
블 로 그 blog.naver.com/ruri-books
인 스 타 @ruri_books

ISBN 979-11-973337-5-0 (03810)

The LORD shall fight for you, and ye shall hold your peace.
Exodus 14:14